KB232649

희곡을 읽는 시간

희곡을 읽는 시간

희곡을 읽는 시간

현대 희곡 걸작선

초판 1쇄 발행 2025년 10월 1일

글 이강백·차범석
발행처 주식회사 스푼북 **발행인** 박상희 **총괄** 김남원
편집 길유진 박선정 이민주 이지은
디자인 House of Tale 권수아 정진희 **마케팅** 박병건 박미소
출판신고 2016년 11월 15일 제2017-000267호
주소 (03993) 서울시 마포구 월드컵북로6길 88-7 ky21빌딩 2층
전화 02-6357-0050(편집) 02-6357-0051(마케팅)
팩스 02-6357-0052 **전자우편** book@spoonbook.co.kr

©이강백, 차범석
ISBN 979-11-6581-596-7 (43810)

희곡을 읽는 시간

차례

희곡을 읽는 즐거움

희곡은 연극의 대본입니다. 무대 공연을 위해 쓰인 문학 갈래이지요. 하지만 공연장에 가지 않더라도, '읽는 문학'으로서 희곡도 충분한 매력이 있습니다. 여러분의 상상력이 더해진다면 말이죠.

무대 위를 상상해 봅시다. 막이 오르고, 조명이 서서히 어두운 무대를 밝힙니다. 무대 위를 뚜벅뚜벅 걸어오는 배우의 발소리가 조용한 공연장에 울려 퍼지고, 조명 아래 선 배우의 표정이 드러납니다. 그리고 배우의 목소리와 함께 연극이 시작됩니다.

이처럼 머릿속으로 무대를 떠올리며 읽는 것, 그게 바로 희곡 읽기만의 특별한 즐거움 아닐까요? 배우의 외모와 표정, 목소리와 연기를 상상하면서 장면 하나하나를 마음속에서 '공연'해 보는 경험. 이 과정 자체가 희곡을 읽는 묘미이자, 다른 문학 장르에서는 느끼기 어려운 매력입니다.

《희곡을 읽는 시간》은 무대 위를 상상하며 무대 밖을 이해하는 시간이기도 합니다. 무대라는 좁은 공간, 제한된 시간이라는 제약 속에서 희곡은 상징과 은유를 통해 주제를 압축적으로 담아냅니다. 인물의 행동 하나, 대사 한 줄도 그냥 지나칠 수 없는 이유입니다.

이 책에 실린 작품들 역시 그러합니다. 은유와 상징을 통해 우리가 속한 세계, 인간의 욕망과 갈등, 그리고 그로 인해 빚어지는 부조리를 그려 내지요. 무대 위 인물의 말과 행동에 담긴 의미를 따라가다 보면, 독자들은 무대 밖 현실, 곧 현재를 살아가는 우리의 모습을 더 깊이 들여다볼 수 있습니다.

매년 문학 수업에서 다양한 희곡을 다루지만, 작품 전체를 온전히 읽을 기회는 많지 않습니다. 시나 소설에 비해 상대적으로 덜 다뤄지기도 하고, 작품집을 구하는 것도 쉽지 않기 때문입니다. 그래서 《희곡을 읽는 시간》이 출간된다는 소식을 들었을 때, 반가운 마음을 감출 수 없었습니다.

이강백, 차범석 작가의 작품들은 발표된 지 오래되었지만, 여전히 생명력을 잃지 않고 오늘을 살아가는 우리에게 의미 있는 질문을 던집니다. 그동안 교과서에서 작품 일부만 접하며 아쉬움을 느꼈던 선생님과 학생들이 이 책을 통해 작품을 온전히 읽고, 그 안에 담긴 의미를 깊이 이해할 수 있을 것입니다. 그리고 무엇보다 희곡을 읽는 즐거움을 발견할 수 있기를 바랍니다.

임진혁 (신일 고등학교 국어 교사)

알

이강백,
1972년 초연

나오는 사람들

왕
박물관장
시민 가
시민 나
시민 다
시민 라
군중들(소리)

〈알〉은 1972년 10월 코리아나 소극장에서 초연된 작품으로, 인간의 성장과 사회적 억압을 상징적으로 그려 냈다. 이 작품은 인간의 자유와 선택, 사회적 억압의 문제를 상징적으로 탐구하며, 강한 은유와 상징을 통해 부조리한 사회 체제와 인간 존재의 의미를 깊이 있게 조명하고 있다.

서막(序幕)

시민 가   (관객들에게) 안녕하십니까, 시민 여러분. 이 무대는 박물
          관입니다. 정확히 말씀 드리자면 구석기 시대 유물 전시
          실이지요. 박물관의 전속 실내 장식가는 보시는 바 이렇
          게 꾸며 놓았습니다. 기둥은 구름으로 만들었고, 벽은 공
          기, 문은 바람으로, 천정은 햇빛, 모두 그 옛날의 재료를
          썼다고 합니다. 여기, 같은 재료로 만든 의자가 무대 한
          가운데 놓여 있고, 출입구는 좌우 양측에, 진열장은 벽면
          을 차지했습니다. 돌로 만든 그릇, 도끼, 장신구 등 옛 석
          기 시대 물건들이 진열장 속에 가지런히 놓여져 있지요.
          그러나 전문가가 아니면 이 물건들 중 어느 것이 그릇이
          며 어느 것이 도끼, 어느 것이 몸을 꾸며 주는 장신구인지
          구별하기 불가능합니다. 구석기 시대 유물들의 공통적 특
          징이라면 모두 흔해 빠진 자갈이나 바윗돌처럼 보인다는

점인데, 이 도시의 어디에나 그런 돌들은 널려 있거든요.
시민 여러분들이 고고학적 지식을 갖추신다면, 바로 이
것이 물고기를 지져 먹던 냄비이구, 마당에 깔린 것들이
살육을 감행한 도끼며, 저쪽 길가의 조약돌이 사실은 숙
녀용 귀고리라는 걸 아시게 될 것입니다. 시민 여러분, 이
도시 전체가 구석기 시대의 박물관입니다. 그리고 우리
들은 이 도시에서 수많은 원시인(原始人)들을 만나게 됩니
다. 그들은 반쯤 화석이 되었으나 아직도 살아 숨쉬고 있
으며, 우리들과 똑같은 행동을 하고 있죠. (그가 말하고 있
는 가운데, 오른쪽에서 미이라들이 운반되어 나온다. 즉 뻣뻣하게
굳은 사람 하나를 운반인 네 명이 떠메들고 와서 무대에 세워 두는
것이다. 운반인들은 다시 퇴장했다가 동료 한 사람을 미이라로 만
들어 옮겨 온다. 운반인은 세 명으로 줄어든다. 이런 식으로 옮겨진
미이라들은 일렬로 나란히 세워져서 부동자세를 취하고 있다. 그
들의 의상은 현재 유행하고 있는 스타일이다) 한 사람이 부족한
데요. 이 도시는 여섯 구(區)로 이루어져 있으니까, 한 명의
대표가 더 나와야 합니다. 아차, 깜박 잊고 있었군. (맨끝에
가서 부동자세로 선다) 나 역시 원시인이죠.

미이라들 (관객들에게 인사한다) 이 도시와 여러분을 대표하여
시민 가 시민 가입니다.
시민 나 (차례대로) 시민 나예요.
시민 다 시민 다.

시민 라   시민 라입니다.

시민 마   시민 마라고 합니다.

시민 바   시민 바입니다.

시민들   이 도시와 여러분을 대표하여

시민 가   우리들은 임금님을 선출하기 위해 모였습니다.

시민 나   무서운 공룡(恐龍)으로부터 시민을 보호해 주실 분.

시민 다   시민들이 공룡과의 싸움에 목숨을 걸고 보호해 드려야

          할 분.

시민 라   그런 분을 우린 임금님이라 부르기로 하였습니다.

시민 마   그럼 누가 우리들의 임금님이 되시겠습니까?

시민 바   내가 되지요.

시민들   (서로 다투며) 내가 되겠어요.

시민 가   아닙니다. 이렇게 많은 임금님은 필요하지 않습니다. 여
          기 버드나무가 있군요. 이 버들가지를 꺾어서 왕관을 엮
          는데, 가장 어여쁘게 만든 사람을 우리 임금으로 뽑으면
          어떨까요?

시민들   그것 좋습니다.

시민 가   (손에 쥔 여섯 개의 버들가지를 내밀며) 버들가지를 엮으십시오.

시민들은 버들가지를 엮어 왕관처럼 머리에 쓴다. 그들은 서로를 비교해
보다가 마의 것이 가장 잘 되었음을 인정한다.

시민들   (마에게) 당신 것이 가장 멋있습니다.

시민 바   잠깐 기다려요. 이 끝을 저쪽으로 교묘히 휘어 두루면 내 것이 최고일 테니…… (버들가지가 부러진다) 아차, 부러져 버렸군.

시민 가   너무 멋을 부리려니까 부러진 겁니다.

시민 바   (분한 듯이 부러진 버들가지를 내던진다)

시민들   (마에게 경배한다) 당신은 오늘부터 우리들의 임금님입니다.

시민 바   임금님, 저를 박물관장으로 임명해 주십시오. 저는 이 버들가지들을 주워다가 박물관에 진열하여, 오늘을 증거로 남기겠습니다.

왕(마)   그대를 박물관장으로 임명하오.

박물관장(바)   감사합니다. (땅에 흩어진 버들가지를 줏어 손에 쥔다)

그들은 미이라로 다시 돌아가서 일렬로 나란히 부동자세를 취한다.

가만을 남겨 두고, 엷어지는 그림자처럼 그들은 사라진다.

시민 가   시민 여러분, 원시인들의 회합 장면을 보시고 어떤 느낌이 드셨는지요? (그가 관객들의 의견을 들으려고 귀에 손을 모아 앞으로 내미는 순간 괴물의 거대한 울부짖음이 들린다. 뒤이어 군중들의 함성이 진동한다) 이크, 숲속에 있던 공룡이 성문을 부수고 들어온 것 같습니다. (그는 돌도끼를 휘두른다) 용감한 시민들이여, 돌격하라! 멋진 모자를 쓴 우리 임금을 보호하라! (함성은 그치고 주위는 고요해진다) 후유— 시민 여러분, 안심하십시오. 고요해진 걸 보니 공룡은 격퇴되었습니다. (그가 이마의 땀을 씻고 있는데, 다시 함성이 들린다. 증기기관의 굉음이 위협적으로 들려온다.) 공룡이다! 시민들이여! 두려워 말라! 멋진 모자를 쓴 우리 임금님을 사수하라! (고요해진다) 공룡은 꼬리를 잘리고 도망갔습니다. 성문 밖 숲 속에 사는 공룡들 때문에 하루도 편안한 날이 없습니다만, 습관이 되고 보니…… (갑자기 원자폭탄이 터지는 것 같은 거대한 폭음이 들리고 군중들의 함성이 잇따른다) 무찔러라! 돌도끼를 던져라! 멋진 모자를 쓴 우리 임금을 수호하라! (고요) 이번엔 굉장히 큰 공룡이었습니다. 시민들은 그놈을 숲속으로 몰아 넣었지요. (인공위성이 우주 공간을 나르는 듯한 음향이 들려온다. 군중들의 함성) 공룡이다! 공룡! 국력을 총동원하라! 멋진 모자를 쓴 우리 임금을 지켜라. (고요해진다. 그는 지쳐서 흐느적거린다) 시민 여러분, 우리들의 일상 생활이란 공룡과의 투쟁이라고 할 수 있습니다. 그러나 우리가 공룡으로부터 무엇인가를 지켜 내고픈 목적이 없었더라면, 아마 우린 이 투쟁에서 패배했을 겁니다. 멋진 모자를 쓴 임금, 시민들은 그의 명령에 의해서가 아니라, 그의 멋진 모자를 지켜 주고 싶었기에 목숨을 걸고 싸운 것입니다. 원시인들이란 참 단순하기도 하지! 그럼 여러

분이 사랑하는 멋진 모자를 보여 드리겠습니다. 조명 기
사, 스포트 라이트를 좀. 임금님, 모자를 보이십시오.

왕　　　(등장하여 그의 머리에 쓴 것을 관객들이 잘 볼 수 있도록 제자리
에서 한바퀴 돈다)

시민 가　(박수를 치며) 시민 여러분, 조금도 파손되지 않았음을 기
뻐해 주십시오.

제1막

시민 가   (관객들에게) 지금은 우주가 생긴 지 삼억오천만 번째의 황혼입니다. 우리들의 임금님은 여기 의자에 앉아 계시구요. (왕에게) 전하, 곱고 고운 노을이군요. 악기를 가져다 드릴까요? (왕은 고개를 가로젓는다. 멀리서 점점 다가오는 고함소리) 또 공룡이군! (소리 나는 방향에 귀를 기울이며) 박물관이 있는 거리 쪽에서 들려오는데— (돌도끼를 휘두르며) 나도 달려가 봐야겠습니다. (퇴장)

시민 대표 네 명이 겁에 질린 박물관장을 강제로 이끌고 들어온다. 옷이 찢기고 타박상을 입은 박물관장은 얼이 빠진 모습이다. 박물관장은 분노한 시민들의 손에서 달아나려 몸을 빼다가도 커다란 상자(箱子)를 들고 가려 하기 때문에 다시 붙들리곤 한다. 시민들이 상자를 빼앗아 왕 앞에 놓는다.

시민들   전하—.
왕   또 공룡이 나타났소?
시민들   아닙니다. 아침에 한 번 나타나고선 지금은 잠잠하군요.
왕   그럼 저 군중들의 고함소린 무엇인가?
시민들   군중들은 다만 한 도둑을 처벌해 주십사 간청하러 온 것입니다.

박물관장이 달아나려다가 시민들에게 붙들린다.

시민들   (박물관장의 얼굴을 돌리어 왕에게 보이며) 전하, 바로 이 자가
          저희들이 처형을 요구하는 도둑입니다.
왕   아니, 그대는 박물관장이 아닌가?
박물관장   (몸을 떤다) 그렇습니다.
왕   박물관장은 학식이 높은 분이다. 그런 그가 뭘 훔치는 따
          위의 치사스런 짓을 할 리가 없다. 어서 그를 놓아주라.
박물관장   아닙니다, 전하. 저를 두둔하지 마십시오. 저는 오직 박물
          관에서 뭘 훔쳐낼까 궁리만 했었습니다.
왕   그대는 박물관의 진열품들을 늘려 오지 않았소?
박물관장   자질구레한 물건들은 모아 들여 신뢰를 받고, 기회 보아
          큰 것을 훔치려 하였습니다.
시민 나   전하, 저희 시민들이 바로 그 큰 것을 훔치는 현장에 있었
          습니다.
시민 다   이 상자 속에 넣어 가지고 달아나는 걸 붙잡았지요.
시민 나   저희는 이 자가 여권을 위조한 사실도 알아냈어요.
시민 라   국가의 귀중한 문화재를 해외에 팔아 자기 배를 채우려
          는 매국노입니다.
군중들   (소리) 박물관장을 시민의 손에 넘겨라!
박물관장   황공합니다, 전하. 이렇게 저의 죄가 명백한 만큼 저를 분
          노한 군중들에게 넘겨 주십시오. 그러나 이 상자만은 절

대로 열어 보지 않는 것이 전하를 위하여 좋을 겁니다.

왕　　　　나에게 좋을 거라니?

시민들　　(분노하여) 그럼 임금님을 위하여 도둑질을 했단 말인가?

시민 나　도대체 말도 안 되는 소릴 하구 있군!

시민 라　(돌도끼를 치켜 들고) 직접 그 상자 속의 물건을 꺼내 놓지 않으면, 나는 너의 도둑질한 그 수치스런 손을 잘라 버리겠다.

박물관장　(떨면서 손을 내민다) 차라리…… 내 손을…….

시민 가　(돌도끼를 내려친다)

박물관장　(돌도끼가 닿기 전에 얼른 손을 움츠리며) 아니, 내가 꺼내 놓겠어요. (그는 상자 속에서 크고 하얀 알을 꺼내 왕 앞에 놓는다.) 전하, 전하를 위하여 바로 이 알을 훔쳐 달아나려 했던 것입니다.

시민들　　의외의 물건이 나오는군요.

왕　　　　(어이없다는 듯이) 박물관장, 그대는 겨우 타조 알 하나를 훔쳐 달아나려 했던가?

박물관장　전하, 타조 알은 이 알보다 작습니다. 이 알은 지금이 두 자 세 치나 됩니다. 단순히 크다는 것만으로서도 이 세상에 그 유례가 없기 때문에 저의 관심을 사로잡은 건 당연하지요. 그런데다 이 알에 대한 저의 조사 결과에 의하면, (그는 상자 속에서 남녀 전신상(全身像)이 그려진 대형 두루마리를 꺼내 벽에 건다) 바로 이 사람들이 생존 시에 알을 낳았음이 확인되었습니다. 이 벽화 속의 남녀 미이라 역시 알과 함께 발견된 것인데, 박물관의 구석기 시대 전시실에 가시면 실물로써 보실 수 있습니다.

왕과 시민들은 농담이라도 듣고 있는 표정이다. 박물관장을 넘겨 달라는 군중들의 고함소리가 높아진다.

시민 다　나는 원시(原始) 생물학을 전공했습니다. 아니 꼭, 생물학을 전공하지 않은 사람일지라도 상식적으로 인간이 알을 낳을 수 없다는 것쯤은 알고 있어요.

박물관장　조금 후에 나는 군중들에게 던져져서 죽을 사람입니다. 그런 내가 쓸데없는 말을 하구 있다고 생각하십니까?

시민 다　글쎄…… (망설이다가) 설혹 저 미이라들이 생존 시에 알을 잉태했다 합시다. 그러나 분만할 수는 없을 거예요. 저 알만큼이나 커다란 물체를 분만할 경우, 산모(産母)의 골반 뼈는 산산조각으로 부셔지질 않겠어요?

왕　　그 말이 옳은 것 같군.

박물관장　(상자 속에서 뼈 조각들을 꺼낸다) 전하, 이것을 보십시오. 여 미이라의 하반신 뼈 조각들입니다. 골반 뼈 조직의 파괴를 짐작하실 수 있으시겠지요.

왕　　(뼈를 받아보며) 아, 이렇게 비참한 파괴를 면할 방법이 없었더란 말인가?

박물관장　고대 의학은 겨우 주문을 외우는 게 고작이거든요.

왕　　　　(뼈를 시민들에게 주며) 시민들도 보라. (벽에 걸린 두루마리를 가리키며) 저 미이라들의 신원은 밝혀냈소?

박물관장　황공하오나 아직 알아내지 못했습니다. 그러나 우아한 얼굴과 전신에 넘치는 품위로 미루어 보아 고귀한 가문(家門)의 사람들이었다고 추측됩니다. 저 남녀가 부부였음은 증거가 있어 알 수 있는데요. 몸에 남긴 흔적, 즉 혼계(婚契)를 한 문신을 보십시오. 남녀 서로의 무늬와 크기가 같습니다.

왕　　　　(알 위에 손을 얹으며) 그렇다면 도대체 이 알은 무엇인가?

박물관장　(입을 다물고 열지 않는다)

군중들　　(함성이 높아진다)

왕　　　　말하라.

박물관장　전하, 이젠 죽어도 말 못 하겠습니다.

군중들　　(궁전에 곧 밀어닥칠 듯이 가까운 곳에서 합성이 일어난다)

박물관장　(시민들에게) 자, 나를 데려가시오. (왕에게 작별 인사를 한다) 멋진 모자를 쓰신 임금님, 부디 평안하시옵기를. 알에 대해선 더 이상 묻지 마십시오. 제가 전하를 위해서 이 알을 훔쳐 달아나려다 그만 발각되어 죽기는 합니다만, 그 까닭이 영원히 밝혀지지 않더라도 결코 섭섭하게 여기지는 마십시오.

왕　　　　그대는 호기심을 잔뜩 부풀리어 놓곤 죽겠다고만 하니,

내 마음이 답답하구나.

시민들 저희들 역시 같은 심정입니다.

박물관장 (시민들에게 달라붙듯이 몸을 맡기며) 어서 나를 데려가!

시민들 (박물관장을 왕 앞으로 밀어 보내며) 전하의 궁금증을 해소하여 드리고 데려가도 늦진 않소.

박물관장 (다시 시민들에게 달려들며) 글쎄, 전하를 살리는 길은 내가 아무 말도 않구 죽는 것밖엔 없다니까.

시민 나 당신 목을 비틀기 전에 어서 말씀드려!

박물관장 (목을 길게 뽑아 내밀며) 차라리 내 목을 비트시우.

시민 나 (성난 그는 박물관장의 목을 움켜잡으려 손을 뻗친다)

박물관장 (나의 손이 닿기 전에 살짝 빠져나오며, 무섭다는 듯이 고개를 절레절레 흔든다) 아니, 말씀드리지요. 하지만 그 결과에 대해선 강제로 내 입을 연 당신들이 모든 책임을 져야 합니다. (그는 알 앞에 다가가더니 무릎을 꿇고 정중하게 절을 한다) 이 알 속에는 위대한 임금님이 웅크리고 앉아 계십니다.

왕   위대한 임금이라니?

박물관장 시민 여러분, 고구려의 왕 주몽은 어디에서 태어났습니까?

시민들 알에서 태어났지요.

박물관장 그럼 신라의 왕 박혁거세는?

시민들 그야 알에서죠.

박물관장 그 두 분 임금의 공통점은 무엇일까요?

시민들 두 분 다 알에서 태어나셨습니다.

박물관장 (박수를 치며) 여러분의 정확한 역사 지식에 경의를 표합니다. 그래요, 여러분이 잘 맞췄듯이 그 임금님들은 알에서 부화하셨습니다. 그리고 그분들은 나라 다스리기 지혜로 우셨으며, 백성을 사랑하기 지극하셨습니다. 즉, 그 두 분은 인간이 아니라 알에서 깨어난 특별한 분이기 때문이 죠. 그렇다면 우리 경우는 어떤가요? (알을 가리키며) 바로 여기 우리의 몫이 놓여 있습니다.

왕 그런데…… 왜 이제야 알이 나타났을까?

박물관장 전하, 저도 잘 모르겠습니다만, 아마 우리 몫인 이 알은 하늘님이 만드시기에 다른 알보다 더 정성을 기울인 것 같습니다. 예술가에게서 흔히 볼 수 있듯이, 더 완벽한 작품을 만들려고 시일이 오래 걸리다 보니 늦어진 건 아닐까요?

시민 라 (두루마리를 가리키며) 사람이 미이라 꼴이 됐으니, 알인들 곯아 썩지 않았을까?

박물관장 천만에요. 낳은 때와 다름없이 싱싱하게 살아 계십니다.

시민들 (경악하며) 네에? 살아 계신다구요?

박물관장 위대한 임금님이 될 알이 그리 쉽게 썩을 리가 있나요. 단단한 석회질의 껍질 속에 신선하게 유지되어 있습니다.

왕 오, 지금도 살아 있다?

박물관장 그렇습니다, 전하.

왕 그럼 부화할 수 있단 말이오?

박물관장 물론 할 수 있습니다. 고구려 신라의 알들이 그랬듯이, 맑게 개인 날 이른 아침부터 해질 무렵까지 햇빛을 쬐이면 부화됩니다.

왕 (의자에서 벌떡 일어나 환성을 지른다) 오, 그런가! 내일 날씨가 어떻게 되는지 알고 싶구나!

박물관장 여기 기상 관측용 기구가 마련되어 있는 줄 아룁니다. (상자 속에서 둘로 만든 풍향계 비슷한 물건을 꺼낸다. 그 물건의 중심엔 실이 매달려 있어 그가 실 끝을 들자 빙그르 돈다) 일기예보를 발표하겠습니다. 내일 날씨, 남서풍이 불고 하루종일 구름 없이 맑겠음!

시민들 아, 내일 밤엔 위대한 임금님을 뵐 수 있겠구나!

박물관장 쳇! 시민들은 이 알의 부화를 쉽게 생각하는구먼.

시민 라 쉽지 않을 게 뭐요, 맑은 날 햇빛만으로 부화될 수 있는 것을?

박물관장 혹시 당신은 바닷가에서 거북이알을 본 적이 있어요?

시민 라 네, 보았었습니다. 그런데 갑자기……?

박물관장 아, 그저 물어본 겁니다. 그 거북알 역시 햇빛만으로 부화된다고 하더군요. 그러나 위대한 임금님이 웅크리고 앉아 계시는 저 알의 부화는 (왕을 힐끗힐끗 바라보며, 낮은 목소리로 시민들에게) 그리 간단한 건 아닙니다. 생각해 봐요, 한 나라에 어찌 두 임금이 있겠습니까? (애석한 표정으로 알을 가리키며) 우리들은 저 알 속에 위대한 임금님이 계시다는 것을 뻔히 알면서도 생존하신 전하 때문에…… 그러니 내가 뭐랬습니까? 차라리 아무 말 않고 죽어 버리겠다고 했을 때 받아들였더라면 당신들 맘이나 상하지 않았을 텐데. 그러나 이왕 말이 나온 김에 하는 겁니다만, 사실 저 알 속의 임금님 능력은 굉장하거든요. 전지전능(全知全能) 바로 그거예요. 지금 우리는 끊임없이 공룡들의 침입을 받고 있는데, 연약한 현재의 임금으로선 도저히 이런 위기를 해결할 수 없습니다. 그러나 알 속의 임금님에겐 반나절의 일거리 정도에 지나지 않아요.

시민들과 박물관장은 둥그렇게 한 덩어리로 모여서 목소리를 낮추어 속삭인다. 왕만이 갑자기 따돌림을 받는 느낌이 든다. 왕은 그들과 함께 이야기하려 다가가나, 한 덩어리로 모인 그들은 왕이 다가온만큼 물러나 똑같은 거리를 유지한다. 왕은 그들과 섞이기를 단념하고 의장에 돌아와 앉아서 알과 시민들을 번갈아 바라본다. 간간이 높아진 음성이 왕에게까지 들려온다.

시민들   (찬탄하며) 오, 그래요?

박물관장 (무엇인가를 이야기한다)

시민들   드디어 평화가 온다!

박물관장 (또 무엇인가를 속삭인다)

시민 나   낙원을 만드실 거라구요? 그렇겠죠! 전지전능하신 임금님이 무엇인들 못하겠어요.

시민 라   저 알을 부화하고 싶어요.

시민 가   그래요. 우리 시민들에겐 알 속의 위대한 임금님이 필요
          합니다.

시민 다   지금 전하께는 왕관만 벗고 물러나시라면 어떨까요?

박물관장   그건 안 됩니다.

시민 다   왜요?

박물관장   시퍼렇게 살아 계시면, 새로운 임금님께서 왕위 잇기를
          꺼리실 건 분명하거든요.

시민들   그렇다구 해서 아무 잘못도 없으신 전하께 죽어 달라고
          는 차마 말 못하겠어요.

박물관장   (펄쩍 뛰며) 그럼요. 인간의 탈을 쓰구 그런 비정한 말을 어
          떻게 해요? 그러니 아깝지만 저 알을 깨트려 버립시다.

군중들   (함성이 높아진다)

박물관장   자, 어서 날 데려가요. 난 전하를 위해서 목숨을 바칠 테요.

시민들   (침울한 표정으로 박물관장을 이끌고 군중들을 향해 걸어 나간다)

왕   시민들은 걸음을 멈추어라.

박물관장   저는 전하의 충실한 신하입니다. 저것이 타조 알이라고
          말씀드릴까도 생각해 봤으나 믿어지질 않게 엄청난 크기
          여서, 상자에 담아 달아나는 것이 전하를 위한 상책인 줄
          알았습니다. 그저 죄가 있다면 완전히 달아나질 못하고
          붙들린 것이라고나 할까요, 전하께 면목이 없습니다.

왕   나는 그대의 충성심에 감사한다. 그러나 나 때문에 알을
          은폐시키려 한다면 그것은 잘못이다. 그대들은 잠시 물러

가 있거라. 나는 알과 단둘이 남아 생각해 보겠다. (시민들 퇴장. 왕은 마지막으로 물러나는 박물관장을 멈춰 세운다) 잠깐만, 박물관장. 내일 날씨가 맑겠다고 했지?

박물관장 전하, 구름 한 점 없이 맑은 날씨인 줄 아뢰옵니다. 알에 햇빛을 쬐이기엔 최적의 날이지요.

왕 그럼 내일 밤엔 위대한 임금님이 부화되어 나오겠군.

박물관장 저녁입죠. 해질 무렵이면 되니까 밤보다 더 이른 시각입니다.

왕 그런데 알이 잘 부화될까?

박물관장 알이 살아 있다는 것을 의심하십니까? 전하, 그럼 알에 귀를 대어 보십시오. (왕은 알에 귀를 댄다) 어떤 소리가 들리는지요?

왕 심장이 뛰는 듯한 똑똑 소리가 들려오는군.

박물관장 그렇습니다. 다른 알과는 달리 위대한 임금님이 계신 알 속엔 심장이 있거든요.

왕 심장이라고!

박물관장 네, 심장이 움직이고 있습니다. 전하께선 지금 그 고동소릴 듣고 계시구요. (왕에게 허리를 굽혀 절을 하며) 저는 이만 물러갑니다. (퇴장)

홀로 남은 왕. 그는 의자에 앉아서 자기 앞에 놓여 있는 하얀 알을 바라보며 깊은 생각에 잠긴다. 그는 자기 마음과 싸우기 시작한다. 이 싸움의 격렬

한 양상은 그의 고통스런 표정으로 짐작할 수 있다. 왕으로서 그는 증오에 타오르는 눈으로 알을 쏘아본다. 마음이 그를 설득한다. 시간이 오랫동안 흘러간다. 그는 차츰차츰 인내로써 설득을 받아들인다.

알을 바라보는 시선이 부드러워진다. 마침내 왕은 최후의 하나까지 양보하고 알에 대하여 절대적인 양보를 표시한다. 열병에서 치유되듯이 그는 상쾌한 표정이 된다.

왕　　　　 (맑고 낭랑한 음성으로) 내 등 뒤에 숨어 있는 사람, 이리 나오너라.

박물관장　 (작은 돌칼을 들고 나온다) 제가 숨어 있는 줄을 아셨군요.

왕　　　　 이제 어려운 고비를 넘겼네.

박물관장　 저 역시 어려운 고비를 넘겼습니다.

왕　　　　 (미소를 짓고) 나는 죽기로 결심했다. 그것이 어찌나 어려웠는지 (이마에 흐르는 땀을 씻으며) 무서운 열병을 앓듯 했구나. 박물관장, 그대에게 부탁이 있다. 알에서 새로운 임금님이 부화되어 나오시거든 우리 모두가 당하는 수난을 자세히 말씀드려다오. 숲속에 가득히 우글대는 공룡들, 폐허가 된 거리, 하루도 편안한 날이 없는 시민생활을 보여드리며, 비통한 눈물로 그이에게 탄원하구려.

박물관장　 그런 불행쯤은 새 임금님의 손가락이 까딱하면 사라질 것입니다.

왕   (알을 바라보며) 그러실 테지, 위대한 임금님의 능력은.

박물관장   전하, 결심이 서실 때…….

왕   그래…….

박물관장   (쥐고 있는 돌칼로 찌르는 시늉을 해 보이며) 도와 드릴까요?

왕   아니, 내가 스스로 하겠다. (박물관장의 돌칼을 받아들고 알을
            향하여) 알이여, 나는 멋진 모자를 쓴 임금으로서 늘 최선
            을 다했습니다. 버들가지로 모자를 엮었던 그때부터 지금
            까지 나는 뭇 사람들 앞에 떳떳했습니다. 그러나 지금 그
            대 앞에서만은 한없이 부끄러움을 느낍니다. 나는 나약한
            인간입니다. 최선을 다했음에도 그대의 능력에는 미치지
            못합니다. 알이여, 어찌 그 탓으로 나를 죽게 하십니까?
            (왕은 칼로 자기의 배를 찌른다. 눈동자가 고통으로 경련을 일으키
            며 허옇게 뒤집힌다. 고개가 푹 수그러지며 머리에 썼던 왕관이 떨
            어져서 바닥에 굴러간다. 왕은 숨을 거둔다)

박물관장   (왕의 죽음을 확인하려 몸을 흔들며) 알의 발견자인 저에겐 고
            맙다는 말씀 한 마디 안 하시는군요.

시민들이 조심스럽게 눈치를 살피며 들어오다가 왕의 죽음을 바라보고 놀
란다.

시민들   전하께서 스스로 자결하셨소?

박물관장   천만에요. (죽은 왕을 가리키며) 이 사람을 보시우, 어디 그

럴 만한 용기가 있는가를. 비겁하게 달아나려는 걸 내가 지키고 섰다가 막아 냈지요.

시민 가 우리들은 어떻게 하면 좋겠습니까?

박물관장 이 즐거운 소식을 군중들에게 알려 주시우.

시민 가 궁전의 문을 활짝 열고 군중들을 이곳으로 데려오겠습니다.

박물관장 초상집의 개 같은 꼴이라면 데려오지 않는 것이 좋아요. (알을 가리키며) 내일이면 위대한 임금님이 부화되어 나오십니다. 군중들에게 환호성을 지르라 하구, 불꽃놀이를 하라 이르시오. 아참, 거기에다 군악대의 연주까지 곁들이면 경축 기분이 물씬 날 거요.

시민들 군중들이 저 알을 보면 열광할 것입니다. (퇴장)

박물관장 (죽은 왕이 쥐고 있는 돌칼을 바라보더니) 이건 이제 쓸모없는 물건이군. 내가 필요한 것과 바꿔 가져야지. (상자에 다가가서 그 속에 칼을 넣고 빨간 장미꽃을 꺼내든다) 내전(內殿)으로 왕비님의 사랑이나 얻으러 가 볼까. (죽은 왕의 굴러 떨어진 왕관을 훌쩍 건너 뛰어서 내전으로 달려간다)

제2막

시민 가　(관객들에게) 시민 여러분, 밤이 되었습니다. 죽은 분의 시
　　　　체는 치워져 없고 대신 위대한 알이 의자에 올려졌습니
　　　　다. 군악대의 경축 음악 소리를 들어 보십시오. 여러분의
　　　　마음을 울렁거리게 할 것입니다. 또 저 하늘 위에 피어나
　　　　는 오색 불꽃들을 보십시오. 우리들은 완전히 축제 분위
　　　　기 속에 잠겼습니다. 모든 시민들은 지금 궁전에 몰려와
　　　　서 환호성을 지르고 있습니다. 만세, 위대한 알이여! 일찍
　　　　이 이처럼 환희의 도가니를 이룬 날은 없었던 것입니다.

네 명의 시민 대표들은 의자 곁에서 알을 모시고 있다. 졸린 눈을 한 박물
관장이 하품을 하며 들어온다. 그는 훌렁훌렁하게 큰 전왕의 잠옷을 걸치
고 슬리퍼를 신었다.

시민들　　(알을 지키고 있다가 소리나는 곳을 향해) 누구냣?
박물관장　어, 나야. 박물관장이다. (그는 전왕의 잠옷을 입고 거드름을 떤다)
시민 가　　어디에 갔다가 오는 겁니까?
박물관장　내전의 왕비에게 좀 볼 일이 있어서. (입은 잠옷을 펄럭이
　　　　　며) 어때, 전왕의 잠옷인데 나에게 어울리는가? 품이 약간
　　　　　큰 것 같지? 적당히 재단해서 입어야겠군. (발을 허공에 들
　　　　　어 올려 슬리퍼를 보이며) 이봐, 발이 코끼리 정도로 컸던 모

양이지? 왕비가 이 꼴을 보고 하는 말이, "여보 배를 탔구려" 하더구만. (혼자서 폭소를 터트린다) 배를 탔다구 하더란 말이야. 허, 우습잖아? 슬리퍼를 신었는데 배를 탔다는 거야, 하하. (시민 대표들을 둘러 보며) 왜 너희들은 웃질 않는 거지?

시민들   (진지하게) 여기는 웃을 장소가 아닙니다.

시민 라   (관객들을 가리키며) 군중들이 우리를 주시하고 있잖습니까?

박물관장 (군중들을 바라보며) 많이 모였군. (갑자기 눈살을 찌푸리고 군중 속의 한 사람을 가리키며) 저기, 저놈은 더럽게 생겼는데 쫓아버려.

시민 가   누구 말입니까? (손가락 끝을 따라 시선을 보내더니) 아, 저기 부스럼투성이 노인 말인가? 하지만 모든 시민들이 저 예언자(豫言者)를 존경하고 있습니다.

박물관장 예언자라구?

시민 가   네. 위대한 임금님이 곧 나타나리라고 저 노인은 말해 왔었습니다.

시민 다   이제 그의 예언이 적중한 셈이지요.

시민 나   의기양양한 노인의 얼굴을 보십시오.

박물관장 저놈을 당장 쫓아내 버려.

시민 가   쫓아내라구요?

박물관장 그렇소. 사기꾼이야. 사실은 내가 저놈에게 알이 발견될 것 같다고 귀띔해 주었더니, 저놈은 이 알을 발견한 공적을 혼자 독차지하려구 그걸 지껄여 댔던 모양이군.

시민 가　내가 가서 저놈을 당장 쫓아 버리겠소. (분개한 그는 군중속으로 뛰어든다)

박물관장　(상자 속에서 커다란 시계를 꺼내 보더니, 엄숙하게 선언한다) 지금 정확한 시간은 영시 이십 사분 구초. 시민 대표 여러분, 그러니까 어제는 지나가고 오늘이 되었습니다. 오늘 우리들은 위대한 임금님을 맞이하게 됩니다. 이제 무질서한 분위기를 차분히 가라앉히고 경건하여야 할 때입니다. 앞으로 예닐곱 시간 후엔 태양이 떠올라 이 알을 부화하러 비출 것입니다. 시민들은 지금부터 엄숙한 자세를 갖추십시오. 허리를 꼿꼿이 펴고, 손은 군대식으로 차렷, 발은 뒤꿈치를 딱 붙여야 하며, 눈동자의 초점은 알에 맞추어 조금도 어긋남이 없어야 합니다. (시민 대표들은 그의 말에 따라 자세를 바로 잡는다) 시민들, 좀 괴롭기야 하겠지만, 알 속에 웅크리고 앉아 계시는 임금을 생각해 보시오. 여닐곱 시간이란 눈 깜짝할 사이지요. (그는 시계를 부둥켜 안고 상자 위에 편안히 앉아서 졸기 시작한다)

시민 나　왜, 당신만이 편안히……?

박물관장　나야 알의 발견자 아니오?

시민 나　나는 앓고 있는 심장 때문에 오래 서 있으면 숨이 가빠집니다.

박물관장   당신의 병든 심장보다 먼저 국가를 생각하시오.

시민 나   네.

시민 가   (뛰어 들어오며) 내가 그 사기꾼을 쫓아…….

박물관장   뛰지 말구 정지! 알을 향하여 차렷! 움직이지 말것!

시민 가   (멈추어 서서) 네?

박물관장   경건한 자세!

시민 대표들은 부동자세. 침묵. 박물관장은 끄덕끄덕 졸고 있다.

시민 나   (작은 목소리로 옆 사람에게) 괴롭습니다, 몸이. 그러나 밤이
          새려면 예닐곱 시간이 남아 있는데…….

시민 가   이렇게 뻣뻣하게 서 있자니 몹시 지루하군요.

시민 가   좀처럼 시간이 지나가질 않는 것 같아요.

시민 라   참으시오. 위대한 임금님께서는 웅크리고 앉은 자세로 견
          디고 계신다는 걸 생각합시다.

시민 나   몇 시나 됐을까요?

시민 가   (박물관장이 든 시계를 흘깃 바라보더니) 시간이 전혀 가는 것
          같지 않는데…….

시민 나   시간이 내 몸과 함께 딱 멈춰 서 버렸군.

시민 다   아, 기다리기 지루해.

박물관장   (졸린 눈을 뜨고 기지개를 키며) 누구야, 금방 지껄인 자가?

시민들   아무도 말하지 않았어요.

박물관장 그래? (눈을 감으며 다시 졸기 시작한다)

시민 다 어둠아, 빨리 물러가려므나.

박물관장 (기다리고 있었다는 듯이 눈을 번쩍 뜨고) 이젠 분명히 들었어.
(다를 지적하며) 당신 무어라고 했지?

시민 다 기다리기가 너무 지루해서 그만 나도 모르게…….

시민들 우리들 역시 같습니다. 어둠이 어서 물러가고 태양이 떴
으면…….

박물관장 내가 당장 태양을 꺼내 줄까?

시민들 그것이 정말인가요?

박물관장 아무렴, 두 개라도 꺼내 줄 수 있어. 보라고, 여기 두 개의
태양이 있지. (그는 야바위꾼이 사용하는 카드 두 장을 상자 속에
서 꺼내 보인다. 카드의 앞 면에 태양이 그려져 있다) 하나는 노
란 태양, 다른 하나는 빨간 태양이야. (카드를 뒤집어 마구 뒤
섞어서 어느 패가 노란 것이며, 빨간 것인지 알 수 없도록 한 다음,
상자 위에 놓고) 시민들아, 여기에 돈을 걸려므나. 옳게 알
아 맞힌 사람에겐 건 몫의 일천 배를 주겠다.

시민들 (놀라며) 이것이 도대체 무슨 짓입니까?

박물관장 (태연하게) 무슨 짓은 무슨 짓이야, 노름이지. 지루함을 잊
기 위해선 이 방법보다 더 나을 것이 없거든.

시민들 하지만 저 군중들이 노름을 하는 우릴 보면 무어라 하겠
어요?

박물관장 그들도 사람인데 양해를 해 주겠지. 부동자세로 서 있기

만 한다고 해서 경건한 건 아닐 것 아냐? 그런 자세가 최고의 경건함을 표시한다면 인형(人形)이 인간보다 나을 거라구. 인형은 지루함을 느끼지 않고 마냥 서 있을 수 있거든. 문제는 산 인간인데, 저 알의 부화를 절실히 바라지 않는 사람이 어디 있어? 모두들 초조하게 밤샘을 하며 기다리고 있지.

시민 가　당신의 말이 옳아요. 어서 밤이 지났으면 하고 기다리는 것이 어찌나 지루한지…… 일분이 십년씩이나 되는 느낌이군요.

박물관장　거, 인형처럼 서 있지만 말구 이리들 오지. (카드를 다 다시 섞어 늘어 놓으며) 어서들 오라니까. 그동안 재미있는 놀이를 하며 기다린들 알 속의 임금님께 불경될 일은 아니잖어?

라를 제외한 시민 대표들은 부동자세를 풀고 박물관장이 권유하는 상자 곁으로 다가간다.

시민 라　(움직이지 않고) 나는 이대로 서 있겠소.

박물관장　고지식하게 왜 그래?

시민 라　크고 하얀 알, 그 앞에선 정숙한 몸가짐을 하지 않을 수 없습니다.

박물관장　(눈살을 찌푸리며) 당신 혼자서 잘난 체 하는 거야?

시민 라　솔직히 말할까요? 당신이 죽은 전왕의 잠옷을 입고 저 알

　　　　　　　　　　　　　　　희곡을 읽는 시간

앞에 앉아 있는 것마저 비위가 거슬립니다.

박물관장 (불쾌한 표정이 된다)

시민 가 시민 모두가 저 사람처럼 생각하는 건 아니에요.

시민 다 뭐니 뭐니 해도 당신은 알을 발견하신 분입니다.

시민 나 저 사람의 말에 기분 상하지 마십시오.

박물관장 좋아. 그렇게 솔직히 말하겠다니 나도 털어놓고 말하지. 나는 그동안 박물관의 역사적인 진열품에 대해서 연구를 많이 했었지. 연대순으로 진열된 그 물건들은 무엇인가? 그것은 역사라는 노름의 산물(産物)이더라구. 박물관 전체가 노름의 산물이니. 관장이란 도박꾼의 생리에 알맞는 직업이랄 수 있지. 난 지금 날이 새기 전에 여기 모인 군중들 앞에서 그들의 대표인 너희들과 마지막 노름을 하고 싶어.

시민들 마지막 노름?

박물관장 그래, 마지막 노름이야. 저 알이 부화되면, 노름이란 그릇된 행위는 사멸되어 버릴 테니까.

시민 가 박물관장, 그 말을 듣고 나니 감상적인 기분마저 드는군요.

박물관장 고맙소, 내 마음을 이해해 주어서. 자, 우리 판을 벌려 봅시다! (노란 태양의 카드와 빨간 태양의 카드를 섞어 놓고, 상자 속에서 누렇게 바랜 지도 한 장을 꺼낸다) 나는 박물관의 귀중한 보물들을 은밀한 장소에 파묻어 두었지. 이 지도엔 그곳으로 가는 길이 상세하게 그려져 있어. 이 보물을 캐내 처분하면 이 도시를 전부 사들이고도 남는 거액이야. (야바위꾼의 달콤한 말로 시민 대표 한 사람 한 사람을 유혹한다) 당신은 이 보물 지도를 가질 수 있어. 물론 당신두. 또 당신 역시. 하룻밤 사이에 당신은 거부(巨富)가 되는 거야. 햇빛 바른 언덕에 호화로운 저택을 짓고 아리따운 처녀들을 시녀로 삼아 거느릴 수 있어. 시민들이여, 이 지도가 탐나지 않는가? 노름의 한 판이 이것을 나에게서 빼앗아 당신에게 주려는데 무얼 주저하는가?

시민 가   글쎄요…… 어떤 속임수가 있을까 보아 선뜻 노름에 응하지 못하겠습니다.

박물관장   공연한 의심이군. (카드를 가리키며) 당신이 이걸 마음껏 뒤섞어 놓으면 되잖아?

시민 가   좋아요, 내가 패를 잡는다면. (카드를 집으며) 이 노란 태양과 빨간 태양 중에서 하나를 정하고, 그걸 맞히면 지도는 내 것이 되는 거죠?

박물관장   그렇소. 당신은 무엇을 내기에 걸겠어?

시민 가   난 내 전 재산을 걸겠습니다.

박물관장   마지막 노름에 걸 만한 몫이로군. 자, 그럼 노름의 약정서를 작성해야지. (상자 속에서 연필과 종이를 꺼내 약정서를 만들며) 당신, 어느 태양으로 정하겠어?

시민 가   (잠시 생각해 보다가) 빨간 태양.

박물관장   좋아. 이 약정서에 서명하우.

                                                        희곡을 읽는 시간

시민 가   (서명한다)

박물관장   다른 사람들도 이 기회 속에 넣어 주는 것이 어때? 시민
          이라면 그 누구나 기회균등의 권리가 있잖어?

시민 가   물론, 노름에 참가하고 싶은 사람은 누구나 받아들입시
          다. 단 내가 그렇게 했듯이 자기의 전 재산을 걸 용기가
          있는 자에 한해서.

박물관장   (약정서를 들고 나에게 다가가서) 여봐, 재미있지? 지루했을
          기다림의 시간이 얼마나 빨리 지나가며, 또 아슬아슬한
          긴장감도 있잖아?

시민 나   벌써 한 시간쯤 지난 것 같아요.

박물관장   그것 봐. 훨씬 시간 보내기가 쉽지. (다른 시민 대표들에게)
          어때? 황금 지도를 갖고 싶지 않어?

시민 나   나도 전 재산을 걸죠 (박물관장이 내민 연필을 쥐고) 그런데
          내가 정한 태양은 어느 것입니까?

박물관장   시민들은 빨간 태양이야.

시민 나   (서명한다)

박물관장   (다에게) 당신은? 보다시피 시민의 손에 패가 섞이니까 협
          잡이라곤 없는데두?

시민 다   (약정서를 건네 받으며) 일확천금할 마지막 기회라는데 빠질
          수 없죠.

박물관장   노름을 처음 하나? 손이 떨리게?

시민 다   좋은 기회에서 늘 따돌림을 당한 탓이지요. (약정서에 서명

한다)

박물관장   (라에게) 당신은?

시민 라   나는 가난하나 깨끗하게 살아 온 시민입니다.

박물관장   한마디로 내기에 걸 돈이 부족하단 말인가?

시민 라   (침묵)

박물관장   모자라는 부분엔 당신의 생명을 보태 내지 그래?

시민 라   생명을?

박물관장   대수롭지 않은 당신의 생명이 어때서? (이미 서명한 시민들

          에게) 이 사람이 재미있는 놀이에 빠지겠다는구만.

시민 라   노름을 그만두시오.

시민 나   당신이 반대할 이유가 뭐요? 당신 혼자 싫거든 끼어 들지

          않으면 그만이잖소?

박물관장   이 사람은 시민의 대표야. 이 사람이 빠지면 노름은 그만

          두겠어.

시민들   (라에게) 당신 하나 때문에 우리 모두가 또 지루한 시간을

          보내야겠군.

무서운 눈으로 라를 노려본다.

시민 라   알겠습니다…… 노름의 약정서를 이리 내밀어요. 모자라

          는 재산엔 생명을 보태 걸죠. (약정서에 서명한다)

박물관장   자, 이것으로 노름은 성립되었군. (카드를 섞고 있는 가에게)

태양을 잘 섞었수?

시민 가　네.

박물관장　부디 빨강 태양을 집구려.

시민들　그럼 집겠어요.

두 장의 뒤섞은 카드를 상자 위에 놓고 라를 제외한 대표들은 어느 것을 집을까 상의한다. 마침내 그들은 하나를 결정하고 그것을 집는다.

박물관장　시민들, 어떤 태양이지?

시민들　(울상이 되어 카드를 내보인다) 노란 태양입니다.

박물관장　노란 태양이라구? 하하, 너희들의 재산은 모두 내 것이 되었다!

시민 가　(풀이 죽은 목소리로) 설마…… 노란 태양을 뽑을 줄이야…….

시민들은 어깨를 축 늘어트리고 알 곁에 모여 쓰다듬기도 하고 그 속에서 들려오는 소릴 듣기도 하며 위안을 삼는다.

박물관장　시민들, 너무 상심하지 말아요. 한 번 더 재미있는 노름을 할 테니까. (그는 벽에 걸린 두루마리에 다가가더니, 그것을 떼내어 뒷면이 앞이 되도록 뒤집어 건다. 보기에도 흉칙한 공룡이 그 뒷면에 있었던 그림이다. 그는 알을 손가락으로 가리키며 외친다) 두 번째의 재미있는 노름은 이렇게 시작된다. (돌도끼로 알을 내려칠 자세를 취하고) 나는 이 알을 깨 버릴 것을 제의한다.

시민들　(놀라며) 알을 깨 버리자구? (분노한 그들은 박물관장에게 달려
　　　　　든다)

군중들　(야유의 함성) 와—!

박물관장　잠깐만. 시민들이여, 나는 이 알을 깨 버리자고 거듭 주장
　　　　　한다. (두루마리를 가리키며) 저 징그러운 공룡을 보라! 성문
　　　　　밖 숲속에 사는 괴물이지. (알을 가리키며) 이 알은 바로 저
　　　　　공룡이 낳은 것이다!

시민 라　(알 곁에서 벌떡 일어서며) 공룡 알이라구요?

박물관장　(라에게) 알에서 멀찍이 물러나라! 지금 그 알에서 들려오
　　　　　는 소린 다 자란 공룡 새끼의 심장 뛰는 소리야. 조금 후
　　　　　햇빛을 쬐이면 그놈은 껍질을 깨고 엉금엉금 기어 나온다.

시민 라　(처절하게 부르짖는다) 지금까지 당신은 위대한 임금님이 계
　　　　　신 알이라고 말하였습니다. 그런데 공룡 알이라뇨?

박물관장　조금 전까진 위대한 임금님 알이었지만, 지금은 공룡 알
　　　　　이야.

시민 라　갑자기 바꿔지다니요?

박물관장　지금은 공룡 알이라는 내 말이 의심스럽거든, 조금 전의
　　　　　내 말, 위대한 임금님 알이라고 믿으려므나. (라에게 다가가
　　　　　서 얼굴을 맞대고 조용한 목소리로) 어때, 믿겠어? 못 믿겠어?

시민 라　(넋이 나간듯 조금씩 주저앉으며) 믿겠어요, 못 믿겠어요, 믿
　　　　　어요, 못 믿어요……. (이 말을 반복하며 괴로운 그는 자기의 팔

　　　　　　　　　　　　　　　　　　　　　　

에 얼굴을 파묻고 흐느낀다)

박물관장 쓸개 빠진 놈이로군. (군중들 앞으로 다가가서) 시민 여러분, 아직 나는 대관식을 올리지 않았으니까 너희들의 임금이라곤 할 수 없겠지. 물론 저 알 역시 아직 부화되지 않았으니 너희들의 임금은 아닌 것이다. 그러나 너희들은 저 알, 아니면 나, 둘 중에서 하나를 택하여 임금으로 삼아야 하느니만큼, 다시 한번 저 알과 나 자신에 대해서 설명해 주마. (손가락으로 알을 가리키며) 먼저, 저 알이다. 저 속에 위대한 임금님이 들어 있다는 건 농담이었다. 그렇기야 하면 오죽 좋겠니? 허나 사실은 공룡 알이다. 내가 박물관의 진열용으로 구입했던 거야. 만약 저 알이 부화된다면 단단한 비늘이 철갑처럼 씌워진 공룡이 나온다. 그 모양이 흉칙스런 괴물은 성질마저 사나워서 사람들을 널름널름 집어 삼킨다. 왜 너희들도 잘 알잖어? 보통 무기로써는 그 괴물을 물리치지 못해서 거리를 어슬렁거리며 사람 잡아먹는 짓을 격퇴하기란 결코 쉽지 않는 일이다. 시청의 공식 발표에 의하면 이 도시가 공룡으로부터 당하는 인명 피해가 일 년에 삼만이천 명에 달한다는 것이다. 지금 저 알은 박물관에서 전시하는 동안 취급 부주의로 햇빛을 받아서 부화의 절정에 이르렀다. 오늘 맑은 날 하루만 더 햇빛을 쬐이면 껍질을 깨고 흉악한 괴물이 기어 나올 거야. 그럼 다음에 나에 대해서 설명하마. (손가락으

로 자신을 가리킨다) 나는 박물관장, 아니 더 적절하게 말해
서 도박꾼이다. 난 가짜 보물 지도를 내걸어 전 재산을 땄
었다. 그러나 그런 단순한 노름보다 지금은 너희들 모두
와 도박을 하겠다. 시민 여러분, 이젠 너희들이 선택할 차
례다. 저 크고 하얀 알 속에는 위대한 임금님이 들어 있다
고 믿던지, 아니면 공룡이 들어 있음을 믿던지, 너희들의
자유의사(自由意思)에 맡기겠다. 위대한 임금님에 대한 굳은
신념을 가진 시민이라면 알을 택할 것이며, 공룡이 들어
있음을 믿는 현명한 시민이라면 나를 택하라.

시민들　(나를 제외하고) 그렇게 말씀하시면 우린 어떻게 합니까?

박물관장　(울상을 짓는 시민 대표들에게) 내가 너희들과 노름을 하는
중인데 그것이 무엇인지 가르쳐 줄 수 있겠느냐? 너희들
스스로가 잘 생각해 봐서 정할 일이다. (군중들에게) 군중
들은 듣거라. 너희들에게도 생각할 시간을 주겠다. 해가
뜨면 나는 다시 나오마. 그때 너희들은 손을 들어 저 알과
나, 둘 중에 어느 것을 택하는지 표결(票決)하라. 나는 시민
들의 민주적 정신을 존경한다. (군중들에게 손을 흔들며 퇴장
한다) 그럼 시민들, 아침에 다시 만나자.

제3막

시민 가   (관객에게) 시민 여러분, 아침입니다. 군악대의 연주와 불
꽃놀이는 어느새 자취를 감추고, 잿빛 안개 속에 초점을
잃어버린 여러분이 웅성거리고 있습니다. 여기 초췌한 얼
굴의 시민 대표들을 보십시오. 그들은 밤새도록 격론을
벌여 왔습니다.

시민 다   (라에게) 알 속에 위대한 임금님이 들어 있다고 믿고 싶은
건 당신과 마찬가지오. 하지만 그것은 사기 도박꾼 놈이
지어낸 허튼 수작이거든.

시민 라   그럼, 그 사기꾼이 알 속엔 공룡이 들어 있다고 말했다 해
서 그걸 믿을 수 있을까요?

시민 다   여보, 그렇다면 그 사기꾼 놈이 알 속엔 임금님이 들었노
라고 말한 것을 믿어야 하겠소?

시민 가   이런 식의 토론을 밤새도록 했습니다. 이젠 진절머리가
나요.

시민 나   (수첩에 적은 것을 내보이며) 일백서른여덟 번째! 같은 말만
되풀이한 것으로 기록되었습니다.

시민 라   (다에게) 당신의 견해가 옳다고 뒷받침해 줄 증거는 무엇
인가요?

시민 다   뚜렷한 증거가 있소. 그 박물관장은 사기꾼입니다. 알 속
에 임금님이 들어 있다는 건 그놈의 거짓말이에요.

시민 라   그럼 공룡 알이라고 한 말을 어떻게 믿으시겠어요?

시민 나   일백서른아홉! (기록하던 수첩을 내동댕이치고 발로 짓밟으며)
           인간의 지혜가 이렇게 빈약한 줄은 몰랐어!

시민 가   도대체 뭐요? 당신들은 헛소리로 시간만을 낭비했잖소?

시민 다   (성을 벌컥 내며) 당신이 가진 의견을 말해 보구려!

시민 가   내 생각 같아서는……. (머뭇거리다가) 나의 의견이 없다는
           것이겠지요.

시민 나   한심하군!

시민 가   미안합니다. 당신에게 좋은 의견이 있다면 말씀해 주십시
           오.

시민 나   나는 이렇게 주장하오. (큰 소리로 말문을 열었으나 할 말이 없
           어서) 알 속에는 위대한 임금님이 아니면 공룡이 있다는
           것입니다.

시민 가   당신이 가진 풍부한 지혜에 대해서 찬탄을 금하지 못하
           겠군요.

군중들   (공포의 소리) 해가 뜬다! (조금씩 떠오르는 태양이 알과 시민들
           을 점점 밝게 비춘다)

           (소리) 위대한 임금님이냐? 두려운 공룡이냐?

시민 라   무엇이냐구요? 우리의 지혜로서도 해결하지 못합니다.
           도대체 우리에게 어느 것을 선택할 권리가 있는지 그것
           마저 의아로워집니다. 시민 여러분, 우리의 진정한 불안
           은 공룡이 아니라, 우리의 지혜와 권리가 쓸모없어졌다는

데 주의하십시오. 우린 허수아비처럼 완전히 무력(無力) 상
태 속에 빠져들게 되었습니다. 박물관장이 우리의 손과
발에 줄을 엮으면 우리는 그가 시키는 대로 행동하게 될
것입니다. 아, 지금 나는 자유롭게 움직이는 혀로써 말하
고 있질 못합니다. 그러나 시민 여러분, 우리들이 그 어떤
어려움 속에서도 지키려고 했던 것이 무엇입니까? (의자
밑의 검붉은 반점들을 가리키며) 시민들이여, 여기 전왕의 피
가 아직 식지 않고 있습니다. 그는 생전에 멋진 모자를 썼
었고, 우리는 그 모자의 아름다운 형태를 수호해 왔었습
니다. 그런 우리들이 그의 죽음을 용인했던 것은 저 알 속
에 위대한 임금님의 실재(實在)를 믿었기 때문입니다. 그런
데 이제 와서 공룡 알이라고 믿는다면, 전왕의 고귀한 희
생은 무엇으로 보상되어져야 하며, 우리 시민들의 도덕적
타락은 어디에서 구제할 수 있겠습니까?

시민 다 (감동한다) 그렇군요. 사기꾼의 헛말에 현혹될 뻔 했습니
다. (알을 가리키며) 나도 알 속에는 위대한 임금님이 계시
다고 믿겠습니다.

시민 가 나 역시 알 속의 임금님을 믿습니다.

시민 나 나는 새삼스레 저 알 속의 임금님을 믿겠노라 말하진 않
겠어요. 그것은 내가 사람이다 라는 사실처럼 자명(自明)한
일이니까.

시민 라 (군중들에게) 존경하는 시민 여러분, 태양은 이 알과 우리

모두를 함께 비추기 시작했습니다. 오늘 저녁 무렵엔 위대하신 임금님이 부화되어 나오십니다. 시민들은 사기 도박꾼에 대항하여 이 알을 지키기 위해 싸우기를 맹세합니다.

군중들　(환호성) 위대한 임금님 만세!

박물관장이 왕의 복장으로 들어온다.

박물관장　(답례의 손을 흔들며) 여기 무서운 공룡으로부터 너희들을 구출하실 위대한 임금님이 나오셨다.

군중들　(분노의 소리) 우리들은 알을 택한다. 너는 물러가라!

박물관장　미친놈들이군. 사람 잡는 공룡을 왕으로 삼으려 하다니. (시민 대표 나를 손가락으로 쿡 찌르며) 어디, 너 좀 말해 보려므나. 저 알 속에 든 건 공룡이 아니라 임금님이라고 믿는 이유를?

시민 나　(확신에 가득차서) 내가 사람이기 때문입니다.

박물관장　누가 너더러 사람이 아니래? 알 속에 임금님이 들어 있다는 증거를 대보란 말이야.

시민 나　(머뭇거리다가 다를 가리키며) 이 옆 사람이 그것을 믿기에 나도 믿습니다.

박물관장　그래? (다에게) 넌 왜 믿지? 증거가 뭐야?

시민 다　(우물쭈물하다가 가를 가리키며) 이 옆 사람이 증거입니다. 나는 그를 따라 믿습니다.

박물관장   (가에게) 너, 대답해 봐.

시민 가   (라를 가리키고) 이 사람이 믿으라고 해섭니다.

시민 라   (박물관장 앞으로 나서며) 인간의 도덕적 품성을 지키기 위
           해서 나는 알 속엔 위대한 임금님이 계시다고 믿습니다.

박물관장   허허? 무슨 뚱딴지 같은 소릴 하는 건지 모르겠군. (공룡
           의 무서운 동작을 흉내내며) 알 속에는 공룡이 들어 있단 말
           이야. 그 괴물이 부화되어 나오면 어떻게 되는 줄 알기나
           해? 너희들은 잡혀 먹히거나, 아니면 대문을 닫아 걸고 숨
           어 있어야 한다구. (알에 다가가서 위험한 물건에 손을 대듯이
           슬쩍 만져보고) 햇빛을 받아 알이 뜨듯해지기 시작했군. 이
           크! 벌써 꿈틀거린다. (공포에 질린 표정으로 달아나며) 살기
           위해 나 먼저 달아난다!

시민 나   으악! (비명을 지르며 박물관장 뒤를 따라간다)

군중들   (웅성거린다)

박물관장이 나의 목덜미를 잡아 이끌고 들어온다.

박물관장   (군중들에게) 너희들, 보았지? (나의 얼굴을 보여 주며) 이 무서
           움에 질린 얼굴을. 이 사람은 부모와 아내 그리고 어린 아
           이들을 버리고 저 혼자 달아났어. 하지만 이 얼굴은 그래
           도 행복한 표정이다. 공룡에게 물렸을 때, 이 사람의 얼굴

이 고통으로 얼마나 더 이그러질지 상상 좀 해 봐. 난 억
지로 너희들의 임금이 되려구 이런 말을 하는 건 아니야.
너희들 스스로가 손을 들어 결정하라고 했잖어? 아주 자
유스러운 분위기 속에서 말이야.

시민 라 (군중들에게) 시민 여러분, 저녁까지만 두려움을 참아 내십
시오. 알 속에는 위대한 임금님이 계십니다.

군중들 (소리) 그 증거를 대시오!

시민 라 증거는 없습니다.

시민 가 알을 깨서 그 속에 정말 무엇이 들어 있는지 보면 어떨까?

박물관장 그것 좋겠군.

시민 가 (알을 들어 던지려 한다)

시민 라 그건 안 됩니다.

시민 가 우리들의 고민을 해결할 방법은 이것뿐이잖소?

시민 라 그렇다고 해서, 위대한 임금님이 계실지도 모를 알을 깨
트리려 하십니까?

시민 가 (번민하며) 비록 당신의 주정이 맞을 확률이 반절이다 할
지라도, 공룡 알일지 모를 나머지 반절의 가능성이 들어
맞아서, 정말 공룡이 나오면 어떻게 하겠소?

시민 다 (라를 가리키며) 더구나 이 사람은 어떤 확신이 있어 알 속
엔 위대한 임금님이 계시다고 주장하는 건 아닙니다. 믿
어요, 못 믿어요, 믿어요, 못 믿어요, 라고 얼마 전에 반복
하지 않았습니까?

군중들   (소리) 그렇다. 그의 말은 믿을 수 없다!

시민 라   (무릎을 꿇고 군중들에게 호소한다) 시민들이여, 위대한 임금
          님 대신에 사기 도박꾼을 왕으로 섬기려 하십니까?

시민 나   (털썩 주저 앉아 군중들에게) 시민들이여, 당신을 잡아먹는
          공룡을 왕으로 삼으려 하십니까? 차라리 그 어떤 사기꾼
          일지라도 사람의 왕이 낫지 않을까요?

박물관장   예이, 꼴 보기 싫다. 너희들 마음대로 해라. (퇴장하려 한다)

시민 나   (황급히 박물관장을 가로막으며) 왜 이러십니까? 자, 지금 시
          민들이 손을 들려고 하지 않아요? (군중들에게) 시민 여러
          분, 표결합시다. 먼저 박물관장을 왕으로 택할 시민들은
          손 드시오.

군중들   (열광적인 소리) 와! 새 임금님 만세! 우리들을 괴롭히는 공
          룡을 물리치셨다.

라를 제외한 시민 대표들도 손을 들었다.

시민 나   다음은 저 알을 택할 시민은 손 드시오.

군중들   (침묵)

시민 라   (손을 든다)

시민 나   단 한 명. (박물관장에게 왕관을 씌워 주며) 시민들은 당신을
          임금으로 선출하였습니다.

군중들   (환호성을 지른다)

시민 가   (라에게) 너무 상심 마시오. 우리들은 최선을 다한 것입니다.

시민 라   (허탈한 표정으로 시민들을 등지고 멀리 물러난다)

박물관장   (군중들에게) 시민들은 듣거라. 너희들은 어젯밤 군악대를
동원하고 불꽃놀이를 하며 잘 놀았다. 더구나 궁전에까지
몰려와 날이 새도록 소란을 떠는 바람에 나는 단잠을 설
쳤다. 그래 너희들은 이제 해가 뜬 줄도 모르냐? 남자들은
직장으로, 여자들은 가정으로 돌아가 일을 해라. 즉시 해
산하라! 돼지같이 게으른 놈들, 실컷 쳐놀고선 또 무얼 바
라고 움직이질 않는 거지?

시민 나   전하, 시민들은 전하께서 알을 어떻게 처리하실지 궁금해
서 해산하지 않는 것 같습니다.

박물관장   그래? (알을 들더니 상자 있는 곳까지 운반해 와서 그 속에 집어
넣는다) 상자 속에 넣어 둬야지.

시민 나   (두려움에 질려서) 아니 전하, 그 상자 속에 넣어 두면 어떻
게 합니까? 혹시 부화되어 나오지나 않을까요?

박물관장   너, 이리 와서 상자 속에 손을 넣어 보려므나.

시민 나   (조심스럽게 상자 속에 손을 넣어 휘젓는다) 알이 없는데요?

박물관장   염려 마라.

시민 다   (눈이 휘둥그레져서) 저도 손을 넣어 볼까요?

박물관장   (고개를 끄덕인다)

시민 다   (상자 속에 손을 넣고 휘저으며) 어디로 갔을까? 정말 알이 없
군요!

박물관장   (군중들에게) 이제 두려움은 사라졌다. 공룡은 다시 나오지
         않는다. 너희들은 안심하고 해산하라!
군중들   (환호성) 위대한 임금님 만세!

해산하는 군중을 따라 이 함성은 점점 멀어져 간다.

박물관장   (옥좌에 앉으며) 돼지떼들이 다 물러갔구나.
시민 나   전하, 듣기 거북하옵니다. 왜 시민들을 돼지떼라 부르십
         니까?
박물관장   그런데 여기엔 몇 마리 돼지들이 남아 있군. 그래, 너희들
         이 무슨 짓을 했는지 알기나 하니? 알 속엔 위대한 임금
         님이 계셨었다. 그런데 돼지들아, 너희들은 어떻게 했어?
         부화를 중지시키다니 어리석기도 하지.
시민들   (라를 제외하고) 이 사기꾼 놈아, 우리들을 속였구나!
박물관장   임금더러 사기꾼이라? 흥, 너희들의 어리석음이 나의 도
         박에 비해서 죄가 안 된다고 생각하느냐?
시민들   정말 알 속엔 위대한 임금님이……?
박물관장   그렇다. 조금만 더 기다렸더라면 알은 부화되어 위대한
         임금님이 나오셨을 텐데…… 자, 돼지들아, 괴로워하라. 이
         마를 땅에 찧으며 어리석음을 한탄하거라.
시민들   (쓰러져서 가슴을 치고 몸을 굴리며 괴로워한다)
시민 라   (허탈에 빠진 그는 멍하게 시민들을 바라본다)

박물관장	(잠시 후에) 아냐, 사실은 알 속엔 공룡이 들어 있었어.

시민들	(고통의 몸짓을 멈춘다)

박물관장	그게 아니야, 알 속엔 위대한 임금님이 계셨어.

시민들	(고통을 당하듯이 신음소릴 지른다)

박물관장	(잔인하게) 아니다, 그건 아니다. 알 속에 들었던 건 공룡이었다.

시민들	(고통의 몸짓을 멈추고 전신에 흐르는 식은 땀을 씻는다)

박물관장	별놈들 다 보겠네, 공룡이라고 해야 고통을 멈추니. 그러나 아니다, 아니야. 위대한 임금님이 알 속에 계셨었지.

시민들	(또 다시 괴로워한다. 이와 같은 말과 행동이 반복된다. 마침내 그들은 수십 차례 고문을 당한 사람들처럼 맥이 빠져 비굴할 정도로 유순해진다)

박물관장	너희들이 내가 시키는 것을 고분고분 듣지 않으면 어느 때든 이와 같은 주문을 외우겠다. 알겠느냐?

시민들	네, 전하.

박물관장	아니야, 네놈들이 길들어지려면 아직 멀었어. (다시 시작한다) 알 속에는 위대한 임금님이 계셨었다!

시민들	(기진맥진한 몸을 비틀며 고통스러워 신음소릴 지른다)

시민 라	(멀리 떨어진 곳에서부터 땅에 엎드리어 신왕(新王)에게 기어와 그의 발에 입맞추며) 우리들의 왕이시여, 자비를 베푸시옵소서. 전하, 우리들을 더 이상 괴롭히지 마시고 그 알 속에 들었던 것이 무엇이었는지 진실로 말씀해 주십시오. 그럼 저희들은 기꺼이 전하를 섬기겠습니다.

박물관장 임금의 자리란 왕관이나 칭호로써 유지되는 것은 아니다. 국민들의 약점을 잡아 그들의 복종으로 유지되는 것이다. 넌 알 속에 무엇이 들어 있었다고 생각하느냐?

시민 라 위대한 임금님이었습니다.

박물관장 그럼 그것을 믿어라.

시민 라 그러나 진실을 고백하자면 혹시 공룡이 들어 있을지 모른다는 생각도 품고 있습니다.

박물관장 공룡이 들어 있었다고 생각하는가?

시민 라 네.

박물관장 그럼 그것을 믿어라.

시민 라 전하, 부디 둘 중에 하나만을 저에게 가르쳐 주십시오.

박물관장 알 속엔 무엇이 들었었는지 정말 알고 싶은가?

시민 라 그렇습니다.

박물관장 (상자 속에서 칼을 꺼내 라의 앞에 던져 주며) 우리 다시 한번 더 노름을 하자. 그 칼은 내가 전왕(前王)을 겨누었던 칼이다. 이번에는 네가 나를 찔러 보라. 나는 결코 너희들을 사랑하지 않는 임금이다. 너희들에게 이를 데 없는 고통을 주고 있지 않느냐? 칼을 쥐고 나를 찌르라. 자, 어서 찔러. 네가 나를 찌르지 못한다면 내가 너를 찌르게 된다!

시민 라 (칼을 쥐고 박물관장에게 다가간다. 그의 가슴에 칼을 대었다가 힘없이 툭 떨어뜨린다) 당신을 죽이면 알 속에 무엇이 들었었는지 우리들의 고뇌를 해결할 수 있을까요? 나는 당신을 죽이지 못하겠습니다.

박물관장 (떨어진 칼을 주어 들고) 이번엔 내가 너를 찌를 차례다.

시민 라 찌르십시오. 나는 당신과의 노름에서 생명을 걸어 잃었지 않았던가요? 나를 찌르십시오. 그러나 진실을 들려주십시오.

박물관장 (칼을 라의 가슴에 대고 귀에 나직하게 속삭인다) 그럼 너에게만 말해주마. 그 알은 한 줌의 석회(石灰)로써 만든 것이다. 지금 그것은 상자 속에 부서져 있다. (돌칼로써 시민 라를 찌른다) 이젠 알았는가? 너의 괴로워하던 양심은 구제되었는가? 이 바보같은 놈의 시체를 치워라. 한 줌의 석회에 자기 목숨을 판 놈이다.

시민들 한 줌의 석회라뇨?

박물관장 시청 광장으로 끌고 가서 장례식이나 잘 치러 주어라. 이왕이면 그의 소원이었던 석회로 둥그런 알을 만들어 그 속에 담아 묻어라.

시민들 네, 전하! (시체의 다리를 잡는다)

박물관장 너희들, 나와 내기를 할까? 그 시체를 시청 광장까지 끌고 가는 데 이십오 분 걸릴 것 같다. 너희들은?

시민들 (서로 상의하더니) 저희들은 십팔 분이면 충분하다고 생각합니다.

박물관장 그래? (상자 속에서 시계를 꺼내든다) 자, 지금부터 시간을 재기로 한다.

시민들　(시체를 끌고 달려 나간다)

박물관장　미친 놈들이 죽은 개 끌고 가듯 하는군.

후막(後幕)

시민 가   (관객들에게) 시민 여러분, 연극은 끝났습니다. (돌도끼를 내
          보이며) 그리고 지금은 이것으로 공룡과 대항하는 시대도
          아닙니다. 공룡을 박물관에서나 찾아 볼 수 있듯이, 이 돌
          도끼 역시 박물관에 반납해야겠습니다.

박물관장   (전왕, 박물관 직원이 되어 나온다) 박물관 직원입니다. 빌려준
          물건들을 돌려 주시오.

시민 가   용케도 연극이 끝나자마자 오시는군요.

박물관장   끝나고 남는 것들을 모아 두는 것이 우리의 임무니까요.

시민 가   이 돌도끼 이외 또 무엇이 있죠?

박물관장   (장부를 펼쳐 보며) 여기 목록이 있습니다. 상자가 하나, 커
          다란 알이 하나, 그리구 또 미이라 그림이 둘, 원시인 표
          본 여섯 개입니다.

시민 가   분장실에 가시면 원시인 표본이 있을 거예요. 나머지 물
          건들은 내가 꾸려 드리겠습니다.

박물관장   (분장실에서) 여기 다섯 개뿐인데요?

시민 가   나머지 하나가 어디 갔을까? (두리번거리다가 자신을 가리키
          며) 나? (분장실을 향해) 빠진 원시인을 찾았습니다.

박물관장   (라운드 스피커에서 커다란 음성이 울려나온다) 아냐, 사실은 알
          속엔 공룡이 들어 있었어. (짧은 사이를 두고 반복) 그게 아니
          야, 알 속엔 위대한 임금님이 계셨지. (사이) 아니야, 그건

아니다. 알 속엔 공룡이 있었다. (사이) 아니야, 위대한 임
금님이 있었지…….

시민 가　(괴로워하는 모습으로 분장실로 뒷걸음질치며) 원시적 공포에
사로잡힌 나! 나! 나! 내가 여기 있습니다!

—막

　　　　　　　　　　　　　　　　　　　　　　　　　　알

파수꾼

이강백,
1974년 발표, 1975년 3월 초연

나오는 사람들

해설자
파수꾼 가
파수꾼 나(노인)
파수꾼 다(소년)

〈파수꾼〉은 1973년 겨울에 쓰였고, 이듬해 《현대문학》 8월호에 발표되었다. 1975년 3월에 연극인 회관에서 막이 올랐다. 이 작품은 권력과 복종, 진실과 거짓의 문제를 날카롭게 탐구하는 부조리극이다. 명령을 맹목적으로 따르는 인간 심리와 조직 내에서 개인이 겪는 갈등을 상징적으로 보여 주고 있다. 현실을 은유적으로 풍자하며 권력의 허구성과 사회 구조의 모순을 비판하는 대표적인 한국 현대 희곡이다.

해설자 (관객들에게 무대와 등장인물을 설명한다) 이곳은 황야입니다. 이리 떼의 내습을 알리는 망루가 세워져 있죠. 드높이 솟은 이 망루는 하늘로 둘러싸여 있습니다. 하늘은 연극의 진행에 따라 황혼, 초승달이 뜬 밤, 그리고 아침으로 변할 겁니다. 저기 위를 바라보십시오. 파수꾼이 앉아 있습니다. 높은 곳에서 하늘을 등지고 있기 때문에 그는 언제나 시커먼 그림자로만 보입니다. 그는 내가 태어나기 전부터 파수꾼이었습니다. 나의 늙으신 아버지께서도 어린 시절에 저 유명한 파수꾼의 이야기를 들으셨다 합니다. 물론 할아버지에게서 들으셨던 거죠. 이제 와선 저 망루 위의 파수꾼은 전설적인 인물이 된 것이지요. 또 다른 파수꾼들, 우리와 같은 시대 사람들입니다. 그들은 망루 아래에서 양철북을 칠 자세를 취하고 있습니다. 망루 위의 파수꾼이 이리 떼를 발견했다 외치면, 그들은 양철북을 두드릴 겁니다. 그 소린 황야에서 울려 퍼져서 우리가 살고 있는

마을에 전달되고, 그럼 주민들은 이리 떼의 내습에 대항할
준비를 갖추게 됩니다. 여러분이 잘 아시듯이 이리 떼는
무척 교활하죠. 그들의 습격이 탄로 난 걸 알아채면 일단
뒤로 물러납니다. 그리고선 다음 기회를 노리는 거죠. 이
러한 반복이 끊임없이 계속되고 있습니다.

망루 위의 파수꾼이 갑자기 외친다.

가　　　이리 떼다, 이리 떼! 이리 떼가 몰려온다!

파수꾼 가의 손이 번쩍 올려진다. 이리 떼가 나타난 방향을 가리킨다. 망루
아래 파수꾼들은 양철북을 두드린다. 외침과 북소리 계속. 불안이 점점 고
조된다. 해설자는 달아난다. 노인 파수꾼 나의 북 치는 모습은 늠름하다. 소
년 파수꾼 다는 두려움에 질려서 헛치기만 하다가 견디지 못하고 납작 엎
드려 버린다.

가　　　북소리 중지! 이리 떼는 물러갔다.
다　　　(아직도 겁에 질려서) 이리 떼라구요?
나　　　걱정 마라. 이젠 물러갔단다.
다　　　저는 아무것도 보지 못했는데요?
나　　　너는 낮은 곳에 있다. 그러니까 보지 못하는 거야. 하지만 저
　　　　망루 위의 파수꾼은 아주 높은 곳엘 있지 않니? 그는 멀리까

　　　　　　　　　　　　희곡을 읽는 시간

지 바라본다. 너하곤 위치가 다르다는 걸 알아야지.

가   이리 떼다, 이리 떼! 이리 떼가 몰려온다!

소년 파수꾼 다는 당황해서 다시 엎드리고, 파수꾼 나는 양철북을 두드린다.

가   북소리 중지! 이리 떼는 물러갔다.

다   ……정말 물러갔어요?

나   그렇다. 안심하구 일어나렴.

다   그래도, 저어, 아직 몇 마리 남아 있는 건 아닐까요? 그랬
        다가 엉겁결에 달려들어 꽉 물 수도 있겠구요.

나   파수꾼의 눈은 정확하단다. 단 한 마리의 이리도 그 눈을
        피해 숨을 순 없지.

다   아, 저는 그걸 생각 못 했어요. 죄송해요. 파수꾼의 눈을
        의심했던 건 아닙니다. 다만 이리라는 게 그렇죠, 이리를
        믿어선 안 된다구 배웠거든요. 이리는 엉큼하고, 사납고,
        그 날카로운 이빨에 물리면은…….

나   이리가 그렇게도 무섭니?

다   이렇게까지 무서움을 탈 줄은 몰랐거든요. 저 자신도 부
        끄러워요. 파수꾼이 되는 연습을 할 때엔 이렇진 않았습
        니다. 제법 용감했죠. 특히 칭찬을 받은 건 제 눈이었어요.
        까마득하게 멀리 떨어진 것두 척척 알아냈거든요. 마을
        사람들도 감탄했어요. "최고의 눈이다. 넌 파수꾼이 되기

위해 태어났다." 그래서요, 저는 여기에 오길 지원했던 거예요. 그러나 여기 와 보니 사정이 다르군요. 저는 한 번도 망루 위엘 올라가지 못했습니다. 한 가지 여쭙겠는데요, 왜 저 망루 위의 파수꾼은 교대하질 않죠?

나 저분은 말이다, 지금까지 실수를 하지 않았단다. 단 한 번도 이리 떼를 놓친 적이 없었어.

다 굉장하네요.

나 아무렴. 넌 어때 그렇게 할 자신이 있니?

다 자신있어요…… 허지만요, 한두 번쯤은 실수도 있을 거예요.

나 그럼 큰일난다. 이리 떼의 습격을 놓쳐 봐라. 마을의 가축과 사람들은 엄청난 피해를 입는다. 넌 아예 섣불리 망루 위에 올라갈 생각도 마라. 애야, 저 높은 곳보다 이 아래는 할 일이 많단다. 양철북도 쳐야 하구, 여기저기 놓아둔 이리 덫들도 살펴야 하구……. 방금 전 습격 때, 저쪽에서 탁 치이는 소리가 났었다. 너, 나하고 덫 보러 가지 않을래?

다 전 여기 있고 싶어요.

나 이리가 걸렸으면 좋겠는데…… 그럼 다녀오마.

파수꾼 나 퇴장. 오랜 침묵. 다는 망루 위를 쳐다보기도 하고 키발을 딛고 사방을 살피기도 한다. 금방 이리가 덤빌 것 같아서 그는 안절부절못한다. 마침내 두 팔로 얼굴을 감싸고 앉아서 움직이지 않는다. 파수꾼 나가 들어온다. 무겁게 생긴 강철제 덫을 어깨에 둘러 메고 와서 내려 놓는다.

나   또 헛쳤다. 교활한 짐승도 다 있지. 나뭇가지를 대신 끼워
            놓고 몸은 달아났지 뭐냐. 얘야, 이 덫 좀 함께 벌리자.

두 파수꾼은 덫 입을 함께 벌린다. 이빨들이 달린 덫이 벌어지며 파수꾼들
에게 위압을 준다.

다   무섭게 생겼어요.
나   나뭇가지 때문에 이빨이 상했어. 날카롭게 쇠줄로 쓸어야
            겠다. (쇠줄을 꺼내 덫 이빨을 간다. 금속성의 듣기 싫은 소리가 난
            다) 가끔 가다 이리가 치어 줘야 재미있는데, 통 그래주질
            않는단다. 치었는가 가 보면 또 헛치었구, 이리는 정말 교
            활해. 황야에 수천 개의 덫을 놓았지만 용케도 걸려들질
            않어. (덫니에 날이 섰는지 엄지 손가락을 대본다) 자, 됐다. 이
            리야, 이번엔 제발 덜컥 걸려다오. 제자리에 가져다 놓구
            오마.
다   내일 아침에 가세요.
나   내일 아침에?
다   그래요, 지금은 어둡잖아요?
나   어둡기는…… 아직 훤해.
다   가시면 안 돼요. 여긴 아직 훤하지만 덫 놓을 덤불 속은 어
            두울지 몰라요. 그 속에 이리가 숨어 있다 덤벼들면 어떻
            게 해요? 저 같으면 내일 아침까진 꼼짝도 안 하겠어요.

나   넌 참 겁두 많다.

가   이리 떼다, 이리 떼! 이리 떼가 몰려온다!

소년 파수꾼 다는 엎드리고, 파수꾼 나는 양철북을 두드린다.

가   북소리 중지! 이리 떼는 물러갔다.

나   넌 또 엎드렸구나.

다   이리 떼, 다 갔어요?

나   양철북이라도 좀 쳐 보질 그랬니? 네가 함께 쳐 주면, 나
         혼자서 이렇게까진 고달프진 않겠는데…….

다   아, 저는 쓸모없는 사람 같아요.

잠시 침묵. 파수꾼 나는 상심하는 소년의 얼굴을 다정하게 어루만진다.

나   그래도 난 네가 좋다.

다   제가 좋아요?

나   응.

다   겁만 내는데두요?

나   그래두 좋은 걸. 난, 너 오기 전엔 쓸쓸했었다. 위를 보렴.
         저 망루 위의 파수꾼하고는 거리가 너무 멀어 말벗도 안
         됐다. 그래 난 하루종일 홀로 있는 거나 다름없었지. 양철
         북도 요란하게 두들기고, 수천 개의 덫을 둘러보러 다녔

지만 혼자인 건 어쩔 수 없더라. 애야, 외롭다는 것 그게 뭔지 아니?

다　　　몰라요.

나　　　젊었을 땐 나도 몰랐다. 하지만 나이가 들고 보니, 황야에 바람이 분다든가 깊은 밤 달이 떴을 때, 외롭더라. 그래서 난 마을 촌장님에게 편지를 내었었지. 파수꾼을 한 명 더 보내달라구 말이다. 마침 지원자가 있다더구나. 바로 너였다.

다　　　용감한 사람이 오길 바라셨죠?

나　　　아니.

다　　　저처럼 겁쟁이를 기다리신 거예요?

나　　　아니.

다　　　그럼…….

나　　　누구였으면 하고 미리 정해 두지 않았단다. 그랬다간 만일 틀린 사람이라도 오게 되면 난 덜 기쁘지 않겠니? 그런데 첫눈에 너를 보자 한껏 기뻤다. 그 순간 나는 정한 거란다, 바로 네가 왔으면 하고. 내 뜻은 이루어졌다. 넌 그때 휘파람을 불며 왔었지?

다　　　네.

나　　　내 귀가 즐겁더라.

다　　　고마워요.

나　　　오히려 고마운 건 나다.

황혼이 점점 짙어진다. 해설자, 슬그머니 등장, 마분지로 만든 초승달을 하늘에 걸어 놓고 퇴장, 두 파수꾼은 어깨를 나란히 하고 앉아 있다.

나   야, 하늘 곱다. 그지?

다   네.

나   어제 저녁 네가 올 때도 이랬다. 난 평생 그 광경을 잊지
           못할 거다. (잠시 침묵) 어떠냐, 너 양철북 치는 방법을 배우
           지 않을래?

다   배우겠어요.

나   그러면서도 넌 망루 위만 바라보는구나. 그렇게도 올라가
           고 싶으냐?

다, 고개를 떨군다.

나   양철북 치는 것두 괜찮은 거란다. 소리가 요란하긴 하지
           만 귀에 익으면 그 재미를 알게 된다. 자아, 우선 여러 가
           지 박자 만드는 법을 가르쳐 주마. (그는 강약을 두어 양철북
           을 두드린다) 재미있지? 이 박자치기에 맛 들이면 어느새
           이리 떼 같은 건 다 잊어버린다. 자, 너도 쳐 보아라.

다   (나를 따라 양철북을 치다가 갑자기 겁에 질려서 나의 등 뒤에 숨
           는다) 저기, 저기…….

나   왜 그러니?

다   이리가 오구 있어요.

해설자, 식량 운반인이 되어 등장. 이리 껍질을 썼다. 유모차 비슷한 작은 손수레를 밀며 들어온다.

운반인   안녕하십니까, 파수꾼님? 망루 위의 파수꾼님도 안녕하
            세요? 제가 왔어요. 저를 좀 보세요! 이렇게 손을 흔들고
            있어요!
나   자네 수다 떨긴 여전하군. 어서 짐이나 내려놓게.
운반인   일주일분 식량입니다요. 쌀, 야채, 그리고 마른 생선. 이
            속엔 특별요리가 들어 있습니다요. 자, 받으십쇼. 이 맛있
            는 냄새가 나는 상자를. (나에게 주며) 통째로 구운 닭고기
            죠. 지난번에 부탁하신 걸 가져왔어요.
나   고마우이, 정말 고마워. (다에게) 안심하고 나와. 식량 운반
            인이야.
다   왜 이리 껍질을 썼죠?
운반인   왜 이걸 썼느냐구? 이리가 덤비지 않도록 쓴 거지. 이리는
            사람을 물지만, 자기네 종족은 물지 않거든. (나에게) 어때
            요, 맛있는 냄새가 나죠?
나   흥. 흥. 근사한데!
운반인   열어 보시죠, 어서.
나   아냐. 지금 열진 않겠어. 두었다가 멋진 저녁을 차릴려구

그래. 환영할 친구가 왔거든. 자네에게 소개함세. 새로 온
파수꾼이야. 아주 용감하지. 양철북 치는 솜씨도 나보다
갑절 낫구.

다   아직은…… 그렇지 않습니다.

운반인 악수를 청해도 되겠지? 왜 머뭇거리나? 아, 내가 쓴 이리
껍질이 마음에 걸리는 모양인데. (머리 부분만 벗어 젖히고)
이젠 됐지?

다   (운반인이 내민 손을 잡는다) 안녕하세요?

운반인 반갑수.

가   이리 떼다, 이리 떼! 이리 떼가 몰려온다!

소년 파수꾼 다는 엎드리고 나는 양철북을 두드린다.

가   북소리 중지! 이리 떼는 물러갔다.

운반인 하마터면요, 이리에게 죽을 뻔했습니다요. 껍질을 다시
써서 물리지 않았죠.

나   마을은 어떤가? 난 양철북을 치면서도 걱정이 돼. 주민들
은 잘 방비하고 있을까? 별일은 없겠지?

운반인 이리 막는 거야 잘 하고 있죠, 뭐. 하지만 약방 영감 왜 그
말라깽이네 약방 영감 말이예요, 그 영감이 지붕 위에서
떨어져 두 다리를 몽땅 부러트렸지 뭐요. 그 영감, 재수
옴 붙었지. 글쎄, 새벽녘에 잠이 깰까 말까 하는데 양철북

소리가 은은히 들려오더래요. 그러자 거리에서 사람들이 외치기를 "으악! 이리 떼가 몰려온다" 영감 넋 나갔죠. 지붕 위로 피신 가는데요, 몸은 떨리구, 뒤에선 금방 이리가 물 것 같겠다, 엉금엉금 기어 올라가다 뚝 떨어진 거죠.

나　　　　그런 말 하는 게 아냐.

운반인　　그렇죠, 뭐. 지붕 위에서 떨어진 영감이 한둘이어야지요. 양철북소리 들려오구? 이리 떼다!? 하니까, 우물 속에 빠져 죽은 아이 이야길 제가 했던가요?

나　　　　그만두게.

운반인　　그렇죠, 뭐. 우물 속에 빠져 죽은 아이가 어디 한둘이어야죠. 수두룩하니까 별로 우습지도 않아요. 자기 집에 불을 지른 남자 이야기는 어때요? 담배를 피우려구 성냥을 그었는데 들려오는 양철북 소리! 그 남자 엽총 들고 뛰어나가 신나게 공포 쏜 건 좋았죠. 허나 집에 돌아와 보니 불…….

나　　　　그만두래도!

운반인　　그렇죠, 뭐. 집 불태운 남자가 어디 한둘인가요? 북소리 들려 오구 "이리 떼가 몰려온다" 하니까…….

나　　　　(역정을 내며) 제발 그만 둬!

운반인　　왜 그래요? 하긴 그렇죠, 뭐.

나　　　　뭐가 그렇다는 거야?

운반인　　(시무룩하게) 아무것두 아녜요.

나　　　　남의 불행을 재미있어하면 안 되네.

운반인 그게 어디 남의 불행인가요? 나도 그 속에 살고 있으니까
    내 불행이죠 뭐. 짐 다 내려놨으니 이만 돌아가겠어요.

다   저녁 식사하고 가세요.

운반인 밤 되기 전에 가 봐야겠어.

다   곧 밤이 돼요. 식사하시구 자구 가세요.

운반인 여긴 재미없는걸. 양철북소리 들려올 때 "이리 떼가 온
    다!" 외치면…….

나   자네가 외치고 다니나?

운반인 그렇죠, 뭐. "이리 떼다" 하고 외치는 사람이 한둘이어야
    죠. 모두들 외치는데요. 지난주 화요일 밤, 북소리 들려와
    서 "이리 떼다" 외치구 골목을 막 돌아서는데, 웬 여자가
    내 어깨에 매달립디다. 열여섯이나 일곱쯤 될까요, 두려
    워서 바들바들 떠는 게 꽤 예쁘더군요. 말 들어보나마나
    어디 안전한 곳으로 데려다 달라는 거죠. 마침 골목 끝에
    대피용 지하실이 있어서…… (웃는다)

나   그래 어떻게 했나?

운반인 처음엔 껴안아 줄려구만 그랬어요. 허지만 나도 사낸데
    어디 그래요? 마침 지하실엔 단 둘뿐이었겠다, 그앨 바닥
    에 눕히고 재밀 좀 봤죠.

나   (치미는 분노를 꾹 참으며) 어서 가게.

운반인 안녕히 계십시오, 파수꾼님.

나   (다를 가리키며) 다음에 올 땐 이애 물건을 가져와. 밤에 덮

고 잘 담요가 없어.

운반인   언제 가져올까요?

나   내일 아침 당장 가지고 와.

운반인   알았어요. 내일 아침 또 오죠. (다에게) 잘 있수. 랄랄랄라
라라…….

해설자, 빈 수레를 끌고 퇴장.

다   화나셨어요?

나   아니.

다   성난 얼굴인데두요?

나   아까 그 운반인 말이다, 이리 같은 놈이다. 오늘 밤에도
어두운 거리에 숨었다가 몹쓸 재미를 노리겠지. 나의 양
철북 소릴 그런 놈들이 악용하고 있다니, 마음 상한다. (사
이) 그만두자. 이러다가는 오늘 저녁이 쓸쓸해질 것 같구
나. 애, 우리 식탁을 차리지 않겠니?

두 파수꾼은 야외용 식탁을 펴놓는다. 접시도 준비된다. 조그맣게 생긴 석
유램프도 식탁 한가운데 놓여진다. 다가 성냥을 그어 램프에 불을 붙이려
는 순간, 망루 위의 파수꾼이 소리지른다.

가   이리 떼다, 이리 떼! 이리 떼가 몰려온다!

다는 불을 켜지도 못하고 식탁 밑으로 숨는다. 나만 홀로 어둠 속에서 양철 북을 두드린다.

가   북소리 중지! 이리 떼는 물러갔다.
나   불을 켜렴.
다   ……이리, 다 갔어요?
나   너 어디에 있니?
다   식탁 밑에요.
나   이린 다 갔다. 안심하고 나오너라.

다가 석유램프에 불을 붙인다. 식탁 주위가 밝아진다. 노인과 소년은 식탁 에 마주 앉는다.

나   (요리가 든 상자를 내밀며) 냄새를 맡아 보겠니?
다   맛있겠는데요.
나   널 위해 마련했단다. 애야, 용감한 사람이 되마구 약속해 줄래?
다   저는 겁보예요. 잘 아시잖아요?
나   내 얼굴을 보아라. 아직도 성난 표정인 건 아마 너에 대해 선지도 모르겠다. 좀 영리한 자들은 나쁜 짓만 하구, 너처 럼 착한 애는 겁쟁이니까 말이다. 둘다 속상하기는 마찬가 지다. 애야, 지금 곧 너더러 용감해지라는 건 아냐. 허지만 너도 언젠가는 용감한 남자가 될 수 있지 않겠니?

다   (한숨을 쉬고 나서) 그럴 수 있을까요, 저두?

나   그럼. 처음부터 용기를 가지고 태어나는 사람은 없단다.
      수천 번 두려워하다가도 단 한번 그 두려움과 맞설 때, 그
      사람을 용기 있다구 부르는 거야. 자, 약속해 주겠니?

다   약속해요.

나   됐다. 상자의 뚜껑을 열으렴. 큼직한 닭이었으면 좋겠구나.

다   굉장히 커요!

나   반으로 자르거라. 한 몫은 저 망루 위의 파수꾼 거다. 나
      머지 반절은 너와 내가 나누자. (망루 위를 향하여 외친다) 식
      사하십시오!

가 대답이 없다.

 다   망루 위에 올라가서 말씀드릴까요?

나   아니다. 저분은 누가 망루 위에 올라오는 걸 싫어해. 음식
      은 그냥 놔두면 잡수시고 싶을 때 줄을 내려 보낸단다. 그
      럼 그 줄에 매달아 드림 되는 거야. 사실 저녁 식사만이라
      도 함께 하면 얼마나 좋겠니. 이 석유램프 불빛이 좀 아름
      다우냐? 그런데 텅빈 식탁에 홀로 앉아 저녁식사를 할 때
      엔 이 아름다운 불빛에 비춰 볼 얼굴이 그립더라. 얘야,
      어서 먹으렴.

두 파수꾼들은 식사를 계속한다. 한동안 말이 없으나 시선이 마주 칠 때마다 흐뭇한 미소가 떠오른다.

나   난 네가 좋아.

다   하루종일, 그 말씀뿐이었어요.

나   그래도 부족한 걸 어떻게 하니?

다   저에겐 너무 과분한 걸요.

나   아니야. 넌 네가 얼마나 중요하다는 걸 몰라서 그래. 넌 아직 채워지지 않은 내 꿈, 나를 애태우는 갈증이란다. 이 황야의 한복판에서 난 너라는 꿈을 꾼다. 현실에선 보이지 않는 고결한 것, 사라진 옛날의 파수꾼들, 넌 바로 그것이 되어야 한다. 예전엔 많은 파수꾼들이 이 망루 아래에서 살다 죽는 걸 자랑으로 여겼지. 일생을 여기 쓸쓸한 땅에서 보내며 그저 말없이 이리 떼와 대항한 그 생애를 기뻐했단다. 그들은 지금 이 황야에 묻혀 있어. 웅장한 대리석 관에 잠들기보다, 한 잎 갈대 아래 매장되는 걸 사내답다고 생각했다. 파수꾼이란 그런 거야. 난 여기서 죽을 것이다. 너의 두 손이 내 눈을 감길 때, 난 다음을 이어 줄 너에게 감사할 거다. 보아라, 저쪽 아래 묻힌 옛 파수꾼들이 모두 일어나 침묵 속에 너를 보고 있잖니? 넌 그들의 꿈이야. 이 황야의 크기와 맞먹는 꿈, 이젠 네가 얼마나 소중하다는 걸 알겠니?

다   아, 내가 겁보만 아니었더라면…….

나   넌 나에게 약속했다. 벌써 잊었어?

다   아뇨. 그래도 자꾸만 겁이 나는 걸요.

나   난 너의 약속을 믿는다. 제발 기대에 어긋나지 말아라.

다   네.

나   난 네가 좋아.

다   저도…….

나   내가 좋으냐?

다   네.

나   모처럼 즐거운 밤이구나. 구운 고기도 맛이 있고. 얘, 좀 더 먹지 그러니?

다   됐는걸요, 이만하면.

나   (하품을 하며) 오랜만에 포식을 했더니 졸립다. 잠시 눈을 붙여야겠다. (자기 담요를 덮으려다 다를 대신 덮어 주며) 춥지? 조금만 날 지켜 주렴. 곧 깨어나 너와 교대하마.

다   이 담요, 덮고 주무세요.

나   아냐, 너나 덮어. 난 습관이 돼서 괜찮다.

다   천막에 가서 주무시지 그러세요?

나   잠시 웅크리고 자면 되는 걸.

파수꾼 나, 식탁에 상반신을 엎드리고 눈을 감는다.

다   이리 떼가 오면 어떻게 하죠?

나   (잠에 빠져가는 졸리는 목소리로) 넌 약속했지?

다   약속했어요. 허지만요, 제가 용감할 수 없을 때 이리 떼가
         오면 어떻게 해요?

나   (웃으며) 네가 용감할 그때를 꼭 맞추어 와 달라구 부탁하렴.

다   하는 수 없군요.

나   부탁했니?

다   못했어요.

나   왜 하질 않구?

다   이리가 어디 들어 주겠어요?

나   하긴 그렇구나.

침묵. 파수꾼 나는 잠들었다. 오랜 사이. 다도 꾸벅꾸벅 졸기 시작한다. 램프
불빛만 남고 모든 것이 서서히 어둠 속에 묻힌다. 해설자, 슬그머니 들어와
서 초승달을 떼어 간다. 사이. 주위가 희미하게 밝아오면 새벽. 바람 소리가
요란해진다. 파수꾼 다가 문득 잠을 깬다. 그는 잠시 멍하니 둘러본다. 차츰
정신이 들자. 사태가 심상하지 않다고 생각한다. 그는 램프를 들고 일어난다.

다   바람소리? 아니면 이리 떼가 몰려오는 소리일까? 무서워
         지는데. 난 어쩌면 좋아! (잠든 파수꾼 나에게 다가간다) 아니,
         깨울 순 없어. 좀더 주무시도록 해야지. (나의 얼굴을 램프
         불빛에 비춰 보며) 이 주름진 얼굴, 햇빛과 바람에 거칠어진

피부, 근심 많은 분이 잠드신 것을…… 그런데 무섭다구 깨운다는 건 염치없는 짓일 겁니다. 황야는 어젯밤보다 수천 배나 넓어졌습니다. 그리고 난 외톨이에요. 지금 내가 얼마나 쓸쓸한지 아시겠지요? 하지만요, 주무십시오. 어떻게 난 견녀 보겠어요. (잠든 나에게 담요를 벗어 주고 물러난다) 왜 새벽공기는 얼음처럼 차거울까? 손발이 얼어 붙는걸. 이럴 때 말야, 이리 떼가 와서 덤벼 들면 난 꼼짝없이 죽겠지? 반항 한번 못하고 죽는 건 억울해. 여기 계신 파수꾼님도 당하고 말 거야. 그리고 마을의 가축들은? 그 순한 양이며 염소들은 지금 곤한 잠을 잘 텐데? 또 마을 사람들은? 모두 이리 떼 밥이 되겠다. 아, 무서워! (식탁으로 뛰어갔다가 멈칫 서서) 아니, 주무십시오. 난 견디겠어요. (사이, 얼굴 표정이 밝아지며) 그래, 괜한 걱정을 했군. 망루 위에 파수꾼이 감시할 테니까, 안심해도 돼. (망루 위를 향하여) 망루 위의 파수꾼님, 눈을 뜨고 계셔요? ……왜 대답이 없으시죠? (침묵) 망루 위의 파수꾼님 당신마저? 당신까지 잠드셨군요! ……나 혼자다. 눈을 뜨고 있는 건 나 혼자뿐야. ……바람소리? 아니면 이리 떼가 몰려오는 소릴까? 아무래도 수상해. 난 어쩌면 좋지? 그래, 망루 위에 올라가자. 눈을 뜬 건 나뿐이잖아. 내가 이리 떼를 감시해야지.

파수꾼 다는 양철북을 메고 망루 위로 올라간다. 가는 여느때와 같은 부동자세. 다는 숨어들듯 가의 등 뒤에서 서서 황야를 바라본다.

다   아름다워라. 새벽의 황야가 이렇게 아름다울 줄은!
가   이리 떼다, 이리 떼! 이리 떼가 몰려온다!

파수꾼 다는 기겁하듯 놀란다. 망루 아래로 급히 내려온다. 그는 양철북을
두드리려고 하지만 겁에 질린 듯이 헛치기만 한다. 그는 땅에 엎드린다.

가   북소리 중지! 이리 떼는 물러갔다.
다   흐유! (망루 위를 항하여) 이리떼는 정말 다 물러갔나요? 대답
         해 주세요. (침묵) 왜 말이 없으시죠? 잠드셨나요? 파수꾼
         님, 당신은 또 잠드셨군요?

파수꾼 다는 망루 위에 올라간다.

다   이리 떼만 없다면 이곳은 얼마나 평화로운 곳일까? 지평
         선 저 멀리 하늘가를 좀 봐. 하얀 구름이 흘러가네.

사이.

가   이리 떼다, 이리 떼! 이리 떼가 몰려온다!

파수꾼 다는 황급히 망루 아래로 내려와 엎드린다. 그러나 어떤 의아로움이 두려움 속에서 생겨난다. 그는 망설이듯 일어나 망루 위에 올라가 사방을 바라본다.

가   이리 떼다, 이리 떼! 이리 떼가 몰려온다!

파수꾼 다는 망루 위에서 내려오지 않는다. 소리를 지르는 가와 황야를 번갈아 바라본다.

가   북소리 중지! 이리 떼는 물러갔다!

파수꾼 다는 망루 아래로 내려온다. 심한 충격을 받은 표정이다.

다   이리 떼라구요? 황야 저쪽에는 흰 구름뿐이었어요.

긴 침묵 밝아지는 아침. 식탁 위의 석유램프 불빛은 희미해졌다. 파수꾼 나가 잠에서 깨어 일어난다. 너무 잤다는 듯이 흠칫 놀라며, 그는 램프불을 끈다. 그리고 뒤돌아서다가 망루에 등을 기대고 앉아 있는 다를 발견한다.

나   잘 잤니?
다   (힘없이) ……네.
나   너, 어디 아픈 게 아니냐?

다	……아뇨.
나	날 일찍 깨우지 않고. (다의 이마를 짚어보며) 열이 많다. 담요를 덮지 않아서 그래. 난 괜찮대두 날 덮어 주었구나.
다	아뇨. 담요는 밤새껏 제 차지였어요. 새벽 무렵에야 덮어 드린 걸요.
나	아무래도 너 아픈 것 같다. (다의 몸을 담요로 감싸 주며) 몸을 덥혀라.
다	(방치해 둔 이리 덫을 물끄러미 바라보며) 저 덫으로 흰 구름을 잡나요?
나	응? 흰 구름을?
다	네. 하늘의 흰 구름을요.
나	구름을 어떻게 덫으로 잡니?
다	그래요. 구름은 흘러가는 거예요. 푸른 하늘에 두둥실 떠서 고요히 흘러만 가요. 이리 덫으론 잡을 수 없죠.
나	헛소릴 하는구나, 넌. 몸을 덥히고 있으면 곧 나을 거야. (덫을 어깨에 짊어지고) 아침이 됐으니 덤불 속도 훤해졌겠지. 그럼 덫 놓구 오마.
다	그 덫으로는 흰 구름을 못 잡아요.

파수꾼 나, 덫이 무거워 비틀거리며 퇴장한다. 잠시 후, 해설자가 운반인이 되어 손수레를 끌고 등장.

운반인   잘 있었나, 어린 파수꾼?

다   어서 오세요.

운반인   담요 가져왔어. 고참 파수꾼은 어디 가셨나?

다   덫 놓으러 가셨어요.

운반인   엊저녁 말씀대로 날이 새자마자 가져왔는데 칭찬을 못
         듣게 됐군.

다   기다리시면 오실 거예요.

운반인   아니, 그냥 가야지. 여길 잠시라도 있고 싶지 않아. 너무
         쓸쓸해. 망루만 솟아 있지 뭐 볼 것두 없구. 난 네 마음을
         모르겠어. 여긴 왜 있지? 평생 있어 봐야 그게 그거 아냐?
         양철북이나 두들기는 거밖에 더 있느냐 말야. 아까운 인
         생만 썩혀 보내는 거지. 어젯밤에 난 너를 생각했어. 너는
         인생을 즐겨야 해. 어때? 달아나지 않으려나? 이 수레에
         타라구. 어디든지, 네가 가구 싶은 대로 태워다 줄게.

다   어젯 저녁에 말씀해 주지 그랬어요. 이리가 무서워서라도
         아마 난 당신의 수레에 탔을 거예요. 하지만 지금은 안 돼
         요. 타고 싶어도 탈 수 없어요.

운반인   왜 그래? 무슨 일이 있었나?

다   마을에 가시거든 이 편지를 촌장님께 전해 주세요. 아주
         중대한 거예요.

운반인   내용이 뭔데?

다   말할 수 없어요.

운반인 괜찮어, 말 안 해두. 도중에 뜯어 보면 알게 될 걸 뭐.

다 보시면 안 돼요.

운반인 걱정 말아. 곧장 촌장님께 전할 테니까. 그럼 잘 있어. 랄
랄 라라라…….

해설자, 퇴장. 사이. 파수꾼 나가 들어온다.

나 아침식사 하겠니?

다 지금 아무것도 먹고 싶지 않아요.

나 무얼 좀 먹어야 기운이 나는 거란다. 얘, 남은 닭고기 너
나 먹으렴. (음식 담긴 접시를 다에게 가져가 턱 밑에 받쳐든다)
네 얼굴이 핼쓱하다. 몹시 아프니?

다 파수꾼님…….

나 응?

다 이리는 정말 없는 거죠?

나 오호라, 넌 이리가 무서워서 병난 거구나. 요 겁쟁이, 우리
양철북을 두드리자. 그걸 힘껏 두드리고 있노라면 이리
떼가 덜 무서워질거야.

다 양철북을 쳐요?

나 그래. 치는 법을 가르쳐 주마.

다 소용없어요, 그건. 사실을 말씀 드리죠. 오늘 새벽 눈을 뜨
고 있던 건 저뿐이었어요. 모두들 잠을 잤구요. 그 틈을 노

려 이리 떼가 습격해 오면 어쩌나 하구 전 두려웠어요. 그 래서요, 저는 망루 위에 올라갔던 거예요. 그 높은 곳에서 저는 이 황야의 전부를 바라보았죠. 아무 데도 이리는 없 더군요. 보이는 거라고는 저 멀리 하늘가에 흰 구름뿐이었 어요. 그걸 향해 망루 위의 파수꾼은 "이리 떼다!" 외쳤습 니다. 세 번이나요. 세 번, 저는 망루 위에서 그걸 제 눈으 로 보았어요. 이리 떼라곤 없어요. 흰 구름뿐이에요.

나   얘야, 난 네 맘을 안다. 넌 망루 위엘 올라가고 싶었겠지? 이리가 무서웠구. 더구나 어린 너에겐 이 쓸쓸한 곳이 맞 질 않는다. 그래서 넌 헛소리를 하는 거야.

다   저는 정말 망루 위에 올라갔었어요.

나   그럴 리 없어. 넌 아까부터 제정신이 아니더라. 덫으로 어 찌 구름을 잡겠느냐고 횡설수설할 때부터 난 걱정스러웠 다. 제발, 이리 떼가 없다는 소린 하지도 말아라.

다   여기 낮은 곳에 있으니까 모르는 거예요. 하지만 저 높은 곳엘 올라가면 이리 떼가 없다는 걸 알게 돼요.

나   얘야, 자꾸만 우기지 말아라. 나는 이 황야에서 평생을 지 냈단다. 넌 여기 온 지 겨우 사흘밖엔 안 됐구. 그런데, 사흘 밖에 안 된 네가 평생을 보낸 나보다 뭘 잘 안다구 그러니?

가   이리 떼다, 이리 떼! 이리 떼가 몰려온다!

파수꾼 나는 확신있게 양철북을 두드린다. 다는 여느 때와는 달리 침착하게 일어선다. 그리고 담요를 벗어 네모 반듯이 갠 다음 식탁 위에 놓는다. 그는 북을 두드리는 나를 바라보면서 몹시 안타까운 표정이 된다.

가   북소리 중지! 이리 떼는 물러갔다.

다   정말 이리가 있다구 믿으세요?

나   보렴, 방금도 이리 떼가 오질 않았니? 그렇지 않다면 내가 왜 양철북을 치며 평생을 보냈겠느냐? 서운하다. 아무리 아픈 애라지만 너무 심한 말을 하는구나.

다   죄송해요. 하지만 어쩜 그 많은 나날을 단 한 번도 의심없이 보내셨어요?

나   넌 그렇게도 무섭니, 이리가?

다   오히려 이리가 있다고 믿었던 때가 좋았던 것 같아요. 그 땐 숨기라도 했으니까요. 땅에 엎드리면 아늑하게 느껴졌어요. 지금은요, 이리가 없으니 땅에 엎드려야 아무 소용없구요, 양철북도 쓸모가 없게 됐어요. 오직 이제는 제가 본 그 사실만을 말하고 싶어요.

해설자. 촌장이 되어 등장. 검은 옷 차림. 이해심이 많아 보이는 얼굴과 정중한 태도. 낮고 부드러운 음성으로 말한다.

촌장   수고하시는군요, 파수꾼님.

나   아, 촌장님. 여긴 웬일이십니까?

촌장   추억을 더듬으러 왔습니다. 이 황야는 내가 어린 시절 야
       생 딸기를 따러 오곤 했던 곳이지요. 그땐 이리가 무섭지
       도 않았나 봐요. 여기저기 덫이 깔려 있고 망루 위의 파수
       꾼이 외치는데도 어린 난 딸기 따기에만 열중했었으니까
       요. 그 즐거웠던 옛 추억, 오늘 아침 나는 그 추억을 상기시
       켜 주는 편지를 받았습니다. 그래 이곳엘 찾아온 거예요.
나   잘 오셨습니다, 촌장님.
촌장   오래 뵙지 못했더니 그동안 흰 머리가 더 많아지셨군요.
나   촌장님두요, 더 늙으셨어요.
촌장   오다 보니까 저쪽 덫에 이리가 치어 있습니다.
나   이리요? 어느 쪽이요?
촌장   저쪽요, 저쪽. 찔레 넝쿨 밑이던가요…….
나   드디어 잡는군요!

파수꾼 나 퇴장. 촌장은 편지를 꺼내 다에게 보인다.

촌장   이것, 네가 보낸 거니?
다   네, 촌장님.
촌장   나를 이곳에 오도록 해서 고맙다. 한 가지 유감스러운 건,
       이 편지를 가져온 운반인이 도중에서 읽어 본 모양이더
       라. "이리 떼는 없구, 흰 구름뿐." 그 수다쟁이가 사람들에
       게 떠벌리고 있단다. 조금 후엔 모두들 이곳으로 몰려올

거야. 물론 네 탓은 아니다. 넌 나 혼자만을 와달라구 하
지 않았니? 몰려오는 사람들은, 말하자면 불청객이지. 더
구나 어떤 사람은 도끼까지 들고 온다더라.

다   도끼는 왜 들고 와요?

촌장   망루를 부순다구 그런단다. "이리 떼는 없구 흰 구름뿐."
그것이 구호처럼 외쳐지구 있어. 그 성난 사람들만 오지
않는다면 난 너하구 딸기라도 따러 가고 싶다. 난 어디에
딸기가 많은지 알고 있거든. 이리 떼를 주의하라는 팻말
밑엔 으례히 잘 익은 딸기가 가득하단다.

다   촌장님은 이리가 무섭지 않으세요?

촌장   없는 걸 왜 무서워하겠니?

다   촌장님도 아시는군요?

촌장   난 알고 있지.

다   아셨으면서 왜 숨기셨죠? 모든 사람들에게, 저 덫을 보러
간 파수꾼에게, 왜 말하지 않는 거예요?

촌장   말해 주지 않는 것이 더 좋기 때문이다.

다   거짓말 마세요, 촌장님! 일생을 이 쓸쓸한 곳에서 보내는
것이 더 좋아요? 사람들도 그렇죠! "이리 떼가 몰려온다."
이 헛된 두려움에 시달리는데 그게 더 좋아요?

촌장   애야, 이리 떼는 처음부터 없었다. 없는 걸 좀 두려워한다
는 것이 뭐가 그렇게 나쁘다는 거냐? 지금까지 단 한 사
람도 이리에게 물리지 않았단다. 마을은 늘 안전했어. 그

리고 사람들은 이리 떼에 대항하기 위해서 단결했다. 그들은 질서를 만든 거야. 질서, 그게 뭔지 넌 알기나 하니? 모를 거야, 너는. 그건 마을을 지켜주는 거란다. 물론 저 충직한 파수꾼에겐 미안해. 수천 개의 쓸모없는 덫들을 보살피고 양철북을 요란하게 두들겼다. 허나 말이다, 그의 일생이 그저 헛된다고만 할 순 없어. 그는 모든 사람들을 위해 고귀하게 희생한 거야. 난 네가 이러한 것들을 이해하여 주기 바란다. 만약 네가 새벽에 보았다는 구름만을 고집한다면, 이런 것들은 모두 허사가 된다. 저 파수꾼은 늙도록 헛북이나 친 것이 되구, 마을의 질서는 무너져 버린다. 얘야, 넌 이렇게 모든 걸 헛되게 하고 싶진 않겠지?

다   왜 제가 헛된 짓을 해요? 제가 본 흰 구름은 아름답고 평화로웠어요. 저는 그걸 보여 주려는 겁니다. 이제 곧 마을 사람들이 온다죠? 잘 됐어요. 저는 망루 위에 올라가서 외치겠어요.

촌장   뭐라구? (잠시 동안 침묵을 지킨 후에 웃으며) 사실 우습기도 해. 이리 떼? 그게 뭐냐? 있지도 않은 그걸 이 황야에 가득 길러 놓구, 마을엔 가시 울타리를 둘렀다. 망루도 세웠구, 양철북도 두들기구, 마을 사람들은 무서워서 떨기도 한다. 아하, 언제부터 내가 이런 거짓 놀이에 익숙해졌는지 모른다만, 나도 알고는 있지. 이 모든 것이 잘못되어 있다는 걸 말이다.

다   그럼 촌장님, 저와 같이 망루 위에 올라가요. 그리구 함께
        외치세요.

촌장   그래, 외치마.

다   아, 이젠 됐어요!

촌장   (혼잣말처럼) ……그러나 잘 될까? 흰 구름, 허공에 뜬 그것
        만 가지구 마을이 잘 유지될까? 오히려 이리 떼가 더 좋
        은 건 아닐지 몰라.

다   뭘 망설이시죠?

촌장   아냐, 아무것두…… 난 아직 안심이 안 돼서 그래. (온화한
        얼굴에서 혀가 낼름 나왔다가 들어간다) 지금 사람들은 도끼까
        지 들구 온다잖니? 망루를 부순 다음엔 속은 것에 더욱 화
        를 낼 거야! 아마 날 죽이려구 덤빌지도 몰라. 아니 꼭 그
        럴 거다. 그럼 뭐냐? 지금까진 이리에게 물려 죽은 사람은
        단 한 명도 없었는데, 흰 구름의 첫날 살인이 벌어진다.

다   살인이라구요?

촌장   그래, 살인이지. (난폭하게) 생각해 보렴, 도끼에 찍힌 내 모
        습을 피가 샘솟듯 흘러 내릴 거다. 끔찍해. 얘, 너는 내가
        그런 꼴이 되길 바라고 있지?

다   아니에요, 그건!

촌장   아니라구? 그렇지만 내가 변명할 시간이 어디 있니? 난
        마을사람들에게 왜 이리 떼를 만들었던가, 그걸 알려 줘
        야 해. 그럼 그들도 날 이해해 줄 거야.

다   네, 그렇게 말씀하세요.

촌장   허나 내가 말할 틈이 없다. 사람들이 오면, 넌 흰 구름이
         라 외칠거구, 사람들은 분노하여 도끼를 휘두를 테구. 그
         럼 나는, 나는…… (은밀한 목소리로) 얘, 네가 본 그 흰 구름
         있잖니, 그건 내일이면 사라지고 없는 거냐?

다   아뇨. 그렇지만 난 오늘 외치구 싶어요.

촌장   그것 봐. 넌 내 피를 보구 싶은 거야. 더구나 더 나쁜 건,
         넌 흰 구름을 믿지도 않아. 내일이면 변할 것 같으니까,
         오늘 꼭 외치려구 그러는 거지. 아하, 넌 네가 본 그 아름
         다운 걸 믿지도 않는구나!

다   (창백해지며) 그건, 그건 아니에요!

촌장   그래? 그럼 너는 내일까지 기다려야 해. (괴로워하는 파수꾼
         다를 껴안으며) 오늘은 나에게 맡겨라. 그러면 나도 내일은
         너를 따라 흰 구름이라 외칠 테니.

다   꼭 약속하시는거죠?

촌장   물론 약속하지.

다   정말이죠, 정말?

촌장   그럼. 정말 약속한다니까.

파수꾼 나가 들어온다.

나   또, 헛치었습니다. 이리는 워낙 교활해서요, 친 것 같아도

가 보면 달아나구 없어요.

촌장   다음에는 꼭 잡히겠지요.

나   미안합니다. 이번에 잡았더라면 그 껍질을 촌장님께 선사
하구 싶었는데…….

촌장   받은 거나 다름없이 감사합니다.

나   (촌장에게 안겨 있는 다를 가리키며) 그앤 지금 몹시 아픕니다.

촌장   네. 열이 있는 것 같군요.

다   간밤에 담요를 덮지 않아서 병이 났어요.

촌장   이만한 나이 때 누구나 한번씩은 앓는 병이겠지요.

나   내 잘못이었어요. 담요를 꼭 덮어 줘야 하는 건데. (다에게)
얘야, 난 널 좋아해. 아픈 것 빨리 좀 나아 주렴.

다   (힘없이 웃으며) ……고마워요.

나   (관객석쪽으로 돌아서다가, 흠칫 놀라며) 웬 사람들이 이렇게
몰려오죠?

촌장   마을 사람들이죠.

나   마을 사람들요?

촌장   (관객들을 향해) 어서 오십시오, 주민 여러분. 이애가 그 말
을 꺼낸 파수꾼입니다. 저기 빙긋 웃고 있는 식량 운반인,
이애가 틀림없지요? 네, 그렇다고 확인했습니다. 이리 떼
인지 아니면 흰 구름인지, 직접 이 아이의 입을 통하여 들
어 봅시다.

파수꾼 다, 쓰러질 것 같은 걸음으로 망루를 향해 걸어간다. 나가 근심스럽

게 쫓아간다.

나   얘야, 괜찮겠니?

다   ……네.

나   아무래도 걱정이 되는구나. 넌 이리 떼란 말만 들어도 벌
        벌 떠는 겁쟁이인데. 망루 위에 올라가서 엎드리면 안 돼.
        이렇게 많은 사람들이 널 보러 오지 않았니? 얼마나 큰
        영광이냐. 이 기회에 말이다, 넌 너 자신이 파수꾼이라는
        걸 힘껏 자랑해야 한다. 알았지, 응?

촌장   그만 올라가게 하십시오.

파수꾼 다는 망루 위에 올라간다. 긴 침묵. 마침내 부르짖는다.

다   이리 떼다, 이리 떼! 이리 떼가 몰려온다!

파수꾼 가의 손이 번쩍 들려지며 그도 외친다. 파수꾼 나는 신이 나서 양철
북을 두드린다. 북소리, 한동안 계속된다.

가   북소리 중지! 이리 떼는 물러갔다.

촌장   주민 여러분! 이것으로 진상은 밝혀졌습니다. 흰 구름은 없
        으며 이리 떼뿐입니다. 이 망루는 영구히 유지되어야겠지
        요. 양철북도 계속 쳐야 할 것입니다. 여러분, 다음 이리의

습격 때까진 잠시 시간적 여유가 있습니다. 그 틈을 이용하여 돌아가십시오. 가시거든 마을 광장에 다시 모이시기 바랍니다. 수다쟁이 운반인의 처벌을 논의합시다. 그럼 어서 돌아가십시오. 이리 떼가 여러분을 물어뜯으러 옵니다.

망루 위에서 파수꾼 다가 내려온다.

나	난 네가 이렇게 용감해질 줄은 몰랐구나.
촌장	고맙다. 정말 잘해 주었다.
나	아냐, 난 몰랐던 건 아니었어. 넌 나에게 용감한 사람이 되마구 약속하질 않았니? 난 그때 이미 알아본 거야, 넌 꼭 훌륭한 파수꾼이 될 거라구.
촌장	애, 나 좀 보자. (한갓진 곳으로 데리고 가서) 너한테는 안됐다만, 넌 이곳에서 일생을 지내야 한다.
다	……네?
촌장	마을엔 오지 말아라.
다	(침묵)

바람부는 소리가 거칠게 들려온다.

촌장	난 저 사람들이 싫어. 내 마음은 너와 함께 딸기 따기에 가 있다. 넌 내 추억이야. 너에게는 내가 늘 그리워하던 것이

있다. 넌 내 추억이야. 너에게는 내가 늘 그리워하던 것이
있다.

사이.

촌장	……하지만, 여긴 너무 쓸쓸해.

사이.

촌장	그럼, 잘 있거라.
나	가시려구요, 촌장님?
촌장	사람들이 기다리고 있어서요.
나	제가 저만큼 바래다 드리지요. 덫도 좀 살펴볼 겸 해서요.
	(함께 걸어가며) 그런데 말입니다. 양철북을 치던 내 모습이
	멋있지 않던가요?

촌장과 파수꾼 나, 퇴장한다. 바람소리만이 더욱 거칠어진다. 잠시 후, 망루
위의 파수꾼이 "이리 떼다!" 외친다. 파수꾼 다는 조용히 양철북을 두드리
기 시작한다.

—막

결혼

이강백,
1974년 11월 초연

나오는 사람들

남자
여자
하인

<결혼>은 1974년 10월 《단막극 선집》에 발표된 작품이다. 초연은 같은 해 11월 <카페 떼아뜨르>에서 공연되었다. 이 작품은 사랑과 소유, 진실의 본질을 풍자적으로 탐색하고 있다. 겉모습과 물질적 조건보다 자신의 내면과 진심이 얼마나 중요한지를 되묻는 이야기로, 가볍고 재치 있는 구성 속에 깊은 메시지를 담고 있는 희곡이다.

<작가노트>

이 작품은 응접실 또는 아담한 소극장(小劇場) 같은 곳, 그런 실내(室內)에서 공연하기 알맞도록 썼다. 음악으로 비교한다면 실내악(室內樂) 같은 것이다.

무대를 따로 만들 필요도 있지 않고 별다른 조명이나 효과의 도움을 받지 않아도 된다. 그러나 절대적으로 필요한 것은 그 장소에 모인 사람들이다. 이 연극의 등장인물, 하인은 그들로부터 잠시 모자라든가 구두, 넥타이 등을 빌려야 한다. 이 빌린 물건들을 단순히 소도구로 응용하기 위해서만이 아니다. 이 작품을 검토하면 알겠으나, 이 잠시 빌렸다가 되돌려 준다는 것엔 보다 더 깊은 의미가 있고 이 연극에 있어 중대한 역할을 차지하게 된다.

하인, 그는 빌린 물건들로 한 남자를 치장한다. 구색이 맞지 않고 엉뚱한 다른 물건들로 남자는 좀 우스꽝스럽기는 하지만 그럭저럭 부자처럼 보이게 된다.

남자, 그는 의자에 앉아 얼굴을 다 가리는 커다란 이야기책을 읽기 시작한다.

하인은 그 남자의 곁에 부동자세로 선다. 그의 손엔 거의 쟁반만큼이나 커다란 회중시계가 들려져 있는데 실제로 하인은 가끔 그것을 쟁반으로 사용하기도 한다. 몹시 꼼꼼하게 시간을 재는 그의 모습은 꼭 그럴 필요는 없겠으나 무뚝뚝하고 건장했으면 한다.

남자   (이야기 책을 낭독한다) 옛날에, 옛날에, 한 사기꾼이 살고 있었습니다. 그는 젊고 잘 생겼으나 땡전 한 잎 없는 빈털터리였습니다. 어느날 그는 외로워졌으므로 결혼하고 싶어졌습니다. 누구나 젊음의 한 시기엔 외로워지기 마련입니다. 그래서 그런지 누구나 결혼한다고들 합니다. 하지만 그 사기꾼에겐 엄청난 고민이 있었습니다. 그 고민은 이렇습니다. 이 세상의 어떤 처녀가, 자기 같은 빈털터리 남자와 결혼해 줄 리 있겠습니까? 없습니다. 아무도 없다고 생각했습니다. 그래서 그런지 그는 몹시 절망적인 기분이 들었습니다. 그런 기분은 좋지 않습니다. 저절로 한숨이 나오구, 정신에도, 몸에도, 해롭습니다. 빨리 심호흡을 해서 그런 기분은 몰아내야 합니다. 그래서 그런지 젊은 사기꾼도 심호흡을 했습니다. 그리고는 벌떡 일어섰습니다.

한탄하지 말자!
근심 걱정도 말고!
곤란하면 운명에 맡겨 버리자!
지금의 한때 푸짐히 즐기되
지나간 옛날은 생각지 말자.
슬프게 보여도 무슨 일이나
그대의 행복이 되거늘
모든 건 신(神)의 뜻

신의 뜻을 따라 해 보자!

그는 온종일 돌아다녔습니다. 정원이 달린 집과 훌륭한 옷과 그리고 그 밖에 부자로 보일 수 있는 여러 가지 물건들을 빌리러 다닌 것입니다.

젊은이의 아름다움에 행운이 있어라!
신(神)께서 정하신 바에 행운 있어라!

마침내 그 젊은 사기꾼의 소망은 이루어졌습니다. 정원이 딸린 최고급 주택을 빌릴 수 있었으며, 모자와 넥타이, 호사스런 의복, 그리고 이 건장한 하인까지 빌렸던 것입니다. 단, 조건이 있었습니다. 이 저택은 사십오 분 동안만 그가 주인이며 다음엔 되돌려 줘야 합니다. 넥타이는 이십팔 분, 모자는 십구 분 오십 초, 그 밖에 다른 물건에도 제각기 정해진 시간이 있었습니다. 그러나 젊은 사기꾼은 매우 만족했습니다. 그래서 즉시 여성 잡지를 뒤져 사교란에 주소를 낸 여자에게 전보를 쳤습니다. 여자로부터 즉각 답신이 왔습니다. 맞선을 볼 의향이 있다는 것입니다. 바로 그것은 이쪽이 바라는 바이기도 했습니다. (혼잣말처럼) 왜 아직 안 온담?
(다시 책을 낭독한다) 오겠다 약속한 시간이 벌써 지났습니

다. (하인, 시계를 본 채 손가락 다섯 개를 펼친다) 딱 오 분 지났습니다. 그는 초조해졌습니다. 책을 읽어 마음을 달래 보려 하였으나 초조해지기만 했습니다.

하인, 아무 말없이 책을 빼앗아 버린다. 감정이 전혀 나타나지 않는 기계적인 동작이다. 이 극의 마지막까지 하인의 동작은 그러하다. 남자가 항의하려 하자 하인은 무뚝뚝하게 자기의 회중시계를 내밀어 보일 뿐이다. 그리고는 남자가 미처 수긍하기도 전에 돌아서더니 빼앗은 물건을 가지고 나간다. 잠시 후, 하인은 돌아와서 남자 곁에 서서 부동자세를 취한다.

남자   여봐, 자네는 인정사정도 없긴가?

하인   (묵묵부답)

남자   그래? 아 참, 자넨 말을 않는다며? 자네 주인께서도 그러시더군. "빌려는 드리지요. 하지만 아무것도 묻지는 마십시오. 이 하인은 절대 대답하지 않습니다." 난 그걸 잊을 뻔했네. 그러나저러나 웬일이야? (하인의 회중시계를 들여다 본다) 이제 십 분째 지나가구 있어. 황금 같은 내 인생이 이 꼴로 그냥 허무하게 지나가다니 안타깝지 뭔가?

남자, 어떻게 했으면 좋을지 모르겠다는 듯 낭패한 표정으로 관객석 사이를 어슬렁거리며 왔다 갔다 한다.

남자, 한 여성 관객에게 말을 건다. 언뜻 무슨 생각이 떠오르는 듯 미소를 짓고 있다.

남자   하긴…… 그럴지도 몰라요. 여자란 그렇다면서요? 이쁘게
        보이려구, 일부러 약속 시간보다 오 분쯤은 늦는다죠? 하
        지만 이건 너무 심합니다. 굉장히 미인인가? 그러니까 두
        곱이나 시간을 낭비하는 것 아니겠어요? 만약 온다는 그
        여자가 당신처럼 어여쁘시다면야 이야긴 퍽 달라지죠. 십
        분 아니라 난 이십 분도 기다릴 수 있다 이겁니다.

남자, 다시 자기 의자에 돌아와 앉는다. 초조해서 옷을 매만지고 모자를 썼
다 벗었다. 결국 그는 모자를 벗어 탁자 위에 놓고 벌떡 일어선다. 힐끔 하
인의 시계를 본다. 마른 침을 꿀꺽 삼킨다. 그는 남자 관객에게 다가간다.

남자   이거 초조해서 원, 담배 한 대 주시겠어요? 거저 달라는
        건 아닙니다. 다만 빌려 달라는 거죠. 네, 고맙습니다. 아,
        ‘은하수’군요. (다른 남자 관객에게) ‘청자’를 가지구 계신가
        요? 그러시다면 한 대 빌립시다. (그는 호주머니에서 납작하
        게 눌러진 빈 담뱃갑을 꺼내 남자 관객들로부터 받은 담배를 차곡
        차곡 집어넣는다) 누구, ‘샘’ 없으세요? ‘샘?’ 요즘 나온 담배
        론 ‘샘’이 괜찮더군요. 물론 ‘한산도’도 좋긴 좋죠. 어느 분
        ‘파고다’ 있으시면 그것도 한 개피 빌립시다. 꼭 담배를 콜
        렉션하는 것 같습니다만 초조할 때 이러는 게 내 버릇이

라서요. (담배에 불을 붙인다) 라이터, 이거 최고품이죠. 쓸데없이 금으로 만들구, 진주를 붙였습니다. (하인에게) 이거 정해진 시간이 얼마지? (하인, 오른손의 손가락 하나, 왼손의 손가락 네 개를 펴 보인다) 알았네, 알았어. 십 분 정도가 지났으니까, 앞으로 사 분 후엔…… 그러나 아직은 완전히 내 겁니다. 내 라이터다, 이거지요. 이 호사스런 물건이 그걸 증명하거든요. 그건 그렇고, 담배는 고맙습니다. 다 이럴 땐 상부상조해야죠, 안 그래요? 그런 의미로 한 대만 더 빌려가도 좋겠지요?

문 두드리는 소리가 들린다.

남자　　　들었지?
하인　　　(묵묵부답)
남자　　　여봐, 누가 문 두드리잖나?
하인　　　(쳐다보려고도 않는다)
남자　　　어서 문 좀 열어 드리게.
하인　　　(침묵)
남자　　　할 수 없군, 내가 여는 도리밖엔.

남자, 문을 연다.
여자, 들어온다.

남자   하인은 저쪽입니다. 난 주인이구요.

여자, 하인 쪽으로 달려가 인사를 한다.

남자   주인은 이쪽이에요, 이쪽.

여자, 당황해서 남자 쪽으로 되돌아온다. 미술품을 감상하듯이 남자는 여
자를 주시하며 그 둘레를 두어 바퀴 돈다.

남자   그러실 줄은 미리 짐작했었습니다.
여자   ……짐작하시다니요?
남자   네. 아름다우시리라, 그걸 말입니다. 다 아는 수가 있죠.
         기다리는 시간을 많이 낭비할수록 오시는 님은 아름답다.
         그렇지요, 시간이란 그런 점에서 매우 정확한 측량 도구
         입니다. 물론 결과가 나쁠 때는 아무 쓸모없는 도구이긴
         합니다만. 저어, 담배 피워도 괜찮겠지요?

남자, 담배를 입에 물고 라이터를 꺼내 든다. 슬그머니 자랑하고 싶은 기분
이 든다. 그는 라이터를 공기놀이하듯 허공에 던졌다가 받곤 한다.

남자   라이터, 최고품입니다. 금제, 그리고 진주가 박힌.
하인   (허공에 올라간 라이터를 툭 채어간다)

남자   이리 줘.

하인   (자기의 시계를 가리킨다)

남자   그렇게 됐나? 벌써 사 분마저 지났어? 시간 하나 빨리 간
다. (여자에게) 어디 두셨습니까?

여자   네?

남자   내 라이터.

여자   라이터?

남자   아, 아니구, 날개 말입니다.

여자   날개…….

남자   네, 날개. 물론 집에 두고 나오셨겠지요. 요즈음의 천사들
이란 겸손하셔서 그 우아한 날개를 살짝 집에 두고 나오는
걸 유행으로 삼고 있다더군요. 당신도 역시 그러시겠지요!

여자가 무어라고 하기 전에 재빨리 말을 잇는다.

남자   당신은 날개만 없다뿐이지 천사시다 이겁니다. 더욱 나아
가서는 소유권 문제인데 나의 천사시다, 내 것이다, 이런
겁니다.

여자   벌써 그런 결론이 나왔어요?

남자   (단호하게) 네. 방금 들으셨듯이.

여자   너무 빨라요.

남자   왜요? 내 결론이 혹시 마음에 안 드시기라도?

여자   아뇨. 하지만요, 우린 아직 인사도 않은 걸요. 처음 뵙겠어
      요.

남자   (더 재빠르게) 더 처음 뵙겠습니다.

여자   안녕하세요?

남자   더 안녕하십니까?

여자   제 이름은…….

남자   아, 우리 소갠 나중에 하십시다. 요즈음의 인간 관계는 결
      론이 시작이 되구 서로의 인물 소개는 맨 끝으로 돌리는
      걸 새로운 관습으로 삼고 있으니까요.

여자   그런 관습도 생겼군요!

남자   네. 그건 별로 자랑거리 없는 남자가 첫눈에 반할 만한 여
      자를 만났을 때 응용하는 방법입니다. 왜냐하면 그 남자
      가 별 신통찮은 자길 소개할 경우 상대편 여자는 몹시 실
      망하게 됩니다. 그럼 두 사람의 관계는 뭐가 되겠습니까?
      그 즉시 끝장입니다. 우리는 이런 유감스런 사태를 피하
      지는 겁니다. 우리 둘 사이를 풍부하게 한 다음 소개는 그
      때 가서 하십시다. 좋겠지요, 그게?

여자   (엉겁결에) 네, 좋아요.

두 남녀는 의자에 앉는다. 동시에 남자가 청혼을 한다.

남자   결혼하십시다.

여자   결혼? 누가 누구하구요?

남자   그야 내가 당신하구지요.

여자   만난지 몇 분 됐다구 그러시죠?

남자   시간을 따진다면야 나도 할 말이 없죠. 내가 얼마나 오래
       기다린지 아십니까? 짐작이 안 가시면 여기 계신 분들께
       물어보십시오. 내 인생의 황금 같은 시간을 그 삼분지 일
       이나 덧없이 보내고서야…….

하인, 느닷없이 덤벼들어서 남자의 구두를 벗겨간다. 여자는 몹시 당황한
다. 남자는 만류하지만 하인은 행동의 정당성을 과시하려는 듯 시계를 가
리킨다. 남자는 구두를 빼앗기고 하인은 벗겨 낸 구두를 가져간다.

남자   내 하인의 무례함을 용서하십시오.

여자   뭐죠?

남자   구두가 내 발에서 떠나갔습니다. 시간이 지났기 때문입니다.

여자   전 뭐가 뭔지 모르겠어요.

남자   어찌 아시겠습니까? 인생이 그런 거리라곤…….

여자   인생이 그런 거라뇨?

남자   아, 아니요. 제발 알려고는 마십시오. 여자는 그걸 모르기
       때문에 남자를 사랑하게 되고, 남자는 그걸 알기 때문에
       여자를 사랑하게 되는 겁니다.

여자   (현기증이 나서) 뭐가 뭔지…….

남자   부디 모르십시오.

여자   물 한 잔 주시겠어요?

남자   그러십시다. (하인에게) 자네 물 한 잔만 주게.

하인   (부동자세)

남자   그럼 물 한 잔만 빌려주게.

하인, 물 한 잔을 가져온다.

남자   그냥 달라고 할 때엔 꼼짝도 않더니 빌려 달라고 하니까

         가져오는군. (여자에게) 드십시요.

여자   고마워요.

남자   뭘요. 빌린 건데요.

여자, 물을 마신다.

남자   정신 좀 드십니까?

여자   여전해요.

남자   (미소를 짓고) 익숙해지면은 좀 나을 겁니다.

여자   저는요, 솔직히 말씀드려서…… 당신이 이렇게 부자리라

         곤 꿈도 못 꿨죠. 전보에 알려 주신 대로 찾아왔더니……

         이건 너무 어마어마한 저택이잖겠어요? 문 앞에서 저는

         요, 한참이나 망설였어요.

남자   어려워 마시고 그냥 들어오실 걸.

여자   아뇨. 황홀해서 망설였던 거예요.

남자   (미소를 짓고) 아, 그랬어요?

여자   네. 당신의 전보를 받았을 때요, 저의 어머닌 말씀하셨답
니다. 애야, 어서 가 봐라. 가 봐서 빈털터리 같거든 아예
되돌아 오구 부자거든 꼭 붙들어야 한다.

남자   그래 당신은 뭐라 했습니까?

여자   알았어요, 어머니. 오른손을 들구서 그렇게 대답했죠.

남자   내 원 참! 오른손을 들다, 그러니까 맹세를 하셨군요?

여자   그렇죠!

남자   그 잔에 물 좀 남았습니까?

여자   아뇨. 다 마셨는데요.

남자   유감입니다. 내 몫을 남기시지 않구서.

하인, 또 다시 남자에게 넥타이를 풀어낸다. 남자는 빼앗기지 않으려 힘껏
저항하지만 하인의 억센 힘을 당해내지 못한다.
결국은 빼앗기고 하인은 기계적인 동작으로 넥타이를 가지고 나간다. 여자
는 두 남자의 다툼에 놀란다.

여자   왜들 그러시죠?

남자   (씩씩거리면서 웃고 있다) 이번엔 넥타이가 내 목에서 떠나
갔습니다.

          희곡을 읽는 시간

여자   (이해하지 못하겠다는 듯이) 네에?

남자   뭐, 놀랄 게 못 됩니다. 그저 시간이 지난 것뿐이니까요. 안심하십쇼. 만약 내 목이 떠나가고 넥타이만 남았다면…… (계면쩍은 듯 바라보고 있는 여자의 관심을 돌리려고) 그건 그렇구요, 당신 어머니 퍽 재미난 분이시군요. 나는 깊은 관심을 갖게 됐어요. 당신의 어머니에 대해서, 그 맹세를 시키셨다는 어머니, 어떤 분인지 더 듣구 싶습니다. 어떠신가요? 어머니 성품이 너그러우시다든가…… 왜 그렇게 쳐다만 보십니까?

여자   넥타이를…….

남자   그것엔 관심없습니다.

여자   왜 빼앗기셨죠? (옆에 와 부동자세로 서 있는 하인을 훔쳐보며) 그것두 난폭하게.

남자   그렇지요. 난폭하게 주인을 덮치는 그런 하인에겐 난 전혀 관심 없어요. 오히려 당신 어머니의 성품이 너그러우신지…….

여자   하지만요, 저는……. (입을 다물어 버린다)

남자   알았어요. 문제는 빼앗긴 물건인가 본데, 그야 되돌려받기 어렵지는 않습니다. (하인에게 큰 소리로) 여봐, 가져와! (묵묵부답인 하인. 까치발을 딛고 일어나서 그의 귀에 속삭인다) 여봐! 그 가져간 것 오 분만 더 빌려주게.

하인   (대답이 없다)

남자   딱 오 분만 더. 사정해도 안 되겠나, 응?

하인   (반응이 없다)

남자   좋아, 좋다구.

여자   뭐래요, 하인이?

남자   네. 날더러 잘 해보라구 그럽니다.

남자, 관객석을 투덕투덕 걸어다니다가 넥타이를 맨 남성 관객 앞에 앉는다.

남자   물론 그래요. (속상하다는 듯 담배를 피워 물고 상대방에게도 권
         하며) 저 인정사정도 없는 하인이 날더러 잘 해보라구 그
         런 말 한마디 하진 않았어요. 하지만 말입니다, 나도 그래
         요, 기죽을 필요야 없는 겁니다. 그렇잖아요? 도대체 지가
         뭐라구 겨우 심부름이나 하는 주제에…… 속 좀 상합니다
         만, 그야 뭐 그건 당신에게도 마찬가지니까 말해보나마나
         겠구…… 저어, 당신 넥타이 참 좋습니다. 정말 좋아요. 이
         름다운 색깔, 기막히게 멋진 무늬, 딱 오 분만 빌립시다.
         정확하게 오 분만. 더 이상은 어기지 않겠습니다. 빌려주
         시렵니까? (남성 관객으로부터 넥타이를 빌려 착용하며) 고맙
         습니다. 빌린 동안에는 소중히 다룰 겁니다. 사실 이건 내
         것이 아니라 당신 것인데…… 혹시 모르긴 하지요, 당신도
         누구에게서 빌려 온 건지는. 아무튼 잘 사용하고 돌려 드
         리겠어요. 자아, 그럼 당신은 시간을 재고, 난 이만.

                                    희곡을 읽는 시간

남자, 급한 걸음으로 여자에게 돌아간다.

남자   어때요, 이젠?

여자   네, 당신은 멋진 분이셔요.

남자   (웃으며) 뭘요.

여자   아니, 정말 그래요.

남자   (넥타이를 빌려준 남성 관객을 향하여) 이 영광을 당신에게 돌
         려 드립니다. (여자에게) 그건 그렇구요, 우리 하다 만 이야
         기, 그것 좀 계속해 봅시다.

여자   어디까지 이야길 했었죠, 우리?

남자   당신의 어머니에 대해서, 아직은 거기까지입니다.

여자   (작게 한숨을 쉬고) 그럼 저 자신에 대한 건 아직 멀었군요.

남자   그렇죠. 나도 직접 당신의 이야길 듣고 싶습니다만, 어머
         니 다음 딸, 이런 순서니까 계속 진행해 봅시다. 의무적으
         로 묻겠습니다. 당신 어머니 성품은 어떻습니까? 난폭하
         십니까? 상냥하십니까?

여자   글쎄요.

남자   의무적으로 대답하십시오.

여자   (잠시, 생각하더니) 난폭에다 상냥을 겸하신 분이에요.

남자   (자기 이마에 손을 얹는다)

여자   왜 그러시죠?

남자   뭐, 별건 아닙니다. 벽에 부딪쳤다고나 할까요, 뭔가 어려

워서요. 하긴 당신을 얻는다는 것이 그렇게 쉽지는 않겠
지요. 첫눈에 반한 사람들도 결혼에 이르기까진 험난한
과정을 겪는다고들 합니다만. 그런데 우리는, 겨우 처음
에서 서성거리고 있는 것 같거든요. 아직 이야기도 당신
의 어머니에게서 머물구 있구…….

여자   용기를 내셔야 해요.

남자   네, 어디 힘 좀 내 보겠습니다.

여자   갑자기 이런 말을 하면 놀라시겠지만요…….

남자   말해 봐요, 뭐든지.

여자   저는 이 세상에 태어났어요

남자   놀랐습니다, 갑자기.

여자   네. 태어난다는 건 언제나 갑자기죠. 그래서요, 저는 태어
           날 때 제 기분이 어떠했는지 그걸 모르겠어요. 아무튼 그
           냥 그렇게 이 세상에 나온 거죠. 그리구, 어렸을때 제 별
           명이 뭔지 아시겠어요? 덤이에요, 덤.

남자   덤?

여자   네. 왜 조금 더 주는 것 있잖아요. 그거래요, 제가. 아버진
           사랑을 주구, 그리고 또 덤으로 저를 어머니에게 주었죠.
           그러니까 덤 아니겠어요? 덤, 이 말 속엔 뭔가 그리운 게
           있어요. 덤, 덤, 덤…… 아버진 덤이 태어나자 달아나셨대
           요. 말하자면 뺑소닐 치신 거죠. 나중에 알고 보니 사기꾼
           이었구 어머니에게 보여 줬던 그 많은 재산은 모두 다 잠

시 빌렸던 거래요.

남자　　덤, 덤, 덤.

여자　　하지만요, 저는 아버질 미워 안 해요. 그분에겐 뭔가 덤이라는 옛 이름처럼 그리운 데가 있어요. 덤, 혹시 그분도 그렇게 이 세상에 태어나셨던 건 아닐지…… 안 그래요?

남자　　덤, 덤, 덤…….

여자　　어머니에겐 안됐지만요, 덤이라는 그 점이 저에겐 좋아요. 왠지 홀가분하더군요. 이런 말을 하면 어머닌 화를 내시곤 한답니다. 하긴 그렇죠. 고생 많으셨어요. 홀로 덤을 낳아 키운다는 건…… 그만둘까요, 제 이야기?

남자　　덤, 더 해 주세요.

여자　　그래서 어머니는요, 단단히 벼르시는 거예요. 이 덤을 키워서는 결코 사기꾼에겐 주지 않겠다구요. 전 어머니 말을 이해해요.

남자　　나두 알 만합니다.

여자　　고마워요.

남자　　뭘요, 고맙기는요.

여자　　사실 이런 덤 이야긴 처음인 걸요. 아무에게도 말하지 않았답니다. 그냥 가슴 속에 덮어 두었었죠. 그러고 보면 당신은 참 친절하신 분이에요.

남자　　덤.

여자　　네?

남자   아, 아뇨. 그저 불러 본 겁니다.

여자   그 목소린 그저 불러 본 건 아닌데요?

남자   저어, 아닙니다.

남자는 일어나 넥타이를 풀어 그것을 빌렸던 남성 관객에게 가서 되돌려
준다. 그의 눈은 물기에 젖어 있다.

남자   빌린 건 돌려드립니다. 시간은 정확하게 지켰습니다. 그
        런데 왠지 모르게 슬퍼진 건 무슨 까닭일까요? (관객석을
        거닐며 그는 자기에게 들려주듯 중얼거린다) 덤, 덤, 덤, 난 당신
        을 사랑해. 덤, 덤, 난 당신을 사랑해…….

여자   거기서 뭘 하시죠?

남자   (계속 혼잣말처럼) 덤, 난 당신을 사랑해…….

여자, 남자에게 다가온다.

여자   뭘 하구 계세요?

남자   덤…… 저어, 내 재산이 얼마쯤 될까, 그걸 생각하고 있었
        습니다.

여자   하필 이럴 때 그런 걸 생각하셔요?

남자   부자의 인색한 버릇입니다. 그런데 난 재산이 너무 많아
        서 차라리 생각지도 말자, 그렇게 마음 먹었습니다. 이젠

됐습니까?

여자, 남자의 어깨에 기댄다. 사이.

하인, 위압적으로 한 걸음씩 남자에게 다가온다.

두려워지는 남자, 그 꼴을 여자에겐 보이고 싶지 않다.

남자   눈을 감아요.

여자   감고 있는 걸요, 이미.

남자   난 지금 행복합니다.

여자   저두 행복해요.

하인, 남자에게 덤벼든다. 호주머니를 뒤져서 소지품들을 몽땅 털어간다.

남자   이번엔 자질구레한 여러가지 것들이 떠나가고 있습니다.
            그런데 난 자꾸만 행복해집니다.

여자   (눈을 감은 채 미소를 짓고 있다)

남자   그렇습니다, 덤. 여러 가지 것들, 헤아릴 수 없이 많은 그
            것들이 떠나갔습니다. 뭐, 놀랄 건 못되지요. 그저 시간이
            지난 것뿐이니까요. 어떤 나무는요, 가을이 되자 수천 개
            의 이파리들을 몽땅 되돌려 주고도 아무 소리 없습니다.
            덤, 나는 고양이 한 마리를 길러 봤었습니다. 고양이는 차
            츰 늙어지고, 그래서 시간이 다 지나가자 그 생명을 돌려

주고도 태연했습니다. 덤, 덤, 덤…… 난 뭔가 진실한 걸 안 것 같습니다. 덤, 덤. 그래요. 난 이제 자랑거리 하나가 생겼습니다. 그런 진실을 알았다는 것, 나에게는 그게 유일한 자랑이 될 겁니다.

여자   너무 겸손하신 자랑이에요.

남자   뭘요. 그런데 덤, 당신에겐 뭐 자랑거리가 없으십니까?

여자   있구말구요, 보시겠어요?

남자   봅시다, 어디.

여자, 남자와 함께 의자로 돌아간다. 의자 위에 놓여 있는 핸드백을 열고 그 속에서 얼굴만을 커다랗게 찍은 사진 석 장을 꺼낸다.

하인, 시계를 보더니 탁상 위에 놓였던 남자의 모자를 냉큼 집어 간다.

남자   이번엔 모자가 의자에서 떠나갔습니다. 여간 다행이군요. 모자는 작습니다, 의자는 크구요. 만약 의자가 모자에게서 떠나갔더라면 얼마나 큰 손실이겠습니까?

여자   이걸 좀 보세요.

남자   뭔데요, 그게?

여자   할머니, 어머니, 그리고 제 사진이에요. 저희 집 가문의 여인들은 대대로 미인이라는 걸 증명하는 거죠.

남자, 사진들을 바라본다.

        희곡을 읽는 시간

하인, 모자를 가져 가다가 멈춰선다. 그의 시선이 아래로 움직여서 사진을 들여다본다.

남자, 하인을 밀어낸다.

남자   뭘 봐? (여자에게) 당신이 가장 아름답습니다.
여자   제일 젊으니까 그렇죠.

남자, 사진 중에서 여자 본인의 것을 들어 여자의 얼굴에 대고 한참 동안 바라본다.

남자   그러니까, 이게 지금의 당신이군요?
여자   네.
남자   몇 살인가요, 실례지만?
여자   스물둘이에요.
남자   스물두울. 꽃다운 처녀시군요.

남자, 다음엔 여자 어머니의 사진을 얼굴에 대어 준다.

남자   시간이 좀 지났습니다. 그럼 어떻게 될까요?
여자   조금 늙지 어떻게 돼요?
남자   이젠 이 얼굴이 당신입니다. 몇 살이십니까?
여자   (조금 쉰 목소리로) 마흔다섯이에요.

남자   마흔다섯. 중년 부인이시군요.

남자, 할머니의 사진을 여자의 얼굴에 대어 준다.

남자   시간이 더욱 지났습니다. 이젠 이 얼굴이 당신입니다. 몇
            살이시죠?
여자   (푹 쉰 목소리로) 일흔살이 넘었어요.
남자   일흔 살이 넘으셨다, 늙으셨군요.

남자, 얼굴에 대었던 사진들을 탁상 위에 내려 놓는다.

남자   재미난 놀이를 해 봤지요?
여자   네, 재미있었어요.
남자   짐작하셨겠지만, 이 놀이의 재미는 시간이 지나간다는 데
            있습니다.
여자   (사진들을 가리키며) 그래두요, 이렇게 고웁잖아요? 늙어서
            도 어여뻐야 정말 미인이래요.
남자   그렇지요. 잘 말씀했습니다. 정말 재미라는 거는요, 시간을
            초월하는 데 있습니다. 시간, 흥, 지나가라지요. 우리는 그
            저 재미있음 그만입니다. 아, 덤! 당신은 어여쁘고, 거기에
            다 또 참된 재미가 뭔지 그걸 아십니다! 덤, 난 완전히 당신
            에게 매혹되었습니다. 아, 지금 나는 내 정신이 아닙니다!

여자   저두 그래요!

남자   난 너무 황홀합니다!

여자   그렇다니까요, 저두!

남자   바로 이겁니다. 인생이란 이런 거예요! 그런데 덤, 만약 이
         순간에 (곁에서 시간을 재고 있는 하인을 가리키며) 이 억센 하
         인이 내 옷을 벗겨 간다면…….

여자   왜 벗겨 가요?

남자   만약입니다, 만약에…….

여자   그래도 옷을 벗겨 가선 안돼요.

남자   그러니까 만약입니다. 만약에, 내 옷을 벗겨 간다면 당신
         은 어찌 하시겠습니까? 지금 가지고 있는 그 참된 재미를,
         그 행복을, 그 황홀을 따악 깨셔야 하겠습니까?

여자   ……글쎄요.

남자   참된 건 영원하다지요?

여자   ……글쎄요.

남자   어디 그럼 시험해 봅시다.

남자는 이미 저고리를 하인에게 빼앗기고 있다. 당황한 여자는 "……글쎄
요."만 연발하고 있다.

하인, 벗겨낸 저고리를 들고 나간다.

남자   얼마나 다행입니까? 아직 바지가 남았습니다.

여자   바지가…….

남자   네. 비록 맨발에다 윗 저고리는 안 입었습니다만 당신을
        사랑하기에 전혀 부끄럽지 않는 모습입니다. 정식으로 청
        혼하겠습니다. 결혼해 주시겠습니까?

여자   왜 난폭한 하인을 그냥 두시죠? 당장 해고하세요.

남자   하인은 아무 잘못도 없습니다.

여자   그냥 두시니까 자꾸 빼앗기잖아요.

남자   빼앗기는 건 아닙니다. 내가 되돌려 주는 겁니다.

여자   당신은 너무 착하셔요.

남자   글쎄요, 내가 착한지 어쩐지는 잘 모르겠습니다만, 내 태
        도 하나만은 분명히 좋다구 봅니다. 이렇게 하나 둘씩 되
        돌려 주면서도 당신에 대한 사랑은 줄어들지 않았습니다.
        아니, 줄기는커녕 오히려 불어나고 있습니다. 아, 나의 천
        사님, 아니 덤이여! 구두와 넥타이와 모자와 자질구레한
        소지품과 그리고 옷에 대해서 내 사랑은 분산되어 있었
        습니다. 그런데 지금은 어떤지 아십니까? 오로지 당신 하
        나에로만 모아지고 있는 겁니다! 내 청혼을 받아 주지 않
        으시겠습니까?

하인, 돌아와서 두 남녀에게 우뚝 선다.

여자   어마, 또 왔어요!

남자   염려 마십시오. 나도 이젠 그의 의무를 방해하지 않겠습니다.

여자   그의 의무? 의무가 뭐죠?

남자   내가 빌린 물건들을 이 하인은 주인에게 가져다주는 겁
        니다.

하인, 남자에게 봉투를 하나 내민다.

남자는 봉투에서 쪽지를 꺼내 읽더니 아무 말 없이 여자에게 건네준다.

여자   "나가라!" 나가라가 뭐예요?

남자   네. 주인으로부터 온 경고문입니다. 시간이 다 지났으니
        나가라는거지요.

여자   나가라…… 그럼 당신 것이 아니었어요?

남자   내 것이라곤 없습니다.

여자   (충격을 받는다)

남자   모두 빌린 것들뿐이었지요. 저기 두둥실 떠 있는 달님도,
        저 은빛의 구름도, 이 하늬바람도, 그리고 어쩌면 여기 있
        는 나마저도, 또 당신마저도…… (미소를 짓고) 잠시 빌린 겁
        니다.

여자   잠시 빌렸다구요?

남자   네. 그렇습니다.

하인, 엄청나게 큰 구두 한 짝을 가져오더니 주저앉아 자기 발에 신는다. 그
구둣발로 차낼 듯한 험악한 분위가 조성된다.

남자   결혼해 주십시요. 당신을 빌린 동안에 오직 사랑만을 하
        겠습니다.
여자   ……아, 어쩌면 좋아?

하인, 구두를 거의 다 신는다.

여자   맹세는요, 맹세는 어떻게 하죠? 어머니께 오른손을 든…….
남자   글쎄 그건……. (탁상 위의 사진들을 쓸어 모아 여자에게 주면서)
        이것을 보여 드립시다. 시간이 가고 남자에게 남는 건 사
        랑이라면, 여자에게 남는 것은 무엇이겠습니까? 그건 사
        진 석 장입니다. 젊을 때 한 장, 그다음에 한 장, 늙구 나서
        한 장. 당신 어머니도 이해할 겁니다.
여자   이해 못하실 걸요, 어머닌. (천천히 슬프고 낙담해서 사진들을
        핸드백 속에 담는다) 오늘 즐거웠어요. 정말이에요…… 그럼,
        안녕히 계세요.

여자, 작별인사를 하고 문앞까지 걸어 나간다.

남자   잠깐만요, 덤…….
여자   (멈칫 선다. 그러나 얼굴은 남자를 외면한다)
남자   가시는 겁니까, 나를 두고서?
여자   (침묵)

남자　　　덤으로 내 말을 조금 더 들어 봐요.

여자　　　(악의적인 느낌이 없이) 당신은 사기꾼이에요.

남자　　　그래요, 난 사기꾼입니다. 이 세상 것을 잠시 빌렸었죠. 그
리고 시간이 되니까 하나둘씩 되돌려 줘야 했습니다. 이제
난 본색이 드러나구 이렇게 빈털터리입니다. 그러나 덤,
여기 있는 사람들에게 물어봐요. 누구 하나 자신있게 이건
내 것이다, 말할 수 있는가를. 아무도 없을 겁니다. 없다니
까요. 모두들 덤으로 빌렸지요. 눈동자, 코, 입술, 그 어느
것 하나 자기 것이 아니구 잠시 빌려 가진 거예요. (누구든
관객석의 사람을 붙들고 그가 가지고 있는 물건을 가리키며) 이게
당신 겁니까? 정해진 시간이 얼마지요? 잘 아꼈다가 그
시간이 되면 꼭 돌려 주십시오. 덤, 이젠 알겠어요?

여자, 얼굴을 외면한 채 걸어 나간다.

하인, 서서히 그 무서운 구둣발을 이끌고 남자에게 다가온다. 남자는 뒷걸
음질을 친다. 그는 마지막으로 절규하듯이 여자에게 말한다.

남자　　　덤, 난 가진 것 하나 없습니다. 모두 빌렸던 겁니다. 그런
데 덤, 당신은 어떻습니까? 당신이 가진 건 뭡니까? 무엇
이 정말 당신 겁니까? (넥타이를 빌렸었던 남성 관객에게) 내
말을 들어보시오. 그럼 당신은 나를 이해할 거요. 내가 당
신에게서 넥타이를 빌렸을 때, 그때 내가 당신 물건을 어

　　　　　　　　　　　　　　　　　　　　　　　　　　　　　

떻게 다뤘었소? 마구 험하게 했었소? 어딜 망가뜨렸소? 아니요, 그렇진 않았습니다. 오히려 빌렸던 것이니까 소중하게 아꼈다간 되돌려 드렸지요. 덤, 당신은 내 말을 들었어요? 여기 증인이 있습니다. 이 증인 앞에서 약속하지만, 내가 이 세상에서 덤 당신을 빌리는 동안에, 아끼고, 사랑하고, 그랬다가 언젠가 그 시간이 되면 공손하게 되돌려 줄테요, 덤! 내 인생에서 당신은 나의 소중한 덤입니다. 덤! 덤! 덤!

남자, 하인의 구둣발에 걸어채인다.
여자, 더 이상 참을 수 없다는 듯 다급하게 되돌아와서 남자를 부축해 일으키고 포옹한다.

여자　　　그만해요!
남자　　　이제야 날 사랑합니까?
여자　　　그래요! 당신 아니구 또 누굴 사랑하겠어요!
남자　　　어서 결혼하러 갑시다, 구둣발에 채이기 전에!
여자　　　이래서요, 어머니도 말짱한 사기꾼과 결혼했었다던데…….
남자　　　자아, 빨리 갑시다!
여자　　　네, 어서 가요!

—막

느낌, 극락(極樂) 같은

이강백,
1998년 초연

나오는 사람들
함묘진
함이정
동연
서연
조숭인

시간
현대

장소
불상 제작가 함묘진의 집,
마당, 들판

<느낌, 극락같은>은 1996년부터 쓰여져 1998년 <이강백 연극제>의 신작 공연으로 예술의 전당에서 초연되었다. 그리고 같은 해 서울연극제 공식 초청작으로 선정되어 문예회관 대극장에서 재공연되었다. 이 작품은 불상 제작을 둘러싼 두 제자의 갈등을 통해 예술의 본질과 형식, 내용의 대립을 탐구하는 작품이다. 1998년 서울연극제에서 대상과 희곡상을 수상하며 그 작품성을 인정받았다.

<공연을 위한 작가 노트>

함묘진의 연령은 60대이다. 불상 제작가로서 명성을 얻은 그는 대단히 자부심이 강한 인물이다. 그러나 노년에 이르러 불상 만드는 솜씨가 예전만 못하고, 건강했던 육신마저 하반신 마비 때문에 의기소침해 있다.

동연과 서연은 함묘진의 제자로서 둘 다 30대 초반이다. 동연은 스승보다 더 탁월한 재능을 인정받고 싶은 욕망을 갖고 있다. 그의 얼굴은 윤곽이 뚜렷하고 체격은 단단한 근육질형이다. 서연은 동연에 비해 평범한 모습이지만 사려 깊은 심성을 가졌다.

함이정은 함묘진의 무남독녀이다. 그녀는 20대 중반이며, 우아한 용모를 가진 매력적인 여성이다. 조숭인은 동연과 함이정 사이에서 태어난 아들이다. 그는 출생 이전부터 이 연극에 등장해서 유아 시절, 소년 시절, 청년 시절을 거치게 되는데, 20대 청년의 모습으로 그 과정 전체를 연기한다. 물론 다른 인물들 역시 마찬가지이다. 수십 년의 시간 경과를 각자 정해진 연령 상태대로 연기해야 한다.

동연과 서연이 수평적인 관계라면, 함묘진과 함이정과 조숭인은 수직적인 관계이다. 수평과 수직의 중심점에 함이정이 있고, 좌우에 동연과 서연이 있으며, 위에는 함묘진, 밑에는 조숭인이 있다.

수평의 양쪽 동연과 서연은, 각자 형태와 내용을 주장하는 인물이란 점에서 양분화되어 있다. 그리고 바로 이러한 양분화는 너무 선명하고 단순하게 보일 우려가 없지 않다. 함묘진과 함이정과 조숭인의 수직적 배열은 양분화를 통합하는 역할을 맡고 있다. 조숭인은 태어나기 전부터 등장하고, 함묘진은 죽은 다음에도 등장한다. 이것 역시 수평적인 인물에 있어서도 상호 균형이 중요하기 때문이다.

지문(指文)은 소극장에서의 공연과 대극장에서의 공연 두 경우로 나눠 표기하였다. 먼저 표기된 것이 소극장 공연인데, 미륵보살반가상을 비롯한 불상들은 실물을 사용한다. 나중 표기에는 대극장 공연으로서 모든 불상들은 배우들(코러스)로 대체한다. 불상들을 표현하는 코러스는 마임과 춤이 필요하며, 코러스의 수효에 대해서는 무대 공간에 따라 적절히 가감한다.

막이 오른다. 깊은 밤. 하늘의 반짝이는 별들. 보름달 구름. 들판의 천막. 좌우 양쪽에 놓인 촛대에서 타오르는 촛불. 촛대 뒤에는 서연의 시신이 안치된 검소한 목관(木棺)이 놓여 있다. 소복을 입은 함이정. 다소곳이 앉아 있다. 바람소리. 풀벌레 울음 소리…… 조숭인이 들어온다.

조숭인   저예요, 어머니. 숭인이가 왔습니다.

함이정   (일어나 반갑게 조숭인을 맞이하며) 어서 오렴!

조숭인   (관 앞으로 가서 두 번 절한다.)

함이정   숭인아, 오늘 밤 네가 꼭 올 것 같더라.

조숭인   (관을 바라보며) 이분이 저의 정신적 아버지셨죠.

함이정   음…… 그동안 넌 어른이 다 됐구나.

조숭인   제 육신의 아버지가 저를 보내셨어요. 장례 비용에 쓰시라고 두툼한 봉투를 주시더군요. (조의금 봉투를 꺼내 함이정에게 내민다.) 받으세요, 어머니.

함이정   (잠시 머뭇거리다가 조의금 봉투를 받는다.) 고맙다. 하지만 장

        희곡을 읽는 시간

　　　　　례는 걱정없어. 오늘까지 사흘째, 밤샘이 끝나면 내일은 화장(火葬)을 할 거고…… 그분이 여기 들판에 뿌려 달랬어. 마을에는 친절하신 분들이 많아. 촛대, 향로, 그리고 이 천막도 빌려줬다. (무엇인가 재미있다는 듯 얼굴에 웃음이 떠오른다.) 어제는 송덕사 스님들이 오셨지. 그런데…… 우습더라. 그분 살아 계실 땐 미치광이라고 싫어하던 스님들이, 어찌나 열심히 목탁 치고 염불을 외우시는지…… 마치 그분을 어디론가 멀리 쫓아내듯 하더구나.

조숭인　　(함이정의 웃는 얼굴을 바라보다가 묻는다.) 어머닌 행복하세요?

함이정　　왜……?

조숭인　　슬픈 얼굴이 아니어서요.

함이정　　응, 난 행복해.

조숭인　　저는 괴롭습니다.

함이정　　아직도 괴로워?

조숭인　　네.

함이정　　저런, 안됐구나…….

조숭인　　제 마음속엔 여전히 두 분의 아버지가 다투고 있거든요.

함이정　　숭인아…… 내 아들아…….

조숭인　　두 분 아버지의 다툼 때문에 저는 상처를 입고…… 언제나 괴로워하죠.

함이정　　너한테도 반드시 행복한 때가 올 거야. 네 속에서 다투는 두 분의 싸움이 끝나고 극락이 되는…….

조숭인 제 육신의 아버지는 지금도 어머니를 용서 안 해요. 어머
니가 집을 나가신 후에, 아버지는 분노에 떨면서 이렇게
말씀하셨죠. "네 에미는 그놈에게 갔다! 나하고 결혼해 살
면서도 서연이라는 그놈을 그리워하고 있었어!" 그리고
는 이런 말씀도 하셨어요. "넌 이상한 놈이다! 육신은 나
를 닮았는데, 생각하는 건 꼭 그놈을 닮았어!" 저는…… 그
런 말이 듣기 싫었어요. 이 세상의 그 어떤 욕설보다 더
듣기 싫었고…… 그러면서도 저는 듣기 좋았습니다. 이 세
상의 어떤 칭찬보다 그분을 닮았다는 소리가 듣기 좋았
죠. (무릎걸음으로 목관에 다가가서 어루만진다.) 제 정신의 아
버지를 만나 뵙고 싶었어요. 아버지가, 육신의 아버지가
그토록 미워하던 분을 만나 보고 싶었는데…… 유감이군
요. 이제는 살아 계시지 않으니…….

함이정 그분의 느낌은 살아 있어.

조숭인 느낌이라면…… 기억 같은 것인가요?

함이정 이상하게 들려도 웃지는 마라. 저기 들판의 뒹구는 돌들
을 봐도 그분이 느껴지고…… 흐르는 물, 들려오는 바람
소리, 난 뭐든지 그분이 살아 있는 느낌을 느껴. (얼굴을 붉
히고 웃으며) 너한테는 웃지 말라 해 놓고 난 웃는구나. 그
래, 너도 웃어라.

조숭인 (슬며시 웃는다.) 어머닌 그분을 각별히 사랑하셨죠. 그래서
돌아가신 후에도 그분이 살아 계신다고 말씀하시는 것

같군요.

함이정　숭인아, 알고 있지? 난 두 분 모두 사랑했어.

조숭인　그건 알아요, 어머니.

함이정　그리고, 나는 너를 무척 사랑했다.

조숭인　안다니까요.

함이정　처녀 때 난 생각했었지. 영리하고 듬직한 아들 하나 있으면 얼마나 좋을까…… 기쁜 일 슬픈 일 뭐든지 의논할 수 있는 내 아들…… 그러다가 너를 느꼈고…… 네 느낌과 이야기하길 즐겼다. 사람들은 나 혼자 중얼거린다고 괴상하게 보더라. 사실은 너와 나, 둘이서 함께 말하고 있었는데…….

조숭인　처음부터 다시 이야기해 주세요, 어머니.

함이정　처음부터……?

조숭인　네. 제가 태어나기 전, 어머니의 처녀 시절부터요. 그때 두 분 아버지의 관계는 어땠죠?

함이정　그땐 좋았다. 두 분 다 우리 집에서 가족처럼 살면서, 울 아버님한테 불상 제작을 배우는 제자였지. 그런데 어느 날, 스승인 아버님이 불상 제작장에 가 보니까 두 제자들이 자릴 비우고 없었어. 몹시 화가 난 아버님은 집 안으로 들어와 제자들의 이름을 부르셨지. “동연아! 서연아!” 아버님 목소리가 어찌나 쩌렁쩌렁 울렸는지, 천 리 밖까지 들릴 것 같더라.

조명, 밝게 변화한다. 한가운데 펼쳐 있던 천막이 접혀지면서 무대 천장 위로 올라간다. 함묘진의 집. 함묘진이 성난 모습으로 등장한다. 함이정과 조숭인은 서연의 관, 촛대, 향로 등을 무대 밖으로 갖고 나간다.

함묘진   동연아! 서연아! 어디 있느냐?
함이정   (무대 밖에서) 여긴 없어요, 아버지.
함묘진   여기 집 안에도 없다……?
함이정   (무대 밖에서) 내가 나가서 찾아올까요?
함묘진   넌 가만 있거라. (다시 외쳐 부른다.) 동연아! 서연아!

상복을 벗고 밝은 색으로 입은 함이정과 조숭인, 무대 안으로 나온다.

조숭인   할아버지 목청은 왜 저렇게 커요?
함이정   귀머거리도 들을 정도야. 그치?
함묘진   동연아! 서연아!

동연과 서연, 등장한다. 그들은 당황한 모습으로 함묘진 앞에 선다.

동연, 서연 부르셨습니까?
함묘진   작업장엔 너희들이 없더구나!
동연   죄송합니다. 잠깐 밖에 나가 있었습니다.
함묘진   밖에는 왜?

동연   말다툼 때문에…… 서로 의견이 달라서요.

함묘진   말다툼?

동연   네.

함묘진   서연아, 네가 다툰 이유를 말해 봐라.

서연   송구스럽습니다…….

함묘진   너흰 생각도 행동도 똑같았다. 그런 너희들이 말다툼을
         하다니, 도대체 다르다면 뭐가 달랐더냐?

서연   동연은 부처의 모습을 만들면, 그 모습 속에 부처의 마음
         도 있다고 했습니다.

함묘진   그런데, 너는?

서연   그러데 저는…… 부처의 모습을 만들어도, 부처의 마음이
         그 안에 없다면 무슨 소용이 있겠는가 했습니다.

동연   사부님, 서연을 꾸짖어 주십시오. 서연은 쓸데없는 주장
         으로 저를 괴롭힙니다.

함묘진   너희 둘 다 만들던 불상을 가져 와라!

동연과 서연, 불상을 가져 오려고 나간다. 함이정이 함묘진에게 다가온다.

함이정   아버지, 부탁이에요.

함묘진   뭐냐?

함이정   서연 오빠를 너무 꾸짖지 마세요.

함묘진   네가 나설 일이 아니다.

함이정   요즘 뭔가 큰 고민이 있나 봐요. 동연 오빠는 밥도 잘 먹
         고 잠도 잘 자는데, 서연 오빠 그렇지 못하거든요.

함묘진   어찌 넌 그 모양이냐? 다 큰 처녀가 동연 오빠, 서연 오빠
         하면서 졸졸 따라다니질 않나, 셋이 함께 손 잡고서 노래
         도 하고…… 그런 시절은 끝났다. 오빠 동생하며 함께 노
         는 시절은 지났어. 내 말 알아듣겠냐?

함이정   그럼 어떤 시절이에요, 지금은요?

함묘진   지금은 오빠들이 남자가 되고, 동생이 여자가 되는 때다.
         동연이와 서연이를 봐라. 그 둘이 서로 말다툼을 한다는
         건 남자가 되었다는 증거야. 그들은 이제 너를 두고 싸울
         거다. 여자가 된 너를 차지하기 위해 싸움을 벌일 거라구.

함이정   설마, 아버지…….

함묘진   조심해! 이젠 셋이 함께 놀아서는 안 된다!

함이정   난 동연 오빠도 좋고, 서연 오빠도 좋아요. 오빠들도 나를
         좋아하구요. 평생 우린 셋이서 함께 살 거예요.

함묘진   셋이 함께 산다고? 어떻게?

함이정   오빠처럼 동생처럼요.

함묘진   넌 결혼 안 할 거냐? 결혼 안 하면 남편이 없다!

함이정   남편은 필요 없어요.

함묘진   남편이 없으면 자식도 없어!

함이정   그건 걱정 마세요, 아버지. 영리하고 든든한 아들 하나 있
         다는 느낌이면 됐죠.

함묘진   뭐…… 느낌?

함이정   네. 난 이미 이름까지 지어 줬어요. (조숭인 곁으로 물러서며)
         빼어날 숭(崇)자에, 어질 인(仁)자, 숭인이에요.

함묘진   너, 그 버릇 고쳐라! 공상하는 그 버릇을 고쳐!

동연과 서연, 각자가 만든 불상을 들고 온다. 똑같은 크기와 형태의 미륵보
살반가상이다. 함묘진, 제자들이 만든 불상들을 살펴보더니 감탄한다. 동연
과 서연, 각자 불상의 좌대(座臺)를 들고 온다. 그 뒤를 따라 두 명의 코러스
(여자)가 걸어온다. 동연과 서연이 양쪽에 좌대를 놓자 뒤따라온 그 둘은 반
가좌사유상(半跏坐思惟像)의 자세를 취하고 앉는다.

함묘진   둘 다 참 잘 만들었구나!

동연   미륵보살반가상입니다.

함묘진   그렇다. 미륵보살반가상은 불상 중에서도 가장 아름다운
         불상이다. 동연아 네가 먼저 이 불상의 특징에 대해 말해
         봐라.

동연   사부님은 저희에게, 미륵보살반가상의 특징은 완벽한 균
         형미에 있다고 가르치셨습니다. 우선 전체 무게를 지탱하
         는 하반신을 만들 때, 오른쪽 다리는 이렇게 수평이 되도
         록 뉘이고, 왼쪽 다린 아래로 수직이 되도록 내리라고 하
         셨습니다. 바로 이런 형태가, 수직과 수평의 절묘한 균형
         을 이루기 때문입니다.

함묘진   아주 명확한 대답이다! 서연아, 다음은 상반신에 대해 말

하여라!

서연   미륵보살반가상의 상반신은 두 손의 위치가 중요합니다.

오른손은 또 하나의 상승하는 수직이 되도록 얼굴을 향

해 들어올려야 하고, 왼손은 그 반대로 하강하듯이 뉘인

다리의 발목을 향해 내려놓아야 합니다. 이렇게 해야만

하반신의 수직과 수평, 상반신의 상승과 하강이 서로 어

우러져 불상 전체가 아름다운 균형미를 갖게 됩니다.

함묘진   너의 대답 역시 명확하다! 동연아, 서연아, 너희들은 벌써

완벽한 형태를 터득하였구나!

동연   감사합니다, 사부님.

함이정   아버지는 칭찬에 인색하셔. 그런데 오늘은 두 오빠를 모

두 칭찬하시는구나.

조숭인   하지만 두 분의 반응이 다른데요? 동연이란 분은 칭찬 듣

고 좋아하는데, 서연이란 분은 침통한 표정이에요.

함묘진   서연아.

서연   예, 사부님.

함묘진   어째서 너는 기뻐하질 않느냐?

서연   (침묵한다.)

동연   (서연을 향해) 어서 솔직히 말씀드려.

서연   외람된 말씀입니다만…… 저는 이제 사부님의 칭찬을 들을

만큼 형태는 잘 만들게 되었습니다. 하지만…… 제가 만든

불상은 그저 부처의 모습일 뿐, 부처의 마음은 아닙니다.

함묘진   그러니까 네 말은 뭐냐? 네가 만든 불상에는 부처의 마음이 없다, 그 뜻이냐?

서연   네. 제 고민은 그것입니다.

동연   서연을 야단쳐 주십시오, 사부님. 부처의 모습 속에 부처의 마음이 없다니, 그게 무슨 해괴망측한 소리입니까?

함묘진   (손을 들어 동연의 항의를 제지시키며) 가만있거라, 너는. (서연에게) 네 말을 좀 더 들어 보자. 여기 두 개의 불상이 있다. 하나는 네가 만든 것, 다른 하나는 동연이가 만든 것이다. 그런데 너는 네가 만든 불상에 대해서 말하기를, 부처의 형태일 뿐 부처의 마음은 없다고 했다. 그 까닭이 뭐냐?

서연   저는 부처의 마음을 알지 못합니다. 그 마음을 알지 못한 채 형태만 만들었으니, 그건 무엇일까요…….

함묘진   그렇다면 동연의 불상에 대해서는? 동연이가 만든 불상에는 부처의 마음이 있느냐? 없느냐?

서연   (침묵한다.)

함묘진   대답하라!

서연   동연의 불상은 감탄할 만큼 잘 만들었습니다. 그러나…….

함묘진   그러니까 동연의 불상 역시 형태뿐이다, 그것이냐?

서연   네. 부처의 마음은 느껴지지 않습니다.

동연   부처의 마음이 없다, 내가 만든 불상에? 여봐, 서연이! 그런 모욕적인 말을 함부로 해도 되는 건가? (함묘진에게) 제 생각은 다릅니다. 부처의 형태를 미숙하게 만들면 그 속엔 부처의 마음이 없겠지요. 그러나 부처의 형태를 완벽하게 만들면, 반드시 그 완벽한 형태 속에는 부처의 마음도 있기 마련입니다. 서연은 미숙합니다. 아직 만드는 솜씨가 미숙하기 때문에 어리석은 생각으로 자기자신을 괴롭히고, 동료인 저를 괴롭히며, 스승인 사부님의 심기마저 어지럽히는 것입니다. 어서 서연을 꾸짖어 주십시오! 완벽한 솜씨를 터득하는 데 진력하라고, 열심히 공부나 하도록 야단쳐 주십시오!

함묘진　나는 너희에게 불상 제작을 가르치는 선생이다! 이 세상에 나만큼 불상의 형태에 대해 잘 아는 자는 없다! 하지만 마음은 모르겠다. 서연아, 부처의 마음을 알려거든 다른 자에게 물어라!

함묘진, 불편한 심기를 나타내며 퇴장한다. 그의 왼쪽 다리에 갑작스런 경련이 일어난다. 동연. 함묘진을 부축해서 나간다. 무대조명. 변화한다. 함묘진의 집과 불상 제작장 사이에 있는 마당. 여러 형태의 불상들이 전시되어 있다. 코러스, 불상(佛像), 보살상(菩薩像), 나한상(羅漢像). 신장상(神將像) 등의 자세를 취하고 있다. 조숭인, 불상들을 살펴본다.

조숭인　여러 가지 불상들이 참 많군요.

함이정　각기 형태에 따라 이름도 다르단다. 가르쳐 줄까?

　　　　　　　　　　　　　　　희곡을 읽는 시간

조숭인   아뇨, 이름은 나중에 알게 되겠죠.

함이정   아버지가 나를 보면 또 혼자서 중얼거리는 줄 아시겠다. 사실은 너와 둘이서 이야기하는 건데…….

조숭인   그런데 저기 마당 옆의 살구나무 좀 봐요. 저렇게 많이 열린 살구들…… 익으면 누가 따서 먹을까…….

함이정   오늘은 스님들이 오시는 날이야.

조숭인   동연이란 분도 먹고, 서연이란 분도 먹겠죠?

함이정   보현사 주지 스님, 월계사 방장스님, 그리고 백운사 스님들도 오셔.

조숭인   왜요? 아직 안 익어서 시디실 텐데, 살구 따서 잡수시려고 오시는 거예요?

함이정   (웃으며) 설마 신 살구 잡수시려 오실까…….

조숭인   그럼 왜 오시죠?

함이정   완성된 불상들을 보시려고, 절을 새로 짓거나 늘려 지으면 불상이 필요하잖아. 스님들은 까다로워. 워낙 보는 눈이 높으시니까 웬만한 불상은 쳐다보지도 않으셔. 하지만 마음에 들면 후한 값을 주고 사가시지. 절 한 채 값보다 더 비싼 불상도 있고, 무척 잘 만든 불상은 절 열 채 값도 넘어.

조숭인   절 열 채 값이라…… 굉장하군요! (다시 한번 불상들을 둘러보며) 저는 그 정도인 줄은 몰랐어요. (불상들 중에 있는 미륵보살반가상을 가리키며) 여기 보세요, 어머니. 아주 잘 만들었다고 칭찬받은 불상이 있어요.

함이정   그래, 그건 동연 오빠가 만든 거야.

조숭인   또 하나는 어디 있죠?

함이정   서연 오빠 내놓지 않았어. 동연 오빠 미륵보살반가상 말
          고는 여기 있는 불상들은 모두 아버지가 만드셨지.

조숭인   하지만 이상하군요. 스승의 불상들 속에 제자가 만든 걸
          함께 놓다니…… 그것도 구석이 아니고, 한가운데 놨어요.

함이정   가운데가 가장 돋보이거든. 아버진 동연 오빠 불상을 스
          님들께 선보일 작정이서. 스님은 고지식해서, 절대로 제
          자가 스승보다 낫다고 생각 안 해. 그래서 그런 생각을 바
          꾸려고, 제자의 잘 만든 작품을 스승의 작품들과 함께 놓
          은 거지.

조숭인   잠깐만요. 누군가 우리를 훔쳐보는 것 같아요.

함이정   누가 우리를……?

조숭인   그런 느낌이 들어요.

함이정   그렇구나. 저기 살구나무 뒤에 동연 오빠가 서 있어.

조숭인   이쪽으로 오고 있군요. 난 불상들 사이에 앉아 있겠어요.

조숭인. 불상들 사이에 앉더니 불상과 같은 흉내를 낸다. 동연, 함이정에게
다가온다.

동연   궁금해서 왔어. 역시 눈에 띌 곳에 내 미륵보살반가상을
          두었군.

함이정   아버지가 그렇게 하셨죠.

동연   두고 봐. 내 불상은 반드시 팔릴 거야. 이왕이면 보현사 주지 스님이 사 가시는 게 좋겠어. 보현사는 돈이 많거든. 월계사, 백운사는 가난해. 첫 시작부터 절 한 채 값은 받아야지, 그 아래로 내려 받고 싶진 않아.

함이정   나도 동연 오빠 소원대로 됐으면 좋겠어요.

동연   그리고 오늘은, 내 불상만 팔렸으면 좋겠어. 마치 구색을 맞추듯이 이것저것 사 가면서 내 것도 끼워 가는 건 싫다구. (마당에 놓여 있는 다른 불상들을 둘러보며) 이런 말을 하는 건 안됐지만, 요즘 사부님 불상들은 뭔가 미흡해. 예전만큼 정교하지 않고, 완벽하지도 않아. 이젠 한계야. 은퇴하실 때가 된 거라구. 내 진짜 소원이 뭔지 알아? 사부님의 작업장을 물려받고, 너와 결혼하는 거야.

함이정   결혼을요……?

동연   왜 그렇게 놀래?

함이정   오빠하고 결혼이라니, 당황해서요…….

동연   대답해. 나하고 결혼하는 게 싫어?

함이정   글쎄요…….

동연   (미륵보살반가상을 가리키며) 이걸 봐. 다른 불상들이 남성적이라면 미륵보살반가상은 여성적이야. 갸름한 얼굴, 도톰한 가슴, 잘록한 허리…… 내가 너를 생각하며 만든 거야.

조숭인   가만 듣자니까 못 하는 소리가 없네. (입에 손을 모으고 외친

다.) 저기, 스님들 와요! 돈 많은 보현사 스님도 오시고, 가
난한 월계사, 백운사 스님들도 오세요!

함이정, 부끄러운 듯 얼굴을 두 손으로 감싸고 달아난다. 불상, 보살상, 나
한상, 신장상 등 여러 형태들이 어우러져 마치 만다라를 연상시키는 춤을
춘다. 무대조명, 전환한다. 함묘진의 집. 저녁 무렵. 한줄기 빛이 의기소침하
게 앉아 있는 함묘진을 비춘다. 행주치마를 두른 함이정이 바퀴 달린 이동
식 식탁에 음식을 차려 운반해 온다.

함이정 저녁식사를 하셔야죠.

함묘진 식욕이 없다. 술이나 다오.

함이정 (숟가락으로 음식을 떠서 함묘진의 입에 대주며) 조금 잡수시는
    시늉이라도 하세요. 그럼 술을 드릴게요.

함묘진 (억지로 받아 삼키며) 꼭 모래 씹는 맛이다…….

함이정 스님들은 어떤 불상을 택하셨어요?

함묘진 동연의 미륵보살반가상.

함이정 그렇군요. 아버지가 만든 불상은요?

함묘진 내가 만든 건 하나도 팔리지 않았다. 역시 보현사 주지 스
    님 눈이 높더구나. 대번에 동연이가 만든 불상을 가리키
    면서, 군계일학 같은 명품이라 극찬했다. 그리고는 절 한
    채 짓는 값을 내고 모서 갔어.

함이정 동연 오빠는 기쁘겠어요.

                         희곡을 읽는 시간

함묘진   내가 더 기쁘더라. 스승이란 그런 거다. 자기보다 더 훌륭
          한 제자를 키워 놓는 것, 그게 더 기쁘고 보람있는 거야.
          (손을 내저어 숟가락을 물리치며) 이젠 먹기 싫다. 술을 다오.

함이정   아버지…….

함묘진   왜?

함이정   난 알아요.

함묘진   뭘 알아?

함이정   아버진 기쁘다고 말씀하시지만…… 섭섭하시죠?

함묘진   (침묵한다.)

함이정   동연 오빠는 아버지가 예전 같지 않대요. 요즘 만드신 불
          상들을 보면…… 이젠 은퇴하실 때가 된 거래요. 그러면서
          동연 오빠 자기가 아버지의 불상 제작장도 물려받고, 나
          와 결혼하고 싶다는군요.

함묘진   동연이 그놈…….

함이정   아버지, 난 결혼 안 할 거예요.

함묘진   아니야, 넌 해야 돼. 난 늙고 병들었어. 내 가업을 이을 후
          계자도 정해야 하고…… 나 죽기 전, 네가 낳은 손자도 보
          고 싶다. 동연이란 놈, 괘씸하지만 네 남편감이야. 그놈은
          야망도 있고, 능력도 있어. (일어서는 동작이 부자연스럽다.)
          난 내 방으로 들어가겠다. 술을 가져 와. 오늘 밤은 잔뜩
          취해야 잠들 수 있겠구나.

함묘진, 지팡이를 짚고 다리를 질질 끌면서 퇴장한다. 함이정은 홀로 남는다. 그녀는 깊은 생각에 잠긴다. 조숭인, 들어온다.

조숭인   어머니, 뭘 그렇게 깊이 생각하세요?

함이정   (조숭인을 의식 못 한다.)

조숭인   내가 온 것조차 모르시는군요.

함이정   응······?

조숭인   골몰히 생각하시는 게 뭐죠?

함이정   아니야, 아무것도······.

조숭인   어머니 얼굴이 아주 빨갛게 되던데요.

함이정   언제?

조숭인   아까 낮에요. 동연이란 분이 노골적으로 그랬잖아요. 갸
         름한 얼굴, 도톰한 가슴, 잘록한 허리······ 어머닌 황홀해지
         던걸요.

함이정   내가 동연 오빠를 사랑하는 것 같든?

조숭인   글쎄요······ 하지만 그분이 어머닐 사랑하는 건 틀림없어요.

함이정   난 모르겠다, 아무리 생각해 봐도······. 동연 오빠, 서연 오
         빠, 나, 우린 셋이서 함께 놀고, 함께 자랐어. 그래서 우린
         함께 사는 줄 알았다, 평생 동안······.

조숭인   그래서 둘 다 남편으로요?

함이정   내 말은 남편이 아니라······ 그냥 가족처럼 사는 거야. 넌
         이해 못 하겠어?

조숭인   어머니는 이쪽도 좋고 저쪽도 좋다, 그러니깐 한쪽만은
        택할 수 없다, 그거예요?
함이정   그게 아냐. 내가 누구는 좋아하고, 누구는 싫어해야 한다
        면…… 난 그게 두렵구나…….

함묘진. 방에서 고함 지른다.

함묘진   (소리) 술을 다오, 술을!
조숭인   할아버지가 소릴 질러요.
함묘진   (소리) 술 가져온다더니 잊었느냐?
함이정   네, 아버지! 지금 가져가요.

함이정, 운반용 식탁을 밀며 나간다. 무대조명, 변화한다. 불상 제작장. 무대
천장에서 커다란 탱화가 내려온다. 십일면관세음보살상이 화려한 색채로
그려져 있다. 동연, 등장한다. 그는 십일면관세음보살상을 바라보면서 그 평
면의 형태를 입체적인 형태로 만드는 방법을 궁리한다. 서연. 들어온다. 그
의 모습은 오랫동안 방랑한 흔적이 역력하다. 어깨에 둘러맨 배낭을 내려놓
고, 동연의 작업을 바라보더니, 자신이 왔음을 알리려는 듯 헛기침을 한다.

서연   흠…… 흠…….
동연   (일부러 반응하지 않는다.)
서연   나, 돌아왔네.

동연   (힐끗 바라보더니 작업을 계속하면서) 갈 때는 아무 말도 없이
       가더니, 와서는 무슨 염치로 말을 하는가?

서연   미안하네. 그저 마음 답답해서 바람 좀 쏘이고 왔지.

동연   그저 바람 쏘이고 왔다, 참 한가한 사람이군!

서연   그런데 자넨 뭘 그리 열심히 하는가?

동연   난 몹시 바쁘네! 십일면관세음보살상을 주문받았어. 이번
       엔 굉장해. 황금과 구리를 섞어 만드는 금동상일세.

서연   축하하네, 동연이.

동연   지난번 내가 만든 미륵보살반가상이 팔렸거든. 절 한 채
       값 받았네. 보현사 주지 스님이 한눈에 보고 반하셨지. 그
       러더니만 내 실력을 인정하시고는 관세음보살상을 의뢰하
       셨어. 두고 보게. 이 일만 잘 되면 난 일약 유명해질 거야.

서연   어련하겠는가. 자넨 반드시 유명해질 걸세.

동연   잘 듣게. 사부님께선 나에게 모든 걸 넘겨 주실 생각이셔.
       자네와 나, 둘을 놓고 저울질하시다가 결국은 나를 후계
       자로 택하셨지. 그렇다고 원망은 말아. 우린 둘 다 공평하
       게 똑같은 기회가 있었어. 하지만 난 열심히 노력해서 그
       기회를 잡았고, 자넨 태만하여 그 기회를 놓쳤다구.

동연. 잠시 작업을 멈추고 서연을 바라본다. 서연은 담담한 표정이다.

서연   내가 다녀오는 운장산(雲長山)은 참 좋더군. 굴참나무, 물푸

레나무, 곧게 뻗은 소나무가 울창한 숲을 이뤘어. 그 숲속의 호젓한 길로 걸어 올라가는 맛은 가히 일품이었네. 동연이, 어떤가? 나와 함께 가보지 않을 텐가? 이런 답답한 작업장에서 부처님 화상만 들여다보고 있으면 사람 마음이 옹졸해져. 운장산에 올라서면 사방팔방이 툭 터졌네. 한눈에 지리산의 웅장한 봉우리들이 보이고, 저 멀리 아스라히 무등산, 그리고 두 귀가 봉긋한 마이산도 보여. 그런 다음 계곡을 따라 산을 내려오면…… 비석바위, 다불(多佛)바위, 보살암 등 십 리에 걸쳐 온갖 바윗돌이 늘어서 있는데, 사람이 만든 불상보다 진짜 부처님을 닮으셨네.

동연   그래서? 그 바윗돌이 내가 만든 불상보다 낫다 그건가?

서연   여보게, 동연이.

동연   왜?

서연   자네가 본뜨려는 부처님 형상은 누가 언제 그렸는지 몰라도 흔히 있는 것을 베껴 놓은 걸세. 그런데 자네는 그 형상을 또다시 베껴 만들 작정이군. 자넨 의심도 없는가? 심사숙고해 보게. 그런 형상이 진짜 부처님은 아닐세.

동연   나에겐 전혀 의심이 없네.

서연   의심이 없다니……?

동연   무엇 때문에 의심해서 아까운 시간을 낭비해야 하는가?

서연   음…….

동연   공부를 하게, 괜히 의심 말고! (허공에 걸려 있는 탱화를 가리

키며) 자넨 얼마나 형상 공부를 했는가? 이 십일면관세음
보살의 머리 위에는 열한 개의 얼굴들이 있는데, 그 얼굴
하나 하나를 살펴나 봤었는가? 귀고리, 목걸이, 손에 든
보병과 기현화란 꽃의 형태를 꼼꼼히 연구했었는가? 자
네처럼 게으른 자들은 공부는 안 하고, 아무 의미 없다 의
심만 하지!

서연 자넨 정말 열심히 공부했네. 그렇다면 그 형태 속에 부처
님 마음은 어디 있는지 가르쳐 주게.

동연 또 괜한 트집이군!

서연 내가 우둔해서 그런가……. 운장산 가는 길엔 절도 많더군.
이런 절도 구경하고 저런 절도 구경하면서 온갖 불상들
을 봤었네만…… 부처님 마음은 못 보았네.

동연 듣기 싫네, 그런 궤변은!

서연 내 가슴이 답답할 뿐이네. 나도 한때는 자네처럼 부처의
형상을 만들었네만, 부처의 마음은 느낄 수가 없었네. 정
말 이 일을 어찌하면 좋겠는가?

함묘진. 지팡이를 짚고 다리를 절며 들어온다. 그는 서연을 보자 반가워한다.

함묘진 서연이가 왔구나! 서연이가 왔어!

서연 (일어나서 공손히 절을 하며) 네, 사부님.

함묘진 그동안 난 하반신이 잘 안 움직여. 이렇게 지팡이 신세를

졌지. 그런데, 도대체 너는 어딜 갔었더냐?

서연　　전라도의 운장산에 갔었습니다.

함묘진　운장산이라…… 전라도는 명산대찰이 많은 곳이지. 난 네
　　　　가 부처의 마음이 있느냐, 없느냐, 고민하다가 나갔기에
　　　　머리 깎고 중 되는 줄 알았다.

서연　　저도 그럴까 했었습니다만…….

함묘진　그랬는데?

서연　　저에겐 승려의 자질이 없습니다. 더구나 까다로운 계율을
　　　　지키지도 못할 테고…….

동연　　알긴 아는군!

함묘진　그럼 그동안 뭘 했었느냐?

동연　　서연은 운장산 계곡에서 바윗돌만 봤다고 합니다.

함묘진　바윗돌만 봤다니?

동연　　불상들은 헛것이고 바윗돌이 부처님이라니, 그게 어찌 제
　　　　정신으로 할 소립니까?

함묘진　서연아, 넌 동연의 좋은 소식 들었겠지?

서연　　들었습니다.

함묘진　아주 굉장한 불상을 주문 받았어. 그런데 난 너한테도 좋
　　　　은 소식 있길 바란다.

서연　　하지만 저는…… 불상 제작은 포기했습니다…….

함묘진　형태는 포기해도 마음은 포기하지 말아라. 요즘 내 생각
　　　　이 달라진다. 부처의 형태를 완벽하게 만드는 것만이 부

처에 도달하는 길이라고 여겼더니, 그게 아니야.

동연   네? 무슨 말씀이십니까?

함묘진   무슨 말이기는…… 부처의 형태에 치중하면 도리어 부처
         의 본성과는 멀어질 수 있다, 그런 말이지.

동연   평소의 사부님 말씀 같지 않으십니다.

함묘진   (동연을 지팡이로 가리키며) 너는 분명히, 나보다 뛰어난 재
         능을 가졌어. 앞으로 네가 만든 불상들은 내가 만든 불상
         보다 더 칭찬을 받을 거다. 그러나 동연아, 네가 더 이름
         을 얻고 돈은 더 벌겠다만…… 자만하지 말아라. 부처의
         모습을 잘 만든다고 해서, 부처의 마음마저 잘 만드는 건
         아니다. 내 말을 명심해 두어라.

함묘진. 불상 제작장에서 나간다.

동연   저 어른이 이제는 나를 시기하시는군!

서연   사부님이 자네를……?

동연   날 시기하는 거야. 자네가 집에 없을 때는 모든 걸 나에게
         넘겨 주실 듯이 그러더니만, 자네가 나타나니까 교묘하게
         태도를 바꿔 자네 편을 드셨어!

서연   자넨 내가 여기 있는 게 싫은가?

동연   기분 좋을 리는 없지.

서연   그럼 또 떠나야겠군.

동연　　어딜 가려고……?

서연　　몇 달쯤 떠돌아다니다가 다시 오겠네.

동연　　정말 팔자도 좋군! 몇 달 아니라 몇 년이라도 실컷 떠돌아
　　　　다니게나!

서연. 배낭에서 조그만 돌 몇 개를 꺼내더니 바닥에 놓고 나간다. 십일면관세음보살상 탱화, 무대 천장 위로 올라간다. 무대조명, 암전한다. 함이정의 방. 함이정, 혼자서 피아노를 연주하고 있다. 쓸쓸한 느낌의 음악이다. 조숭인, 함이정을 부르며 들어온다.

조숭인　　어머니―! 어머니―!

함이정　　왜?

조숭인　　(움켜쥔 양손을 내밀며) 이것 좀 보세요!

함이정　　그게 뭔데?

조숭인　　(손을 펴 보인다.) 돌이에요!

함이정　　(조숭인의 양손에서 돌들을 집어 자신의 손바닥에 올려놓고 바라
　　　　본다.) 예쁘구나, 작은 돌들이…… 서연 오빠가 놓고 간거다.

조숭인　　하지만 돌뿐이었어요. 편지 같은 건 없었구요. 이런 돌 백
　　　　개보다는 편지 한 장이 나을텐데…… 아니, 편지 백 장보
　　　　다는 얼굴 한 번 보여 주는 것이 더 낫구요. 어머니도 서
　　　　운하시죠?

함이정　　그래, 서운하구나. 예전엔 참 즐거웠는데…… 내가 피아노

를 치고, 동연 오빠랑 서연 오빠랑 함께 노래 부르던⋯⋯

지금은 왜 이렇게 쓸쓸하게 됐는지 몰라⋯⋯.

조숭인   제가 대신 불러 드릴까요?

함이정   글쎄, 네가 똑같이 부를 수 있을까⋯⋯.

함이정. 조숭인에게 가사 적힌 악보를 준다. 홍난파 작곡의 〈구름〉이다. 함이정은 피아노를 연주하고. 조숭인은 노래한다.

조숭인   "저 하늘 흰구름 양들이 되어서

조용히 떼지어 몰려다니네

외양간 송아진 어디를 가든지

목동이 언제나 지키고 있지만

새파란 저 하늘 흰구름 양들은

온종인 맘대로 놀러 다니네"

함이정   (낙심한 표정으로 고개를 흔든다.) 아니구나, 아냐.

조숭인   내 노래가 두 분 목소리를 합친 것 같지 않아요?

함이정   전혀 아닌걸.

조숭인   슬퍼 마세요, 어머니. 제가 열심히 노력해서, 반드시 제 자신 속에 두 분을 합쳐 놓겠어요.

방문을 거칠게 두드리는 소리가 들린다. 함이정과 조숭인, 긴장한다.

함이정   누구시죠?

동연   (소리) 나야, 나. 들어가도 돼?

조숭인   들어오면 안 된다고 하세요. 지금은 밤이잖아요.

함이정   지금은 밤인데요?

동연   (문을 두드리며) 오늘 밤 꼭 할 말이 있어.

함이정   들어오세요, 그럼…….

동연. 함이정의 방 안으로 들어온다.

동연   서연이가 다녀갔어.

함이정   알아요.

동연   안다고?

함이정   네.

동연   서연이를 어떻게 생각해?

조숭인   조심하세요. 표정이 심각해요.

함이정   어떻게 생각하다뇨?

조숭인   어떻게 생각하느냐는 좋으냐 나쁘냐, 그런 질문인가 봐요.

함이정   서연 오빠가 좋으냐, 나쁘냐, 그런 질문이에요?

동연   그래. 나하고 비교해 보면 어때?

함이정   난 동연 오빠도 좋고, 서연 오빠도 좋아요.

동연   그건 대답이 아냐!

함이정   난 둘 다 좋은걸요.

                          느낌, 극락같은

동연   둘 다 좋다니, 구분도 못 해?

조숭인   몹시 화났어요. 심한 모욕을 당한 것처럼.

동연   서연은 나쁜 놈이야! 얼간이, 게으름뱅이, 허풍만 떠는 건
       달이라구! 물론 이런 말을 듣는 건 싫겠지. 나 자신도 말
       하는 게 불쾌해! 같은 스승의 제자로서, 형제처럼 가족처
       럼 지낸 내가 그놈을 비난해야 한다니…….

조숭인   하품을 하세요, 어머니…….

함이정   하품을?

조숭인   이젠 졸려서 자고 싶다는 하품을요.

함이정   (손으로 입을 가리고 하품한다.)

동연   내 말이 졸립다 그거로군!

함이정   미안해요, 동연 오빠. 내일 아침에 말하면 안 될까요?

동연   난 지금 중대한 사실을 말하고 있는 거야! 서연이와 내가
       어떻게 다른지, 어떻게 구분할 수 있는지 말하고 있는 거
       라구! 이 세상이란 뭐냐? 눈에 보이는 형태로 가득 차있
       는 곳이야! 이런 세상에서 성공하려면, 남보다 더 그 형태
       를 잘 만들어야 해! 다시 말해서, 형태를 잘 만드는 자는
       반드시 성공하고, 못 만드는 자는 실패하도록 되어 있어!

조숭인   왜 갑자기 세상을 들먹이는지 모르겠네…….

동연   나는 형태를 중요하게 생각하지만 서연이는 그걸 무시해!
       결국 나는 성공하고, 그놈은 실패할 거야! 그게 이 세상의
       법칙이지! 그런데 실패할 놈이 도리어 나를 비웃고 힐책

하다니…… 내가 만든 불상들은 바윗돌만큼도 의미가 없다는 거야! 더 기막힌 건 사부님 반응이지. 그 따위 헛소리 하는 놈을 꾸짖기는커녕 은근히 두둔하셨어. 난 기분이 나빴지만 꾹 참았다구. 왜냐, 책임감 때문이야. 사부님은 늙고 병드셨는데, 서연이 놈은 제멋대로 떠돌아다니기만 하고…… 도대체 나 아니면 누가 걱정이나 하겠어?

조숭인　어머니, 하품을 한 번 더 하시죠.

함이정　(하품을 하며) 아직 걱정할 일은 아니에요.

동연　아직 아니라니? 사부님의 병환은 급속히 악화되고 있잖아. 하반신의 마비 증세만이 아냐. 예전에는 결코 안 하던 짓을 하시고, 이랬다가 저랬다가 말씀마저 변덕스러워. (함이정의 어깨를 두 손으로 움켜잡고) 이만큼 말했으니 알아듣겠지? 서연이라는 놈과 나, 둘 중에서 누가 장래를 책임질 수 있는가 명백하잖아!

조숭인　어깨는 놓고 말하라고 하세요.

함이정　놓아 줘요, 어깨는요.

동연　(더욱 강하게 어깨를 붙잡고 흔들며) 내가 말할 때 두 번이나 하품을 했어! 두 번이나!

함이정　이젠 안 할 테니 놓아 줘요.

동연　놓아주면 잠이나 자겠지! 지금이 얼마나 중요한 때인 줄도 모르고, 바보처럼 태평하게 잠을 잘 테지! (함이정을 쓰러뜨려 바닥에 눕히고는 올라탄다.) 결정은 내가 하겠어! 여자는 이성적인 판단력이 없거든!

조숭인　점잖게 행동하라고 소리질러요!

함이정　점잖게 행동하세요! 아버지를 부를 거예요!

동연　（함이정의 옷을 강제로 벗긴다.） 불러 봐! 오늘 밤도 술에 취해
　　　서 듣지 못할걸! 사랑해! 내가 모든 걸 책임지고 행복하게
　　　해 주겠어!

조숭인　어머니, 발악을 하세요! 목청껏 소리지르고, 손톱으로 할
　　　퀴고, 입으로 물어뜯어요!

함이정　（가쁜 숨을 몰아쉬며） 이상하구나…… 이상해…….

조숭인　뭐가 이상해요? 어서 할퀴고 물어뜯어요!

함이정　난 온몸이 녹아 버리는 것 같아…….

조숭인　사랑한다는 말에, 책임진다는 말에 녹아 버린 거예요?

함이정　헉헉, 숨이 막혀서…….

조숭인　어머니, 이러시면 안 돼요! 사랑이 좋고, 책임이 좋아도,
　　　이런 형식으로 하면 안 좋아요! 안 좋은 거라구요!

무대조명, 어두워진다. 어둠 속에서 남녀 교합의 격정적인 호흡소리가 들
린다. 사이. 무대 차츰차츰 밝아진다. 함이정은 무대 전체를 뒤덮은 듯한 엷
은 망사의 치마를 입는다. 조숭인은 벌거벗은 몸으로 함이정의 치마 속에
태아처럼 웅크리고 앉아 있다. 몹시 울적한 표정이다.

조숭인　대답해 주세요. 어머닌 행복하세요?

　　　　　　　　　　　　　　　　　희곡을 읽는 시간

함이정	그럼 행복하지.

조숭인	난 행복하지 않아요.

함이정	안 들려. 다시 말해 봐.

조숭인	행복하지 않다구요!

함이정, 임신하여 불룩해진 배를 얼싸안고 쓰다듬는다.

함이정	나는 좋구나. 너를 임신한 게 너무 기분 좋아. 불룩해진

배를 어루만지면 네가 내 뱃속에서 움직이는 게 느껴져.

조숭인	난 잔뜩 움츠리고 있는걸요. 불안해요…….

함이정	뭐가 불안해?

조숭인	형식이 나빴거든요. 형식이 나쁘면 내용도 좋을 수 없죠.

함이정	넌 걱정 말아.

조숭인	내가 태어나는 형식이 영 마음에 안 들어요. 아버지가 나를

강제로 임신시키다니…… 할아버진 뭐라고 하시던가요?

함이정	음…… 무척 좋아하셨어.

조숭인	정말이에요?

함이정	정말이잖구. 참 잘 된 일이라고 하시더라.

조숭인	할아버진 착잡한 심정이셨겠죠. 자신의 의견은 묻지도 않

고 손자부터 만들어 놓았으니…….

함이정	넌 뭔가 기분이 나쁘구나?

조숭인	(침묵한다.)

	

함이정 왜? 넌 이 세상에 태어나는 게 싫어?

조숭인 싫어요.

함이정 왜 싫은 거야?

조숭인 난 느낌이었던 때가 좋았어요. 어떤 형태가 된다는 건 생
       각도 안 했고…….

함이정 엄마 아빠가 결혼식을 치르면 네 기분도 좋아질 거다. 날
       짜는 이미 정해 놨어. 다음 달 초사흘이야. 그날은 동연
       오빠, 아니 너의 아빠가 십일면관세음보살상을 완성해서
       공개하는 날이기도 하지. 머리 위에 열한 개의 얼굴들이
       달린 굉장한 불상…… 벌써 온 세상에 소문이 퍼졌어. 굉
       장한 불상도 보고, 결혼식도 볼 겸, 그날 보현사는 사람들
       이 몰려와 인산인해를 이룰 게 틀림없어.

조숭인 잠깐만요, 어머니. 불상 공개하는 날, 하필이면 그날 결혼
       식을 해요?

함이정 온 세상의 많은 사람들한테 축복 받으려고. 오전에 공개
       식, 오후엔 결혼식, 하루 종일 축하 분위기가 넘쳐서 그날
       은 석가탄신일만큼이나 성대할 거야.

조숭인 눈에 선하군요, 아버지의 으스대는 광경이. 아버지는 자
       기가 만든 불상을 과시하고 또 동시에 스승의 딸을 아내
       로 삼은 것도 자랑하려는 거예요. 그래야 세상 사람들에
       게, 자기가 불상 제작의 최고 일인자가 됐다는 효과를 거
       둘 수 있으니까요. 그렇지만 결혼식날, 어머니 모습은 생

각해 보셨어요?

함이정   글쎄…… 내 모습이 어때서?

조숭인   어머니는 지금 임신 팔 개월째예요. 지금도 배가 남산만
         큼 불룩한데, 결혼할 다음 달엔 더욱 엄청나게 커지겠죠.
         사람들이 어머니의 배를 보고 얼마나 웃어 댈까…… 뱃속
         의 나는 생각만 해도 기가 질려요. 아버지께 말씀하세요.
         불상의 완성을 늦추든가, 결혼식을 늦추도록요.

함이정   동연 오빠, 아니 네 아빠의 성격은 너도 잘 알잖니? 결코
         불상을 늦출 분이 아니야. 물론 결혼 날짜도 연기 안 해.
         보현사 주지 스님도 처음엔 반대했어. 불상 공개식과 결
         혼식은 각각 다른 날로 하라고. 하지만 같은 날이 중요하
         지, 다른 날은 필요없다고 너희 아빠가 고집했어. (불룩한
         배를 쓰다듬으며) 나도 불룩한 배가 걱정된다만…… 헝겊 띠
         로 꼭꼭 졸라맬 거야. 꼭꼭 졸라매면, 어느 정도는 괜찮아
         보일 거다.

조숭인   저를 꼭꼭 졸라매요?

함이정   그래. 답답하긴 하겠지.

조숭인   오, 맙소사…….

함이정   하지만 별 수 없구나. (헝겊 띠로 겹겹이 배를 둘러싸며) 앞으
         로 한 달 동안은, 답답해도 네가 참아라.

조숭인   좋아요, 어머니! 그렇다면 저한테도 생각이 있어요!

조숭인, 웅크렸던 몸을 펼친다. 움직인다. 함이정은 해산의 진통을 느낀다.

함이정   너, 왜 이러냐! 갑자기 왜 이러는 거야!

조숭인   저는 지금 태어날 거예요!

함이정   참아! 참으라니까! 두 달이나 먼저 태어나면 위험해!

조숭인   아뇨! 전 태어나요!

조숭인, 더욱더 빠르게 움직인다. 함이정은 묶었던 헝겊 띠를 다급하게 풀어
헤치고 치마를 벗으며 해산의 숨가쁜 비명을 지른다. 조숭인, 함이정의 치마
밖으로 나온다. 그리고 벗어난 치마를 자기 몸 앞으로 끌어당겨 둘둘 말아
껴안는다. 함이정, 퇴장. 조숭인은 웅크리고 앉아서 어린 아기마냥 악을 쓰
며 울어댄다. 함묘진이 휠체어 바퀴를 굴리면서 다가온다. 그는 조숭인의 울
음을 달래려고 딸랑딸랑 소리 나는 장난감을 흔든다. 서연, 들어온다.

서연   사부님, 서연이가 왔습니다.

함묘진   (짜증난 태도로 장난감을 흔든다.) 울지 마라! 울지 마!

서연   제가 왔어요.

함묘진   제발 좀 울지 말라니까!

서연   사부님!

함묘진   어…… 누구냐?

서연   (허리 굽혀 절한다.) 오랜만에 찾아 뵙습니다.

함묘진   서연이…… 서연이구나…….

서연   네.

함묘진   동연이와 내 딸은 보현사에 갔어.

서연   보현사에는 무슨 일로요?

함묘진   결혼하는 날이야, 바로 오늘이.

서연   결혼…… 정말입니까?

함묘진   (조숭인을 가리키며) 믿지 못하겠거든 이리 와서 봐. 이놈이 내 손자야. 결혼도 하기 전에 임신했어. 임신 팔 개월 만에 팔삭둥이로 태어나서 죽는 줄 알았는데, 그래도 제 에미가 온갖 정성을 다해 살려 놨지.

서연   (가까이 다가와서 조숭인을 바라본다.) 아주 총명해 보입니다.

함묘진   처음엔 울지도 못하더니, 요즈음엔 빽빽 악을 쓰며 울기만 해. (울어대는 조숭인에게 소리 나는 장난감을 흔들며) 내 몸은 점점 마비되고 있어, 하반신만이 아니야, 상반신마저, 이젠 손마저 잘 움직이지 않아. (흔들던 장난감을 떨어뜨린다.) 울지 마! 제발 울음 좀 그쳐!

서연   제가 달래 볼까요?

서연, 장난감을 주워 들고 흔든다. 조숭인은 더욱 발악적으로 울어댄다. 서연은 그 이유를 알았다는 듯 장난감 흔들기를 멈춘다.

서연   알았다, 아가야. 딸랑딸랑 소리를 멈춰 주마.

함묘진   어어, 이놈이 뚝 그쳤어!

서연　　　이 아인 소리에 민감하군요?

함묘진　　민감해, 소리에?

서연　　　네. 시끄러운 방울소리가 듣기 싫었던 것 같습니다.

함묘진　　어쩐지…… 그것만 흔들면 더 울어댔어,

서연　　　아이 이름은 지으셨어요?

함묘진　　제 에미가 미리 지어 놓은 이름이 있어. 숭인이야. 제 애
　　　　　비 성이 조씨니까, 조숭인이지.

서연　　　(조숭인을 바라본다.) 조숭인…… 꼭 동연이를 닮았군요.

함묘진　　태어난 순간부터 그래, 마치 제 애비를 복사해 놓은 듯이
　　　　　닮았어, 동연이란 놈, 제 새끼가 너무 일찍 태어나자 기겁
　　　　　을 했지. 혹시나 미숙아라서 형태가 잘못된 건 아닌가 놀
　　　　　란 거라구. 한 번 보고, 두 번 보고…… 수백 번도 더 살펴
　　　　　보더라.

서연　　　(미소를 짓고) 동연이는 워낙 형태를 중시하거든요.

함묘진　　난 이 애가 날 닮기 바랬는데…… 너도 몹시 서운할 거다.
　　　　　그렇지?

서연　　　(침묵한다)

함묘진　　동연이와 너는 둘 다 내 딸을 좋아했거든. 그런데, 동연이
　　　　　가 차지해 버렸으니 네 심정이 얼마나 착잡하겠냐?

서연　　　저는…… 자격이 없습니다…….

함묘진　　자격이 없다?

서연　　　네…….

함묘진   왜?

서연   저는 무능합니다. 요즈음엔…… 저의 무능을 절실히 느낍니다…….

함묘진   (서연을 살펴보며) 네 모습이 초췌하다. 부처의 마음인가, 그건 어찌 된거냐?

서연   (침묵한다.)

함묘진   아직도 좋은 소식 없구나?

서연   네. 사부님께선 동연이를 잘 선택하셨습니다.

함묘진   선택은 동연이가 했어, 내가 한 게 아니구! 물론 나 역시 동연이 놈을 사위 겸 후계자로 삼을 생각이었지. 그러나 뭐라고 해야 할까…… 주기도 전에 빼앗긴 느낌이야. 조금만 기다리면 받을 건데, 왜 서둘러 빼앗는지 모르겠어!

서연   목소리를 낮추십시오, 사부님. 숭인이가 잠듭니다.

함묘진   (목소리를 낮춘다. 그러나 분노의 감정은 감추지 않는다.) 어쨌든 동연이란 놈, 기고만장이지. 이제는 후계자가 됐으니 자기한테 불상 제작장의 열쇠마저 넘겨 달라는 거야. 염치 없는 놈…… 내가 준다고 해도 사양해야 제자의 예의에 맞는 것 아냐? 그런데 강제로 뺏긴 듯이 주면 뭐가 좋겠어? 오늘 같은 날도 그래. 신부의 아버지로서, 또 자기를 가르친 스승으로서, 나에 대한 감사의 표시를 극진히 해야지. 그래도 모든 걸 빼앗기는 내 심정이 서운할 텐데, 동연이란 놈은 나더러 결혼식엔 오지도 말라는 거야. 이런 마비

된 몸으로 결혼식에 참석하느니, 차라리 애나 보면서 집
에 있는 게 낫겠다는군. 사실은 나도 가고 싶지 않았어.
가족끼리의 조촐한 결혼식도 아니고, 온갖 구경꾼들 다
모아 놓은 결혼식인데…… 내가 거기 참석해 봤자 초라하
게만 보일 뿐이지.

서연　사부님을 초라하게 볼 사람은 아무도 없습니다.

함묘진　아냐, 아냐. 보현사 주지 스님도 동연이 놈만 최고로 안다구.

서연　지금이라도 보현사에 가시지요.

함묘진　난 안 가!

서연　제가 모시고 가겠습니다.

함묘진　싫다니까! 나를 폐물 취급하는 곳엔 절대로 안 가!

서연　사부님, 동연이를 너그럽게 대해 주십시오.

함묘진　너마저…… 그놈 편을 들어?

서연　동연이는 형태를 만드는 탁월한 재능이 있습니다. 사부님
께선 동연이가 주기도 전에 뺏는다며 화를 내시지만, 그
건 동연이의 능력 때문이라고 너그럽게 봐주십시오.

함묘진　그럼 결혼도 하기 전에 내 딸 몸부터 빼앗고, 후계자가 되
기 전에 내 열쇠부터 빼앗아도 참으라는 거냐?

서연　사부님…….

함묘진　왜 말을 못해?

서연　저도 처음에 형태에 집착하는 동연이가 못마땅했었지요.
하지만 지금은…… 이해합니다. 사람 사는 곳을 돌아다니

　　　　　희곡을 읽는 시간

면서 보니까, 모든 걸 형태가 결정하고 있더군요. 동연이
를 탓할 수만은 없는 것입니다.

함묘진　결국은 내 잘못이군! 동연이 그놈한테 내가 형태를 가르
쳤거든! (자신의 목소리가 높아졌다는 것을 의식하며) 아이고,
이런! 내 고함소리에 어린것이 놀라 깨겠어!

서연　사부님, 잠든 숭인이를 방에 눕혀야겠습니다.

함묘진과 서연, 앉은 자세로 오리걸음을 걷는 조숭인을 데리고 나간다. 동연과 함이정, 등장한다. 그들은 신랑과 신부답게 화려한 색동옷을 입고 합환(合歡)의 바라를 치며 춤을 춘다. 동연의 태도는 의기양양하며. 함이정 역시 행복한 모습이다. 코러스들. 불상처럼 온몸에 금칠을 하고 춤을 추며 등장한다. 그 춤이 정지하여 천 개의 손과 천 개의 눈을 가진 부처의 형상처럼 된다. 함묘진과 서연, 들어온다.

서연　축하하네, 동연이.

동연　음, 자네 왔는가.

서연　(함이정에게) 축하해, 진심으로.

함이정　고마워요, 서연 오빠…….

동연　어떻게 알고 왔는가? 천지사방 떠도는 자네가 우리 결혼
식은 용케도 알았군.

서연　난 몰랐네. 알았더라면 빈 손이 아닐 텐데…… 미안하네.

동연　미안할 것 없어. 자네 아니어도 우린 축하 선물 많이 받았

네. 오늘 보현사가 굉장했어. 전국 큰 사찰의 스님들은 거의 다 오셨고, 사회적으로 명망있는 부자들, 시주 잘 하는 재력가들, 심지어 절 근처에는 얼씬도 않던 일반 중생들마저 모여들어 발 디딜 틈이 없었지. 그들은 내가 만든 십일면관세음보살상을 보고는 그 정교함의 극치에 놀라 입을 딱 벌린 채 다물지 못하더군. 그런 감탄 속에서 불상 공개식을 갖고, 곧이어 우리 결혼식을 했지. 하하, 하하하, 효과 만점이었네! (함묘진에게) 기뻐해 주십시오, 훌륭한 스승의 명예를 욕되게 하는 제자도 많습니다만, 저는 그 명예를 한껏 높여 드렸습니다.

함이정   아버지, 동연 오빠 찬사가 대단했어요. 오늘 얼마나 많은 불상 주문을 받았는지 헤아릴 수 없을 정도예요.

함묘진   (딸랑거리는 장난감을 흔든다.) 난 기쁘다! 눈물 나게 기뻐!

동연   네……?

함묘진   이걸 흔들면, 기뻐서 울게 돼!

함묘진. 장난감을 흔들며 휠체어 바퀴를 돌려 퇴장한다.

동연   저 어른이…… 왜 저러는지 모르겠군.

서연   동연이…….

동연   뭔가?

서연   오해 말고 들어 주게. 사부님은 자네에게 서운한 감정이 있으셔.

동연   난 잘못한 것 없어!

서연   결혼식장에 모셔 가지 그랬는가?

동연   내가 몇 번이나 간청했지만 거절당했지! 그런데 자네한테
       뭐라시던가? 설마 오지 말라고, 내가 막았다고 불평하던가?

서연   자네가 잘못했다는 건 아닐세. 다만 그럴수록 조심하고,
       지나치게 서둘 건 없네.

동연   서둘 것 없다……? 무슨 뜻으로 그런 말을 하지? 나에 대한
       질투인가? 아니면 원망 때문에?

함이정   서연 오빤 그런 분이 아니에요.

동연   가만 있어, 당신은!

함이정   동연 오빠…….

동연   난 오빠가 아니야! 당신의 남편이지!

함이정   여보…….

동연   (손가락으로 문 쪽을 가리키며, 서연에게) 나가! 내 집에서 당장
       나가라구!

함이정   이러시면 안 돼요!

동연   내가 자네 마음을 모를 줄 아나? 천만에, 난 잘 알아! 자네
       역시 나에게 모든 걸 빼앗긴 심정이겠지. 마치 저 고약한
       어른이 나에게 느끼는 그런 감정을 자네도 가진 거라구!

서연   동연이…… 난 그렇지 않네.

동연   똑같아, 똑같다구! 무능한 자들, 패배한 자들의 심보는 다

똑같은 거야! (다시 한번 손가락으로 문 쪽을 가리킨다.) 어서 나가! 그리고 다시는 이 집에 들어오지 마!

서연, 동연에게 합장하더니 신발을 벗어 자신의 머리에 얹는다. 동연이 분노하여 고함치며 서연의 멱살을 잡는다. 서연, 코러스들의 천수불상(千手佛像) 앞에 가서 합장하더니 신발을 벗어 자신의 머리에 얹는다. 동연이 분노하여 고함치며 서연의 멱살을 잡는다. 무대조명, 변화한다. 무대 주변은 어두워지고 한복판이 밝아진다. 조숭인이 함이정의 손수건을 풀어서 조그만 돌들을 꺼내 바닥에 일렬로 간격을 띄워 늘어놓는다. 그는 조금 뒤로 물러나 앉아서 돌들을 바라본다. 사이. 함이정, 조숭인에게 다가온다.

함이정　　뭘 하고 있지?

조숭인　　바라보고 있어요, 돌들을요.

함이정　　왜 이건 꺼냈어? 손수건에 싸두렴!

조숭인　　어머니도 가끔씩 꺼내 보곤 하시잖아요?

함이정　　어서 싸둬! 너의 아버지가 아시면 큰일나!

조숭인　　전 저 돌들을 바라보면서, 서연이란 분을 생각했어요. 제가 아주 어렸을 때였어요. 태어난 지 한두 달쯤 되었을까요, 그분이 우리 집에 오셨었죠.

함이정　　(바닥에 일렬로 놓여 있는 돌들을 주우며) 설마 네가 그분을 기억할 리는 없지.

조숭인　　저는 기억해요.

함이정	숭인아…… 서연 오빠는 십여 년 전에 다녀가셨다. 그 후 엔 단 한 번도 오신 적이 없어.

조숭인	그분은 나를 보고 말씀하셨죠, 이 아인 소리에 민감한 것 같다고.

함이정	정말? 그런 말을 했어?

조숭인	네, 어머니. 저는 태어나기 전 일도 모두 기억해요. 어머 니와 나눴던 그 많은 말들…… 그때 어머니께 약속했었죠. 열심히 노력해서, 동연 서연 두 분의 목소리를 합쳐 놓겠 다구요. 어머니, 그래서 저는 음악가가 될 겁니다.

함이정	(의외라는 듯 놀란 표정이 되며) 뭐, 음악가……?

조숭인	네. 두 분의 소리는 너무 달라서, 하나의 음악으로 만들려면 고민을 많이 해야겠지요. 그러나 그것이 내가 태어난 의미 인 것 같기도 하고, 감당해야 할 운명인 것 같기도 해요.

함이정	하지만 네 아버지가 승낙하실까? 아버진 네가 크면 불상 제작을 배워 대를 잇기 바라시는데…….

조숭인	아버진 저를 알지 못해요. 저에게 어떤 재능이 있는지, 제 가 무엇을 하고 싶은지, 전혀 알려고 하지 않죠. 아버지는 어머니도 몰라요. 어머니가 행복한지 불행한지……. 오직 자신의 일에만 관심있어요.

함이정	불상 만드는 일은 어려워. 더구나 완벽하게 만든다는 건…….

조숭인	형태에 집착하면 편협해져요. 항상 잔뜩 긴장해 있고…….

함이정	(돌들을 손수건으로 싸서 묶으며) 부탁이다, 응? 제발 아버지 좀 미워하지 말아라.

조숭인   그런데, 어머니는 왜 그 돌들을 갖고 계셔요?

함이정   갖고 있다니……?

조숭인   지금도 그분을 생각하기 때문이죠?

함이정   아냐, 아냐. 그냥 간직해 둘 뿐이야.

조숭인   아니라고 부정하지 마세요. 아버지 눈에 뜨일까봐 두려워

하면서도 소중히 간직해 두시는 걸요.

함이정   (침묵한다.)

조숭인   서연이란 분, 궁금해요. 지금은 어디에서 뭘 하고 계실

까……. 무슨 소식 못들으셨어요?

함이정   우연히 듣긴 했다만…… 전라도 어디라든가…… 어떤 절의

스님이 불상을 주문하러 오셨다가 말씀하셨어. 서연 오빠

는 미치광이래…….

조숭인   미치광이라뇨?

함이정   응, 괴상한 짓을 한댔어. 하염없이 들길을 따라 걸어다니

면서, 돌들을 주워서는 돌부처를 만들어 놓는다는구나.

조숭인   돌부처요……?

함이정   큰 돌은 몸통 삼고, 작은 돌은 머리 삼아, 그냥 큰 돌 위에

작은 돌을 얹어 놓는 거래. 그런 돌부처님이 들판에 줄줄

이 늘어서 있다면서…… 어리숙한 건 그곳 사람들이란다.

돌부처 앞에 경건히 합장하고, 간절히 소원도 빈다는구

나. 그 소식 전한 스님, 서연 오빠 때문에 사람들마저 괴

상해진다고 고개를 절레절레 흔들더라.

조숭인　　참 이상해요. 난 무의식적으로 그분의 돌들을 꺼내 늘어 놓았죠. 그런데 알고 보니, 서연이란 그분이 한 일을 나도 따라했군요.

동연. 몹시 성난 태도로 등장한다.

동연　　　안 되겠어, 도저히!

함이정　　무슨 일이에요?

동연　　　불상 제작장에 들어와서는 쓸데없는 잔소리만 해! 이젠 그 어른 머리까지 마비된 거야. 완전히, 노망드셨어!

함이정　　당신이 참으세요. 아버지는…….

동연　　　(함이정의 말을 앞지르며) 참는 것도 한계가 있지! 당신도 잘 알 거야. 이번에 만드는 약사여래좌상의 형태를! 불상 본체 뒤에 달린 화염(火焰)의 광배(光背), 그 활활 타오르는 불길 하나하나를 만들려면 온 신경을 집중시켜야 해! 그런데 노망든 어른이 아침에 와서는 그 반대로 광배가 본체보다 너무 작다는 거야! 크다, 작다, 크다, 작다…… 이러다간 내가 미치고 말겠어!

함이정　　미안해요, 여보. 그 정도로 심한지는 몰랐어요.

동연　　　출입금지야, 오늘부터!

함이정　　네……?

동연	더 이상 그 어른을 내 작업장에 들어오게 해서는 안 되겠어!

조숭인	못 들어오게 한다구요, 할아버지를요?

동연	그래! 절대 출입금지야!

조숭인	원래 그곳은 할아버지 작업장이었는데요?

함이정	아버지를 금지시키면…… 몹시 슬퍼하실 거예요.

동연	슬퍼해도 하는 수 없지!

조숭인	아침에 오셔서 너무 크다고 말씀하시면 그건 작다는 뜻이구나, 저녁에 오셔서 너무 작다고 하시면 그건 크다고 생각하세요. 그럼 아버지는 할아버지 때문에 미치지는 않으실 겁니다.

동연	너, 지금 나한테 말장난을 하는 거냐?

조숭인	아뇨.

동연	아니면 뭐냐?

조숭인	아버지를 웃겨 드리려구요.

동연	나를 웃겨……?

조숭인	네. 아버지는 언제나 긴장해 계시거든요. 때로는 웃음이 필요해요.

동연	(조숭인의 얼굴을 뚫어지게 노려본다.) 네가 분명 내 아들이냐?

함이정	왜 그런 말을 하시죠?

동연	생긴 건 나를 닮았는데, 하는 짓은 전혀 나하곤 달라!

함묘진, 휠체어 바퀴를 힘겹게 굴리면서 들어온다. 그의 얼굴은 안면 근육의 마비로 일그러지고 두 손은 심한 경련을 일으킨다.

함묘진   동연아! 동연아! 너는 크게 만들 건 작게 만들고, 작게 만
          들 건 크게 만들었다! 부처님 본체가 너무 커! 뒤 광배는
          너무 작고! 아주 괴상해! 동연아! 동연아! 넌 괴상한 걸 만
          들었구나!
동연   날 매정하게 생각하지 마! 장인 어른은 출입금지야. 난 작
          업장 문을 잠궈 버리겠어!
조숭인   아버지, 오해 마세요. 할아버지는 아버지를 웃기려고 그
          러실 뿐이에요.
동연   (조숭인의 뺨을 때린다.) 너나 실컷 웃으렴!

동연, 획 돌아서서 퇴장한다. 함이정은 뺨을 맞은 조숭인을 바라보며 안절
부절못하는 모습이 된다. 조숭인, 침착한 어조로 말한다.

조숭인   걱정 마세요, 어머니. 괜찮아요.
함묘진   나도 괜찮다. (경련을 일으키는 손으로 엉덩이 밑에서 열쇠를 꺼
          내 보이며) 이것 봐라. 문을 잠궈도 난 열 수가 있어.
함이정   아, 아버지…… 안 돼요!
함묘진   동연이 놈한테만 열쇠가 있는 게 아니야. 나도 있어. 이럴
          줄 알고 똑같은 걸 하나 만들어서 감춰 뒀지.
함이정   (함묘진에게 다가가며) 나를 주세요, 그 열쇠는요! 아버진 그

                                            느낌, 극락같은

곳에 가실 것 없어요!

함묘진   (휠체어 바퀴를 굴려 뒤로 물러난다.) 싫다! 이건 내 꺼야!

함이정   제발, 아버지!

함묘진, 열쇠를 엉덩이 밑에 감추고 휠체어 바퀴를 굴려 퇴장한다. 함이정이 함묘진을 붙잡으려고 뒤따라간다. 조숭인은 홀로 남는다. 그는 피아노에 가서 건반 위에 두 손을 얹더니, 즉흥적으로 건반을 눌러 쾅쾅, 쾅쾅쾅, 쾅쾅, 폭음을 낸다. 폭음과 폭음 사이에 뚜렷하게 느껴지는 침묵이 있다. 함묘진을 뒤쫓아 갔던 함이정이 빈 손으로 되돌아온다.

함이정   걱정이다, 열쇠를 안 주셔…….

조숭인   어머니, 들어 보세요. 방금 제가 작곡한 거예요.

함이정   느낌이 불길해. 뭔가 좋지 못한 일이 생길 것만 같아…….

조숭인   뺨을 맞고 확실히 결심했죠, 저는 작곡가가 되기로요. (열 손가락으로 한꺼번에 건반을 눌러 폭음을 낸다.) 이 소린 아버지예요. 귀에 들리는 것, 눈에 보이는 것, 이렇게 아버지는 형태로 나타나요. (건반에서 손을 떼며) 하지만 이 침묵은 서연이란 분입니다. 들리지 않는 것, 보이지 않는 것, 그분은 아무 형태가 없어요. (폭음과 침묵을 비교하듯 반복하며) 잘 들어 보세요, 어머니. 소리와 침묵이 내 마음속에서 서로 다투고 있어요.

함이정   그만해라, 숭인아! 듣기 싫어!

조숭인   저도 이런 불협화음은 듣기 싫어요.

함이정   제발 그만해! (조숭인의 두 손을 잡아 중단시킨다.) 넌 아직 음악을 몰라! 피아노 연주를 할 줄도 모르고, 더구나 작곡이란 건 배운 적이 없잖아!

조숭인   아무것도 모른다, 그런 말씀이군요.

함이정   그래!

조숭인   인생이 불협화음이란 건 알아요. 그걸 어떻게 아름다운 화음으로 만드느냐, 그게 앞으로의 문제죠.

함이정, 불안하고 초조한 모습이다. 무대조명, 암전한다. 집과 제작장 사이의 마당. 살구나무 아래에서 조숭인이 작곡법 책을 읽고 있다.

조숭인   "작곡이란 소리들을 일정한 질서에 따라 배열하는 행위이다. 또한 작곡이란 마음속의 느낌을 악상(樂想)으로 가다듬어서, 그 악상을 음악적 형식으로 완성시켜야 한다." 형식……? 그럼 음악에도 형식이 중요하다 그 뜻인가? "작곡은 악보에 의해서 이루어지는데, 악보란 음악의 언어 기호이다. 그러므로 작곡가가 되려면 악보를 쓸 수 있는 능력을 갖춰야 한다. 그리고 아울러, 하나의 작품을 완성하려면, 음악적 법칙에 따른 구성 기술이 필요하다." 맙소사…… 몇 번이나 형식과 법칙을 강조하고 있군! 그런데 왜 이렇게 형식이 중요하지? 내 생각엔 오히려 느낌이 더

                    느낌, 극락같은

중요할 것 같은데…… 가만 있자, 저기 살구나무의 가지마다 높고 낮게 살구들이 매달려 있군. 마치 음악의 음표들처럼…… 난 저 음표만 바라봐도 입에 잔뜩 침이 고여. 왜냐하면 살구는 시디시다는 느낌 때문이지. 그러므로…… 살구는 그 형태 이상으로 느낌이 중요해. 그 점을 음악과 비교하면서 좀 더 생각해 봐야겠어. (입을 크게 벌리고 살구가 떨어지기를 기다리며) 난 생각하면서 기다린다, 잘 익은 음표 하나가 내 입 안으로 떨어지기를…… 아아…… 더 크게 벌리고…… 아아…….

동연, 제작장 쪽에서 다급하게 함묘진의 휠체어를 밀면서 등장한다. 온몸이 피투성이인 함묘진이 휠체어에 실려 있다. 동연은 살구나무 아래의 조숭인을 발견하고 휠체어를 멈춘다. 함묘진. 열쇠를 손에 쥐고 휠체어 바퀴를 밀면서 불상 제작장으로 다가간다. 무대조명, 제작장 안의 코러스(불상)들을 비춘다. 함묘진은 잠긴 문을 열고 들어가 한 불상을 건드린다. 한 불상이 쓰러지면서 다른 불상들을 연쇄적으로 쓰러뜨린다. 함묘진은 그 불상들 밑에 깔린다. 동연. 온몸이 피투성이인 함묘진을 휠체어에 싣고 나온다.

동연　　큰일났다! 장인 어른이 죽었어!

조숭인　　할아버지가 죽다뇨……?

동연　　열쇠로 잠긴 문을 열고 들어왔다가 어떻게 된 모양이야! 불상들이 쓰러지면서 그 밑에 깔려 있었어!

조숭인   할아버지! 할아버지!

동연   불러 봐야 소용없다!

조숭인   목이 흔들흔들거려요. 목뼈가 부러졌는지…… 어머니의
        느낌이 맞군요. 그 열쇠 때문에 좋지 못한 일이 생길 거라
        고 하셨죠.

동연   미리 알았으면 열쇠를 뺏었어야지!

조숭인   어머니는 뺏으려고 했죠. 하지만 할아버진 절대로 그것만
        은 안 주셨어요.

동연   비켜라. 네 어머니한테 알리러 가야겠다.

조숭인   이런 모습으론 가지 마세요.

동연   가지 말라……?

조숭인   할아버지는 여기 두고, 아버지 혼자 가셔서 어머니를 만
        나세요. 그리고는 조용히, 부드럽게, 충격을 덜 받도록 먼
        저 위로의 말씀부터 하시죠.

동연   뭐, 조용히? 부드럽게?

조숭인   네.

동연   난 잘못 없다! 네 할아버지 잘못이야! 더구나 네 어머니의
        책임도 커! 이런 일이 벌어질 줄 알면서도 막지 못했잖아!

동연. 함묘진의 주검이 실린 휠체어를 앞으로 밀어붙인다. 조숭인은 비켜
선다. 함묘진의 휠체어가 멈췄던 곳에 핏물이 떨어져 있다. 조숭인은 피 냄
새를 맡더니 토할 듯한 표정이 된다.

조숭인　　비릿해, 피 냄새는…… 토할 것 같아!

죽은 함묘진, 덜렁거리는 화염 광배를 매달고 휠체어 바퀴를 굴리며 들어온다. 그의 등뒤에는 불상의 화염 광배와 같은 것이 매달려 있는데, 완전히 밀착되지 못하고 덜렁덜렁거린다.

함묘진　　이게 내 몸에 맞질 않아.
조숭인　　아, 할아버지…….
함묘진　　너무 큰 것 같기도 하고, 너무 작은 것 같기도 하고…… 꼭 맞질 않으니 덜렁덜렁 불편하구나.
조숭인　　할아버지 목도 흔들거려요.
함묘진　　음, 내 목도 그래. 날 보더니 네 어머니가 기절했다. (손에 들고 있는 열쇠를 보여 주며) 숭인아, 난 지금 극락문을 열려고 간다. 하지만 이 열쇠가 맞을지 걱정이구나. 열쇠가 너무 큰 건 아닌지, 너무 작은 건 아닌지…… 극락문이 안 열리면 지옥문이라도 열어야지.

죽은 함묘진. 퇴장한다. 그의 부러진 목이 흔들리고 등뒤에 매달린 화염 광배가 덜렁거린다. 조숭인은 걱정스러운 표정으로 함묘진의 퇴장을 지켜본다. 무대조명, 암전한다. 함이정의 방. 허리 높이의 좌대 위에 황금으로 만든 작고 정교한 석가여래좌상이 놓여 있다. 좌대 위에 한 코러스가 석가여래좌상의 모습을 취하고 앉아 있다.

동연   내가 만든 거야. 특별히 당신을 위해 만든 황금 석가여래
        좌상이라구.

함이정   (숙였던 고개를 들어올려 석가여래좌상을 바라본다.)

동연   요즘 당신은 제정신이 아니야. 귀신한테 놀랐는지, 허깨
        비한테 홀렸는지, 뒤숭숭해진 마음을 못 잡고 있어. 이 불
        상을 잘 봐. 석가여래께서 보리수나무 아래 앉아 깨달음
        을 얻는 때의 모습이야. 당신도 이런 형태로써 명상을 해.
        일체 잡념을 버리고, 흔들리는 미움을 바로잡아. 그럼 앉
        는 자세부터 고쳐야겠군. 자, 결가부좌로 앉으라구.

함이정   (석가여래좌상을 응시할 뿐 미동하지 않는다.)

동연   내 말 안 들려?

함이정   네……?

동연   결가부좌! 결가부좌도 몰라?

동연이 함이정에게 다가온다. 그는 그녀의 다리를 붙잡고 움직여 항마좌
형식으로 만든다.

동연   결가부좌에도 두 가지 형식이 있지. 왼발 위로 오른발을
        올려놓는 걸 길상좌(吉祥座), 이렇게 오른발 위에 왼발을 올
        려 놓는 건 항마좌(降魔座)라고 해. 항마좌는 마귀의 항복을
        받는다 그 뜻이지. (함이정의 팔을 붙잡고 선정인의 형태를 만
        들며) 손도 그래, 손가짐의 형태에 따라서 의미도 달라져.

왼손을 펴서 다리 위에 놓고, 왼손 위에는 오른손을 포개
놓지. 이렇게 두 손의 엄지손가락들을 서로 맞댄 형태가
선정인(禪定印)이야. 발은 항마좌, 손은 선정인, 이런 형태를
취하고 있으면 온갖 들끓던 마귀들이 항복하게 된다구.
내 말 듣고 있어?

함이정　네…… 듣고 있어요…….
동연　이럴 땐 숨쉬는 형식이 중요해. 입으로 뱃속 깊이, 숨을
　　　들여마셨다가, 천천히 조금씩 코로 내쉬라구. (단전호흡을
　　　시범해 보이며) 자, 이렇게!
함이정　(동연이 시키는 대로 호흡한다.)
동연　좋아. 이대로 가만히 명상해.

죽은 함묘진, 덜렁거리는 화염 광배를 매달고 휠체어 바퀴를 굴리며 들어
온다. 떨리는 손에 열쇠를 쥔 그는 몹시 낭패한 표정이다.

함묘진　열리지 않아, 극락문이.
함이정　아, 아버지…….
함묘진　지옥문도 열어 봤다. 지옥문도 안 열려. 난 어디든지 들어
　　　가서 쉬고 싶은데…… 극락에도 못 들어가고, 지옥에도 못
　　　들어가.
함이정　아버지…….
함묘진　이 열쇠가 너무 큰 탓인지, 너무 작은 탓인지, 아무 문도

　　　　　　　　　　　　　　　　　　희곡을 읽는 시간

안 열려.

죽은 함묘진, 휠체어 바퀴를 뒤로 돌려 물러난다. 함이정은 그를 붙잡으려는 듯 두 손을 뻗어 내젓는다.

함이정   아버지, 어딜 가세요?

함묘진   극락문을 다시 열어 보려고. 안 되면 지옥문을 열어 봐야지.

동연   왜 또 뭐가 보여?

함이정   아버지가…… 저기, 아버지가…….

동연   저기 누가 있다는 거야? 분명히 장인 어른은 관에 담겨 땅속에 묻혔어! 스님들이 향불을 피우면서 극락에 가시도록 염불을 외우셨고! 당신도 장례식에 있었잖아!

함이정   그런데 자꾸만 보여요. 극락에도 못 가고 지옥에도 못 가고…….

동연   그건 당신 마음이지. 당신 마음이 갈피를 못 잡고 오락가락하니까 그렇게 보이는 거라구! 도대체 언제까지 그럴 거야?

함이정   (두 눈에서 눈물이 주르르 흘러내린다.) 미안해요…….

동연   (함이정을 달래듯이 눈물을 닦아 주며) 울지 마. 난 당신을 사랑해. 지극히 사랑한다구. 그걸 모르겠어?

함이정   알아요, 알아요…….

동연   안다면서 바보같이…… 당신 때문에 난 일을 못 하고 있어. 주문받은 불상들이 잔뜩 밀려 있는데도, 당신이 이 지경이니 일할 수가 없잖아. (함이정의 얼굴을 붙잡고 입맞춘다.) 당신 입술은 바짝 메말라 있군. 건조한 사막처럼…… 이 조그만 얼굴속에, 눈은 바다가 되었고, 입술은 사막이 되다니…… 이런 복잡한 상태로는 명상이 안 되겠어! 일어나! 당장 일어나서 저 불상을 향하여 삼천배(三千拜)를 해!

함이정　삼천배를요……?

동연　오체투지(五體投地)! 얼굴이 바닥에 닿도록, 온몸을 던져서 절 하라구! 그런 형식으로 삼천 번 절을 해 봐! 뒤숭숭한 마음도 마침내는 갈피를 잡게 되고, 복잡미묘한 얼굴 표정도 단순명료해질 테니까! (함이정에게 명령조로 재촉한다.) 어서 일어나! 당장 일어나서 시작해!

함이정　(비틀거리며 일어선다.)

동연　삼천 번은 내가 세어 주지! (구령을 외치듯이) 하나!

함이정　(석가여래좌상을 향하여 오체투지의 절을 한다.)

동연　둘!

함이정　(엎드린 몸을 일으켜 세워 다시 절 한다.)

동연　셋! 내가 만든 불상은 완벽해. 반드시 효험이 있다구!

함이정　(힘겹게 몸을 일으켜 다시 절 한다.)

동연　넷!

함이정　여보…….

동연　벌써 지쳤어?

함이정	당신은 이만 가세요, 나 혼자 두고…… 당신에겐 일이 있
	잖아요.
동연	혼자 뭐?
함이정	네.
동연	하지만 내가 없으면 절을 안 할 텐데?
함이정	난 꼭 하겠어요.
동연	잊지 마, 삼천 번이야! 만약 중단했다간 부처님의 큰 벌을
	받게 돼!

동연, 퇴장한다. 함이정은 일어나서 온몸을 던져 석가여래좌상을 향해 절
한다. 사이. 조숭인이 들어온다. 그는 숫자를 앞당겨 헤아린다.

조숭인	이천구백구십팔! 이천구백구십구! 삼천!
함이정	숭인아…….
조숭인	삼천배를 다 했어요, 어머니!
함이정	이제 겨우 시작이야.
조숭인	형식에 얽매인 인간이 숫자를 셀 때는 하나, 둘, 셋, 꼼꼼
	히 세지만 부처님은 달라요. 자비로우신 부처님은 일, 십,
	백, 천, 이렇게 듬성듬성 셈하시거든요. (엎드려 있는 함이정
	을 부축해 앉히며) 이미 많은 절을 하셨잖아요. 보현사에 할
	아버지 장례 치르고 저 유명한 십일면관세음보살께 수없
	이 절하셨죠. 그랬는데 또 삼천배를 하실 거예요?

함이정 부처님이 내 절은 안 받으셔…… 아무리 절을 하고 빌어
도…… 마음이 안정 안 돼.

조숭인 (연민과 고통이 뒤섞인 얼굴로 함이정을 바라본다.) 이러다간 어
머닌 죽겠습니다.

함이정 그럴 거다, 나는…….

조숭인 어머니의 어머니, 할머니가 돌아가신 때도 이렇게 충격이
컸던가요?

함이정 그때는…… 내가 어렸었지…….

조숭인 어렸던 그때가 더 슬펐을 텐데, 잘 견뎌내셨잖아요?

함이정 하지만 그때는 동연 오빠도 있었고, 서연 오빠도 있었다.
굉장히 슬펐어도 오빠들이 있었으니까 마음이 안정되었
고…… 그런데 지금은 흔들려. 자꾸만 마음이 혼들려서 살
수가 없구나. 숭인아, 어찌해야 좋으냐?

조숭인 어찌하면 좋겠어요, 어머니는요?

함이정 몰라…….

조숭인 잘 생각해 보고 말씀하세요.

함이정 네 생각부터 말해…….

조숭인 내 생각보다는 어머니 생각이 더 중요하죠.

함이정 나는…… 옛날로 돌아가고 싶다.

조숭인 그건 불가능해요.

함이정 동연 오빠도 있고, 서연 오빠도 있으면 난 마음을 잡을 수
있어.

조숭인   어머니가 균형을 잃었다고 판단하신 건 옳아요. 하지만
         옛날로 돌아갈 순 없죠. 뒤가 아니라 앞을 보셔야 해요.

함이정   앞을…… 앞을 보라구……?

조숭인   네. 미래를 바라보면서 마음의 균형을 다시 맞추셔야죠.
         (함이정을 격려하며) 어머닌 잘 하실 겁니다. 균형이 맞았던
         경험을 갖고 계시니까, 그 옛 경험을 살려서 다시 맞추면
         될 테니까요. 하지만 저에겐 그런 경험이 없습니다. 어머
         니가 두 오빠 중에서 한 분에게 기울어진 다음에, 즉 균형
         이 깨진 결과로 제가 태어났거든요. 그래서 태어나서 지
         금까지, 제가 경험한 건 모두 형식과 내용이 안 맞는 것들
         뿐입니다. 제 인생은 정말 어려워요. 이런 맞지 않는 것들
         을 맞추려고 노력은 해보지만, 경험이 없으니 잘 안 되는
         거죠. 그러나 어머니는 쉬워요. 한쪽으로 기울어진 것을,
         다른 한쪽으로 옮겨서 맞추면 되거든요.

함이정   너는 마치 나를…… 서연 오빠에게 가라는 듯이 말하는 구
         나.

조숭인   어머니…….

함이정   왜?

조숭인   기쁜 일, 슬픈 일, 어머닌 가리지 않고 저와 의논하셨어요.

함이정   그래, 그랬어. 너하곤 뭐든지 의논했었지.

조숭인   어머니, 서연이란 분을 찾아가세요.

함이정   숭인아…… 내 아들아…….

조승인   네, 어머니.

함이정   난 너를 두고는 못 간다…….

조승인   제 걱정은 마세요. 저는 다 컸어요. 아버지 걱정도 하지

          마세요. 제가 아버지를 보살펴 드릴 테니까요. 어머니, 어

          서 가세요!

조승인, 피아노가 있는 곳으로 간다. 그는 피아노 뚜껑을 열고 건반 위에 손
을 얹는다. 마음속의 느낌을 정리하는 듯 잠시 묵상하더니 즉흥곡을 연주
한다. 함이정, 조승인을 바라보고 있다가 뒤돌아서서 퇴장한다. 사이. 동연,
들어온다. 그는 조승인의 피아노 연주가 의외라는 표정이다.

동연   피아노를 친다? 승인이, 네가……?

조승인   아버진 모르셨어요?

동연   너의 어머니가 가르쳐 주던?

조승인   아뇨.

동연   그럼 누구한테 배웠지?

조승인   혼자서요. 연주법, 작곡법, 책을 사다가 배웠죠.

동연   피아노는 여자들이나 할 짓이다. 그것도 심심할 때 가끔

          씩 치는 거지.

조승인   저는 작곡가가 될 겁니다.

동연   뭐, 작곡가……?

조승인   네. 지금 연주하고 있는 것도 제가 작곡한 거에요.

동연   내 귀엔 불협화음으로만 들린다. (꾸짖듯이 엄한 태도로 말한
       다.) 넌 가업을 이어야 해. 내 뒤를 이어서, 세상에서 가장
       유명한 불상 제작가가 되어야 한다.

조숭인   전 음악이 불상보다 좋아요.

동연   너, 제정신이냐?

조숭인   물론 제정신으로 말씀드리는 겁니다.

동연   (피아노에 다가와서 건반 위에 조숭인의 손이 놓여 있음에도 피아
       노 뚜껑을 닫는다.) 피아노는 금지한다!

조숭인   (피아노 뚜껑에 눌린 손을 빼내며 아픈 표정을 짓는다.) 아, 아버
       지…….

동연   넌 내일부터 작업장으로 나와! 내 제자가 되어 불상 만드
       는 법을 배워!

조숭인   저는 음악 학교에 가겠습니다.

동연   음악 학교……?

조숭인   네. 집에서 독학만으로는 안 되겠어요.

동연   (함이정을 부른다.) 여보, 이리 와 봐! 이놈이 괴상한 소리를
       하고 있어!

조숭인   달아나셨어요, 어머니는.

동연   여보! 이리 오라니까!

조숭인   아버지의 불상 때문이에요. 불상 형태가 너무 완벽했거든
       요. 아주 잘생긴 미인한테는 말 걸기가 쉽지 않듯이, 너무
       잘 만든 부처님께는 마음 통하기가 어려운 거죠. 아무리

절을 해도 받아 주지도 않고, 그러니까 어머니는 그만 견
디다 못해 도망가셨어요.

동연   도망가기는, 그럴 리 없어. (석가여래좌상 앞으로 가서 주위를
둘러본다.) 어떻게…… 어떻게 된 거냐? 너희 어머닌 삼천
배를 안 하고 어딜 간 거야?

조숭인   돌부처님한테 갔어요. 형태를 무시하고 그냥 아무렇게나
돌을 주워 만든 부처님한테로요.

동연   돌…… 부처……?

조숭인   네.

동연   설마…… 서연이 그놈에게……?

조숭인   음악 학교엔 기숙사도 있겠지만, 저는 집에서 통학할 겁
니다. 그래야 아버지 밥도 해드리고, 빨래도 해드릴 수 있
죠. 아버지는 오직 불상 만드는 일에만 전념하세요.

동연   뭔가 큰 오산을 했군! 그 무책임한 놈이, 아무것도 못하는
그 무능한 놈이, 네 에밀 행복하게 해줄 것 같아? 더구나 그
놈은 거지야! 돈 한 푼 없이 떠돌아다니는 거렁뱅이라구!

조숭인   글쎄요, 설마 굶어 죽기야 하겠어요?

동연   네 에민 화냥년이야! 나하고 결혼해 살면서도 언제나 그
놈을 그리워하고 있었어!

동연. 분노를 삭이지 못한 채 퇴장한다. 하반신 마비 증세가 나타난다. 그의
걸음이 부자연스럽다. 무대조명, 어두워진다. 허공에 가득히 별들. 들판. 황

량한 바람소리. 함묘진, 지칠 대로 지친 모습으로 휠체어 바퀴를 굴리면서 어둠 속을 지나간다. 그의 등뒤에 매달려 덜렁거리는 화염 광배는 야광의 푸른빛을 낸다.

함묘진   피곤하다, 피곤해…… 극락문도 안 열리고, 지옥문도 안 열려. 어디든지 들어가 쉬고 싶은데 이 빌어먹을 열쇠가 맞질 않아…… 혹시나 맞을까 해서 저 문으로 갔다가, 역시나 맞지 않아 이 문으로 되돌아오고…… 이 문에서도 안 맞아 다시 저 문으로…… 왔다 갔다 하고 나면 하루의 낮과 밤이 바뀐다고. 그래도 밝은 낮에 극락문을 열려고 갈 때는 덜 피곤한데. 어둔 밤에 지옥문으로 갈 때는 녹초가 될 만큼 지쳐버려. 언제까지 이 짓을 해야 하나…… 백 년 동안? 천 년 동안? 아니면 영원토록……? 맙소사, 피곤하군…… 정말 피곤해…….

함묘진, 중얼거림을 멈추고 어둠 속을 응시한다.

함묘진   누가 또 있군. 왔다 갔다 하는 자, 나 이외에도 또 있어. (어둠 속을 항해 묻는다.) 누구요, 거기? 도대체 누가 이 밤중에 들판을 헤매고 다녀?

함이정   (소리) 아버지?

함묘진   아버지라니……?

함이정   (소리) 아버지의 음성인데요?

함묘진   잘 안 보인다, 가까이 오렴!

함이정. 함묘진 앞으로 가까이 다가온다.

함묘진   그래, 너로구나! (함이정을 유심히 살펴보며 혀를 찬다.) 쯧쯧,
         네 꼴이 그게 뭐냐? 야윈 몰골에, 남루한 옷이라니…….

함이정   아버지, 서연 오빠를 보셨어요?

함묘진   서연이를……?

함이정   네.

함묘진   서연이는 왜 찾아?

함이정   보셨거든 말씀해 주세요. 난 꼭 만나야 해요.

함묘진   그럼 넌 동연이한테서 쫓겨나 서연이한테로 가는 거냐?

함이정   사람들 말로는, 서연 오빠 이 들판에 있다는군요. 여기저
         기 들길을 떠돌아다니면서 돌부처를 만들어 놓는대요.

함묘진   그렇다고 너마저 정처없이 들판을 헤매다니냐?

함이정   난 많이 봤어요. 길가에 세워진 돌부처들요. 하지만 서연
         오빠 못 만났어요.

함묘진   글쎄…… 그동안 뒤만 쫓아다닌 것 아니냐? 돌부처 있는 길
         에서 못 만났거든, 돌부처 없는 길에서 기다려라. 그래야
         만날 수 있지, 이미 지나간 길을 뒤쫓아다녀 봤자 헛수고
         할 뿐이다.

함이정   그렇군요, 아버지! 서연 오빠 만나려면 지나간 길이 아닌,
        지나갈 길에서 기다려야 한다는 걸 몰랐어요!
함묘진   피곤하다, 피곤해…… 벌써 새벽닭이 우는구나!

장닭들이 홰를 치면서 울어댄다. 함묘진, 그 소리에 쫓기듯이 휠체어 바퀴
를 굴리면서 나간다. 함이정. 그를 부른다.

함이정   잠깐만요, 아버지.
함묘진   시간 없다! 해 뜨기 전에 난 지옥문까지 가야 해!
함이정   내가 극락문을 열어 드릴게요!
함묘진   (휠체어를 멈추고 뒤돌아본다.) 네가 어떻게? 맞는 열쇠라도
        가졌느냐?
함이정   열쇠는 없지만 마음은 있어요!
함묘진   마음……?
함이정   내 마음이 극락을 느끼면 극락문이 열리고, 지옥을 느끼
        면 지옥문이 열려요! 난 서연 오빠를 만나면 극락을 느낄
        거예요! 그때, 극락문이 활짝 열릴 때, 아버진 그 안으로
        들어가세요!
함묘진   쯧쯧, 너무 장담하진 말아라! 네가 극락을 느낄지 지옥을
        느낄지는 두고 볼 일이다!

함묘진, 다급하게 서둘러 퇴장한다. 차츰차츰 먼동이 떠오른다. 함이정은

나뭇가지 지팡이에 몸을 의지한 채 자신이 서 있는 길을 바라본다.

함이정	새벽의 여명 때문일까…… 아니면 내 마음의 느낌 때문일까…… 넓고 넓은 들판은 아직 어둠 속에 묻혀 있는데, 오직 한줄기 이 길만이 환하게 밝아 오네. 숭인아, 숭인아, 내 아들아, 너에게 이 광경을 보여 주고 싶구나. 여기저기 헤맬 때는 길과 마음이 따로따로 나눠지더니만, 이제 멈춰 서서 기다리는 이 길은 내 마음과 하나로 이어졌다. (눈을 감고 두 팔을 벌리며 떨리는 목소리로 말한다.) 가만히 눈을 감고 있어도 나는 느껴. 이 길을 지나가는 모든 움직임을 예민하고 섬세하게…… 사람들이 지나간다. 가축들이 지나가고, 아주 조그만 벌레들도 지나가…… 다가온다…… 서연 오빠가 다가온다…… 서연 오빠가 돌부처를 만들며 다가온다…….

무대조명이 바뀐다. 조숭인. 이동식 식탁을 밀면서 들어온다. 그는 동연의 방을 향해 외친다.

조숭인	아버지, 아침식사하세요!
동연	(소리) 먹고 싶지 않다, 아무것도!
조숭인	그래도 드셔야죠!
동연	(소리) 너나 혼자 먹어라!

	

조숭인   어서 나오세요! 그렇지 않으면 나오실 때까지 외칠 거예
        요!

동연   (소리) 알았다! 조금 후에 나가마!

조숭인   지금이오, 지금!

동연. 휠체어를 타고 등장한다. 밤에 잠을 못 이룬 듯 부시시한 모습이다.
그는 이동식 식탁 앞에 멈춘다.

조숭인   오늘 아침엔 죽을 끓였어요.

동연   죽이라고⋯⋯?

조숭인   네. 식욕없는 아버지를 위해 특별히 끓인 겁니다. (이동식
        식탁을 가리키며) 이 식탁 기억나시죠?

동연   (의자에 앉아서 식탁을 바라본다.) 음, 이건⋯⋯.

조숭인   할아버지가 쓰시던 거예요.

동연   그랬었지.

조숭인   어머닌 이 식탁에 음식을 차려서 할아버지께 드렸죠. 저
        도 사용해 보니까 편리한데요.

동연   (침묵한다.)

조숭인   어서 식기 전에 드세요.

동연   (마지못해 숟가락을 들고 죽을 떠서 먹으며) 요즈음엔 맛을 모
        르겠다, 뭘 먹어도⋯⋯.

조숭인   (동연이 쥔 숟가락이 흔들리는 것을 바라본다.) 아버진 손을 떠

시는군요.

동연		이 죽 역시 짠 건지, 싱거운 건지…….

조숭인		조심하세요. 흘려요.

동연		잠을 못 자서 그래. 어젯밤 뜬눈으로 지샜는데…… 어둠
		속에서 네 에미가 보이더라.

조숭인		저도 봤어요.

동연		너도 봤어?

조숭인		네. 할아버지와 무슨 말씀을 하던걸요.

동연		숭인아.

조숭인		네?

동연		너, 내 가업을 이어라. 작곡인가 뭔가 제발 그 쓸데 없는
		짓은 걷어치우고, 불상 만드는 법을 배워.

조숭인		아버지에겐 제자들이 있잖아요?

동연		제자들이야 있지. 하지만 다 바보 같은 놈들뿐이야!

조숭인		왜요?

동연		그놈들은 골이 비었는지 똑같은 형태로만 만들어!

조숭인		아버지도 똑같게 만드시잖아요.

동연		난 오직 완벽한 형태가 가장 완벽한 내용이라고 제자들
		에게 가르친다! 그러나 그놈들은, 그 바보 같은 놈들은 그
		게 무슨 뜻인지 알아듣지 못해. 그저 기계적으로, 기계적
		인 정확한 솜씨로 열 개, 스무 개, 똑같은 형태만 만들어.
		숭인아, 그런데 넌 그놈들과는 달라. 뭔가 생각을 하고, 고

		

민도 하거든. 네가 불상을 만들면 곧 대가가 될 거다. 대가가 되어야 돈도 벌고 명예도 얻어. 음악은 어떠냐? 네가 음악으로 성공할 것 같으냐?

조숭인　아뇨…… 그래도 저는 평생 음악을 할 겁니다.

동연　난 전혀 음악이란 걸 모른다만, 듣는 귀는 있어. 네가 작곡했다는 것들은 모두 시끄러운 불협화음뿐이야. 듣는 사람만 고통스럽다구.

조숭인　작곡한 저는 더 괴로워요.

동연　물론 너도 괴롭겠지!

조숭인　소리와 침묵이 서로 다투기만 해요. 그 둘을 조화시킬 방법이 있을 텐데…….

동연　음악 학교에서는 그런 방법을 안 가르쳐 주냐?

조숭인　이론은 많이 가르쳐 줘요. 화성악이라든가, 대위법 등을요. 하지만 제가 작곡하고 싶은 음악은 그런 이론으로는 안 되는 것인가 봐요. 소리 속에 침묵이 있고, 침묵 속에 소리가 있는…… 가장 아름다운 음악…… 극락의 음악을 만들고 싶어요.

동연　(숟가락을 식탁 위에 소리 나게 내려놓으며) 그건 불가능해!

조숭인　그만 드시려구요?

동연　불가능한 짓에 네 인생을 낭비하지 말아라!

조숭인　남기지 마시고 다 잡수세요.

동연　넌 참 이상한 놈이다! 어렸을 때부터 그랬어! 생긴 모습은

날 닮았는데, 하는 짓은 엉뚱했지! 지금도 그래! 모습만
            봐서는 내 아들인데, 말하는 거나 생각하는 건 내 아들이
            아냐!
조숭인   저는 아버지의 아들이에요.
동연   네가 하는 짓은 서연이라는 놈을 꼭 닮았어!

동연, 호주머니에서 편지봉투를 꺼내 식탁 위에 올려놓는다.

동연   이거, 어제 받은 편지다.
조숭인   무슨 편지인데요?
동연   읽으면 알게 돼.

동연, 휠체어 바퀴를 밀며 퇴장한다. 조숭인은 편지봉투를 집어서 속지를
꺼내 읽는다.

조숭인   "존경하는 선생님께 삼가 문안 올립니다. 소승은 송덕사
            주지로서, 불상 주문하는 일로 선생님을 찾아뵈었기에
            기억하실 것입니다." 송덕사……? 언젠가 들은 것도 같은
            데…… "다름이 아니오라, 며칠 전 소승은 송덕사 불자들과
            더불어 방생법회에 쓸 물고기들을 가지고 들판 가운데의
            저수지를 향해 가고 있었지요. 그런데 놀랍게도 미치광이
            를 만났습니다. 그 미치광이란 선생님과 동문수학했던 자

인데, 소위 돌부처를 만들어 이곳 순박한 촌민들을 현혹시켜 온갖 어리석은 짓을 저지르게 합니다.” 아, 그분이군! 서연, 그분이야! “그 미치광이가 세워 놓은 돌부처에게 빌었더니 아들을 낳았다는 아낙네가 있는가 하면, 늙은 부모의 고질병이 치유되더라는 무식한 농사꾼, 울화가 치밀 적에 돌부처에게 하소연 하고 나면 가슴속이 후련해진다는 청상과부, 심지어 지나가는 소나 말도 돌부처 앞에서 걸음을 멈추고 절을 한다는 둥, 이런 헛소문 때문에 저희 송덕사의 피해가 이만저만이 아닙니다.” 하하, 이것 참 재미있군! “각설하옵고, 소승이 알려드리는 사실은 그 미치광이가 혼자 헤매 다니면서 그 짓을 하더니만, 이제는 선생님의 부인과 짝이 되어 소위 돌부처를 만든다는 것입니다.” 어머니야. 어머니가 그분과 함께 계셔…….

무대조명, 전환된다. 텅 빈 무대 바닥에 구불구불 기다랗게 길을 나타내는 조명이 비춰진다. 들판. 초라한 누더기를 입은 야윈 모습의 서연과 함이정이 길을 따라 걸어온다. 그들은 둘을 주워서 길가에 돌부처를 세운다. 큰 돌을 주운 사람이 그 위에 얹어 머릴 삼는다. 바람소리, 새소리, 개울물 흐르는 소리가 들린다. 그들은 길을 따라서 크고 작은 돌부처들을 세워 나간다. 코러스(불상)들. 돌부처가 되어 길을 따라 아무렇게나 늘어선다. 돌부처들이 장난치며 웃는다. 천진난만한 모습이다.

함이정   난 배고파요. 오빠는요?

서연   배야 늘 고프지.

함이정   우리, 감자 먹어요.

함이정. 돌부처 밑에 놓인 감자를 집는다. 두 명의 코러스(돌부처)가 삶은 감자를 손에 들고 와서 함이정에게 내민다.

함이정   오빠는 두 개, 나는 한 개…… 누군가 삶은 감자를 돌부처님 앞에 놓아 두었군요.

서연   (함이정 옆에 앉아 감자를 먹는다.) 맛있구나, 맛있어. 부처님 잡수실 걸 훔쳐먹으니까 맛있는 거야.

함이정   (웃으며) 네, 꿀맛이에요.

서연. 감자를 먹다 말고 숨이 막힐 듯한 기침을 한다. 매우 쇠잔한 기침이다. 함이정의 얼굴에서 웃음이 사라지고 울먹이는 표정이 된다. 사이. 간신히 기침을 진정시킨 서연. 함이정에게 감자 하나를 되돌려 준다.

서연   나는 한 개, 너는 두 개…….

함이정   오빠가 더 먹어요. 오빠는 몸도 약하고…….

서연   난 이제 못 먹어.

함이정   오빠…… 서연 오빠…….

서연   왜……?

함이정   오빠가 죽으면 나는 어떻게 하죠?
서연   어떻게 하기는…….
함이정   오빠가 없으면 난 슬플 거예요.

서연. 다시 기침을 한다. 함이정은 안타까운 표정으로 서연의 기침이 멎기를 기다린다.

함이정   오빠, 서연 오빠…….
서연   언젠가…… 스승님을 찾아갔더니…… 동연이와 네가 결혼
         했더라. 숭인이란 총명한 애도 낳았고……. 그날 동연이
         는 나한테 그랬지, 다시는 돌아오지 말아라……. 그때 나는
         지칠 대로 지쳐 있었어. 세상은 온통 부처의 형상으로 가
         득 차있는데…… 부처의 마음은 보이지 않고……. 후회되더
         라…… 불상을 만들면 이 고생은 면할 수 있는 것을 왜 망
         설이는가…… 그래서 스승님께 되돌아갔었는데…….
함이정   동연 오빠가 야박하게 내쫓았죠. 난 그냥 보기만 하였고…….
서연   동연이가 날 내쫓은 건 참 잘 한 거지. 오히려…… 그렇게
         해 주었기에 나는…… 다시 돌아설 수 있었어……. 난 들
         판을 헤매 다녔다. 마음이 텅 빈 듯 허전하고…… 무엇으
         로 채워야 할지 알 수는 없고. 그랬는데…… 어느 해 겨울
         이었다. 흰 눈이 내리더라. 어찌나 많이 내리는지…… 하
         늘도 하얗고 땅도 하얗더니만…… 천지가 흰 공백으로 텅

비더라. 나는…… 나는…… 그 텅 빈 공백이 무섭고 두려워서…… 네 이름을 불렀다……. 부르고…… 또 부르고…… 목이 터져라 너를 불러서 그 공백을 가득 채웠는데…… 이듬해 봄…… 눈 녹는 봄이 되니깐…… 돋아나는 풀잎이며 피어나는 꽃송이가 모두 네 모습이더라. 난 기뻤다……. 참으로 기뻐서…… 난 여기가 극락이라는 표시를 해두고 싶었어. 그래서…… 돌을 주워…… 부처를 만들었지…….

함이정 하지만 오빠…… 어젯밤엔 바람이 세게 불었죠. 아침 해 뜰 때 보니까, 돌부처님 머리가 하나도 남지 않고 모두 떨어졌어요.

서연 나도 봤다. 부처님 형상이 없어졌다고 부처님이 없어졌겠냐?

함이정 오빠, 서연 오빠…….

서연 왜?

함이정 나 좀 꼭 안아 줘요.

서연 (함이정을 껴안고 등을 다독거린다.) 울지 마라. 어린애도 아닌데.

함이정 어렸을 땐 두 오빠와 행복했어요. 아무것도 모르면서 행복했었죠. 하지만 지금은 다 알아요. 기쁨도 알고, 슬픔도 알고…….

서연 그래…… 모르면서 행복했으니, 알고서는 더 행복해야지.

서연과 함이정, 일어선다. 돌부처를 만들면서 길을 따라간다. 물 흐르는 소리가 점점 가깝게 들려온다. 조명. 개울물의 흐름을 나타낸다.

함이정　　　개울물이에요, 서연 오빠. 여기서 길은 끊겼어요.
서연　　　　(개울가로 다가가서 두 손으로 물을 떠서 마시며) 너도 마시렴.

　　　　　　목마를 텐데…….
함이정　　　(서연 곁으로 가서 개울물을 바라본다.) 물 위에 비춰 보여요,

　　　　　　우리 얼굴이…… 얼굴 뒤엔 구름이…… 구름 뒤엔 하늘

　　　　　　이……. (물을 떠서 마신다.) 물이 맑고 시원해요.

서연, 장난스럽게 개울물을 마치 눈덩이처럼 뭉치는 동작을 한다.

함이정　　　오빠, 이쪽으로 나와요.
서연　　　　(개울물을 건너가며) 난 이제 저쪽으로 간다.
함이정　　　서연 오빠…….
서연　　　　넌 나중에 건너와.
함이정　　　(손을 흔든다.) 그래요, 오빠…… 먼저 가요. 나는 나중에…….

서연과 함이정, 잠시 개울물 양쪽에서 서로를 바라본다, 조숭인이 피아노 앞에 앉아 건반을 두드리며 작곡중이다. 개울물 건너쪽, 눈부시도록 밝아진다. 때를 놓치지 않으려는 듯 함묘진이 다급하게 휠체어 바퀴를 굴리면서 들어온다. 그는 피아노 옆을 지나 개울물을 건너간다. 코러스(돌부처)들

개울물을 건너가는 서연을 배웅하듯이, 따라가듯이, 마중하듯이, 서연과 함께 어우러져 춤을 추며 간다. 개울 저쪽. 눈부시도록 빛이 밝다. 함묘진이 다급하게 휠체어 바퀴를 굴리며 들어온다.

조숭인   할아버지, 어딜 그렇게 급히 가세요?
함묘진   극락문이 열렸다! 극락문이 열렸어!

함묘진. 휠체어에서 일어난다. 그는 서연의 뒤를 따라 빛 안으로 들어간다. 무대조명, 변화한다. 동연, 등장한다. 그는 조숭인에게 다가와서 전보 용지를 내놓는다.

동연   송덕사 주지 스님이 전보를 보내왔다. 서연이가 죽었다는
           구나.
조숭인   (손가락 하나로 낮은 음 건반을 길게 누른다.) 어머니는요……?
동연   네가 직접 가서 봐라.
조숭인   (일어나서 피아노 뚜껑을 닫는다.) 네, 아버지.
동연   넉넉히 주마, 서연의 장례 비용은.

무대 천장 위에서 천막이 펼쳐지며 내려온다. 깊은 밤. 하늘의 반짝이는 별들. 보름달. 구름. 들판의 천막. 좌우 양쪽에 놓인 촛대에서 타오르는 촛불. 촛대 뒤에는 서연의 시신이 안치된 검소한 목관(木棺)이 놓여 있다. 소복을 입은 함이정, 평온한 표정으로 다소곳이 앉아 있다. 바람소리, 풀벌레 울음

소리…… 조숭인이 들어온다.

조숭인   저예요, 어머니. 숭인이가 왔습니다.

함이정   (일어나 반갑게 조숭인을 맞이하며) 어서 오렴!

조숭인   (관 앞으로 가서 두 번 절 한다.)

함이정   숭인아, 오늘 밤 네가 꼭 올 것 같더라.

조숭인   (관을 바라보며) 이분이 저의 정신적 아버지셨죠.

함이정   음…… 그동안 넌 어른이 다 됐구나.

조숭인   제 육신의 아버지가 저를 보내셨어요. 장례 비용에 쓰시
          라고 두툼한 봉투를 주시더군요. (조의금 봉투를 꺼내 함이정
          에게 내민다.) 받으세요, 어머니.

함이정   (잠시 머뭇거리다가 조의금 봉투를 받는다.) 고맙다. 하지만 장
          례는 걱정없어. 오늘까지 사흘째, 밤샘이 끝나면 내일은
          화장(火葬)을 할 거고…… 그분이 여기 들판에 뿌려 달랬어.
          마을에는 친절하신 분들이 많아. 촛대, 향로, 그리고 이 천
          막도 빌려줬다. (무엇인가 재미있다는 듯 얼굴에 웃음이 떠오른
          다.) 어제는 송덕사 스님들이 오셨지. 그런데…… 우습더라.
          그분 살아 계실 땐 미치광이라고 싫어하던 스님들이, 어
          찌나 열심히 목탁 치고 염불을 외우시는지…… 마치 그분
          을 어디론가 멀리 쫓아내듯 하더구나.

조숭인   (함이정의 웃는 얼굴을 바라보다가 묻는다.) 어머닌 행복하세요?

함이정   왜……?

조숭인 슬픈 얼굴이 아니어서요.

함이정 응, 난 행복해.

조숭인 저는 괴롭습니다.

함이정 아직도 괴로워?

조숭인 네.

함이정 저런, 안됐구나…….

조숭인 제 마음속엔 여전히 두 분의 아버지가 다투고 있거든요.

함이정 숭인아…… 내 아들아…….

조숭인 두 분 아버지의 다툼 때문에 저는 상처를 입고…… 언제나 괴로워하죠.

함이정 너한테도 반드시 행복한 때가 올 거야. 네 속에서 다투는 두 분의 싸움이 끝나고 극락이 되는…….

조숭인 제 육신의 아버지는 지금도 어머니를 용서 안 해요. 어머니가 집을 나가신 후에, 아버지는 분노에 떨면서 이렇게 말씀하셨죠. "네 에미는 그놈에게 갔다! 나하고 결혼해 살면서도 서연이라는 그놈을 그리워하고 있었어!" 그리고는 이런 말씀도 하셨어요. "넌 이상한 놈이다! 육신은 나를 닮았는데, 생각하는 건 꼭 그놈을 닮았어!" 저는…… 그런 말이 듣기 싫었어요. 이 세상의 그 어떤 욕설보다 더 듣기 싫었고 그러면서도 저는 듣기 좋았습니다. 이 세상의 어떤 칭찬보다 그분을 닮았다는 소리가 듣기 좋았죠. (무릎걸음으로 목관에 다가가서 어루만진다.) 제 정신의 아버지

　를 만나 뵙고 싶었어요. 아버지가, 육신의 아버지가 그토록 미워했던 분을 만나 보고 싶었는데…… 유감이군요. 이제는 살아 계시지 않으니…….

함이정　그분의 느낌은 살아 있어.

조숭인　느낌이라면…… 기억 같은 것인가요?

함이정　이상하게 들려도 웃지는 마라. 저기 들판의 뒹구는 돌들을 봐도 그분이 느껴지고…… 흐르는 물, 들려오는 바람소리, 난 뭐든지 그분의 살아 있는 느낌을 느껴. (얼굴을 붉히고 웃으며) 너한테는 웃지 말라 해놓고 난 웃는구나. 그래, 너도 웃어라.

멀리서 새벽을 알리는 송덕사의 종소리가 들려온다. 마치 그 닭울음 소리가 "동연아! 서연아!" 하고 부르는 것 같다. 무대, 막이 내린다.

—막

　　　　느낌, 극락같은

불모지

차범석,
1957년 발표

나오는 사람들
최 노인(60), 혼구세업주인
어머니(57)
아들 경수(26), 제대 군인
아들 경재(18), 고등학교 3학년
딸 경애(23), 영화배우를 꿈꾸는 처녀
딸 경운(20), 출판사 식자공
복덕방 노인(65)

때
현대

장소
서울

1957년에 발표된 〈불모지〉는 전통적인 가치와 새로운 가치의 대립을 세대 간의 갈등으로 포착하였다. 이 작품은 최 노인 가족의 비극을 통하여 당시의 모순과 갈등을 집약적으로 부각시키면서 해방 이후 한국 사회의 불안하고 어두운 시대적 상황을 상징적으로 보여 주고 있다.

제1막

무대

번화한 상가에 자리 잡은 최 노인의 낡은 기와집. 정면에 유리문이 달리고 마루를 사이에 두고 방이 둘 있고 좌편으로 기억형으로 굽어서 부엌과 장독대 유리문 저쪽은 가게. 우편으로 대문을 끼고 헛간과 방 하나의 딴 채가 서너 평이 못 넘는 좁은 뜨락을 에워싸고 웅크리고 앉았다. 해묵은 지붕에는 푸른 이끼며 잡초까지 자라나서 오랜 풍상을 겪어 내려온 이 집의 역사를 말해주는 듯하다. 배경으로 면목이 일신해져 가는 매끈한 고층건물의 행렬이 엿보이고 좌우편에도 역시 3, 4층이나 되어 보이는 최신식 건물이 들어서서 이 낡은 기와집을 거의 폐가처럼 멸시하고 있다. 좌편 건물은 아직도 건축 공사가 진척 중에 있는지 통나무로 엮어 맨 작업 보조대에 거적때기가 걸려서 건물은 반쯤 가려진 채로다. 이처럼 대차적인 주변의 장애로 말미암아 이 낡은 집 안팎에는 온종일 햇볕이 안 드는 탓인지 한층 어둡고 습하며 음산한 공기가 찬바람처럼 풍겨 나온다. 때는 초여름 어느 일요일 오전.

막이 오르면 질주하는 전차며 자동차의 소음이 잇달아 들려온다. 뜰가에서 경운이가 함석통에 담겨진 빨래를 빨고 있고 부엌에서 설거지를 하는 어머니의 초라한 모습이 보인다. 좌편 담 아래에 마련된 조그마한 화단 앞엔 아까부터 최 노인이 쭈그리고 앉아서 화초며 푸성귀들을 손보고 있다. 입에 물린 파이프에서 이따금 뱉어 지는 담배 연기가 한가롭다. 잠시 후 경재가 물지게를 지고 좁은 대문을 간신히 빠져나와 경운 앞에다 부려 놓는다.

경재   어휴 오늘은 웬 사람이 그리도 많아…… 공동 수도엔 난장판인걸! (하며 항아리에다 물을 붓는다)

경운   (여전히 빨래를 하며) 비가 개니까 집집마다 빨래하느라고 그렇겠지……

경재   아버지 우리도 다음엔 제발 물 흔한 집으로 옮깁시다. 물만 기르다가 내년 봄엔 낙제하게 생겼는걸요! 하루 이틀이 아니구……

최 노인   (돌아보지 않고) 그래……

경운   얘도 속없는 소리 잘 하긴 경애 언니 닮았나 봐! 누가 이 따위 골목 구석에서 살고 싶어 살고 있니?

경재   살기 싫으면 딴 데로 옮기면 될 걸 왜 이런 깨딱지굴 속에서 산다는 거요?

최 노인   (눈을 크게 부릅뜨며) 무슨 소리냐? 이 집이 어때서?

경재   아버지나 좋아하시지 우리 식구 중에서 이 집을 좋아하
          는 사람이 누가 있어요?

최 노인   싫은 놈은 언제 건 나가라지! 절간이 미우면 중이 나가는
          법이야.

경재   (남은 물통을 비우며) 중도 없는 절을 뭣에 쓰게요? 도깨비
          나 날 걸……

최 노인   (약간 핏대를 올리며) 도깨비가 나건 노다지가 나건 제 집 지
          니고 산다는 걸 다행으로 알아 이놈아!

경재   (못마땅한 낯으로) 다행으로 알 건덕지가 있어야죠!

최 노인   (휙 돌아서며) 뭐 뭐야?

경운   (재빨리 공기를 수습하려 들며) 경재야, 한 번만 더 길러와! 물
          이 끊어지면 어떡하려고……

경재   또야? 나 시간 약속이 있는데……

경운   (흘겨보며) 너 그러면 나와 약속한 일 국물도 없다!

경재   (짜증을 내며) 정식이 하고 도서관에서 공부하기로 했는
          걸…… 9시 40분까지 가야 돼요.

어머니   (설거지통을 들고 부엌에서 나오며) 바쁘면 어서 가려므나, 설
          거지가 끝나면 내가 기를테니……

경재   (펄쩍 뛰며) 엄마가 제일이야! 우리 엄마가 넘버원이지! 그
          대신 내일 아침엔 식전에 다섯 지게 기를 께요, 어머니!

어머니   (웃으며) 그럼 물 항아리를 더 사 놔야겠구나…… (하며 수채

구멍에다 물을 버린다)

경재   (손을 씻으며) 항아리 값은 우리의 재무장관인 작은 누나가
       치르구 핫하…… (하며 아랫방으로 퇴장)

경운   깍쟁이! (빨래를 짜며) 어머니가 어떻게 물을 길르신다구
       그러세요! 아직도 허리를 쓰시기가 거북하시다면서……
       (방 안에서 휘파람 소리가 흘러온다)

어머니   괜찮아……

최 노인   참 그 고약은 다 부쳤어?

어머니   예. (허리를 가볍게 치며) 이제 훨씬 부드러워졌어요.

최 노인   뭐니 뭐니 해도 그 강약방의 처방이 제일이야! 내 청이라
       면 친형제 일보다 더 알심 있게 약을 써 주거든!

어머니   하기야 이 동리에서 예부터 사귀어 온 집은 이제 그 강약
       방하구 우리 집뿐인걸요.

최 노인   그래, 우리가 (과거를 회상하며) 이 집에서 산 지가 꼭 47년
       이고 그 강약방이 40년이 되니까…… 그러고 보면 나도 무
       던히 오래 살았어…… 이 종로 바닥에서 환갑을 맞게 되었
       으니……

어머니   (마루 끝에 앉으며) 정말…… 근 50년 동안에 이웃 얼굴 바뀌
       고 저렇게 집이 들어서는 걸 보면 세상 변해가는 모양이
       환하게 보이는 것 같아요, 제가 당신에게 시집왔을 때만
       하드라도 어디 우리 이웃에 우리 집 담을 넘어서는 집이
       있었던가요?

최 노인	사실이야! 빌어먹을 것! (좌우의 높은 집들을 쏘아보며) 무슨 집들이 저 따위가 있어! 게다가 저것들 등살에 우린 일 년 열두 달 햇볕 구경이라곤 못 하게 되었지! 당신도 알겠지만 옛날에 우리 집이 어디 이랬소?

경운	(웃으며) 아버지두…… 세상이 밤낮으로 변해 가는 시대인데요……

최 노인	변하는 것도 좋구 둔갑하는 것도 상관하지 않지만 글쎄 염치들이 있어야지 염치가!

경운	왜요?

최 노인	제깟 놈들이 돈을 벌었으면 벌었지 온 장안 사람들에게 내보라는 듯이 저따위로 층층이 쌓아 올릴 줄만 알고 이웃이 어떻게 피해를 입고 있다는 걸 모르니 말이다!

경운	피해라뇨?

최 노인	(화단 쪽을 가리키며) 저기 심어 놓은 화초며 고추모가 도무지 자라질 않는단 말이야! 아까도 들여다보니까 고추모에서 꽃이 핀 지는 벌써 오래 전인데 열매가 열리지 않잖아! 이상하다 하고 생각을 해봤더니 저 멋없는 것이 좌우로 탁 들어 막아서 햇볕을 가렸으니 어디 자라날 재간이 있어야지! 이러다간 땅에서 풀도 안 나는 세상이 될 게다! 말세야 말세!

이때 경재 제복을 차려입고 책을 들고 나와서 신을 신다가 아버지의 얘기를 듣고는 깔깔대고 웃는다.

경재   원 아버지두……

최 노인   이놈아 뭐가 우스워?

경재   지금 세상에 남의 집 고추밭을 넘어다보며 집을 짓는 사
        람이 어디 있어요?

최 노인   옛날에 그렇지 않았어!

경재   옛날 일이 오늘에 와서 무슨 소용이 있어요? 오늘은 오늘
        이지. (웅변 연사의 흉을 내며) 역사는 강처럼 쉴 새 없이 흐
        르고 인생은 뜬구름처럼 변화무쌍하다는 이 엄연한 사실
        을, 이 역사적인 사실을 똑바로 볼 줄 아는 사람만이 자신
        의 운명을 개척할 수 있다는 사실을 최소한도로 아셔야
        할 것입니다! 에헴!

경운   호……

최 노인   아니 저 자식이 아침부터 조밥을 먹었어! 웬 잔소리냐 잔
        소리가?

경재   (옷을 털고 일어서며) 잔소리가 아니라요. 이건 웅변대회 때
        써먹은 원고의 구절이에요! 하…… (경운에게 가서 손을 벌리
        며) 누나 약속 이행을 해야지!

경운   아 쉰소리 하는 편이 더 권리가 당당하구나?

경재   노동의 대가를 받는 것은 당연한 권리 행사죠!

경운   허지만 고용주가 돈이 없다고 잡아떼면 찍소리 못하더라?

경재   누가?

경운   우리 인쇄소에서 두 달 치나 밀린 월급을 엊그제야 받았
지만……

경재   그래도 우리 누나는 그런 악질 기업주는 아니신데 뭐……
(하며 언사를 떤다)

경운   흠 위험한 비행기! (물 젖은 손을 뿌리며 지갑에서 돈을 꺼내준
다) 일찍 돌아와! 골목마다 깡패들이 득실거린다던데……

경재   내가 도리어 깡패들의 덕을 봐야 할 형편인걸! 없는 놈은
그런 걱정 없어!

어머니   말두 말아라, 끼니 먹을 것은 없어도 도둑맞을 것은 있단
다…… 조심해라!

경재   염려 마세요, 다녀오겠습니다. (나가려다 말고) 아버지!

최 노인   왜?

경재   절 보기 싫으면 중이 나가죠?

최 노인   그래…… 왜 그건 또 묻는 거냐?

경재   (좌우 고층건물을 가리키며) 저게 뵈기 싫으니 우리 떠나야죠!

최 노인   뭐, 뭐라구?

경재   시외로 가면 후생 주택이 얼마든지 있대요. 집값도 싸고
무엇보담도 터전이 넓어서 화초며 채소는 얼마든지 심어
낼 수가 있을 거에요, 공기 좋고 조용하고 집집마다 맑은
우물이 있고 아주 멋지게 살 수 있대요.

어머니   참, 창용이네도 지금 들어있는 집을 팔고 후생주택으로

      불모지

옮긴답데다.

최노인   그렇게 가고 싶걸랑 따라가 살구려! 난 이 집에서 낳았으니 이 집에서 죽을테니까!

경재   (일부러 과장된 표정으로) 원자탄 고집 폭발이다! 다녀오겠습니다.

하며 급히 뛰어나간다. 이때 문 안에 아침 목욕에서 돌아오는 경애 등장, 그의 손엔 목욕용 세수대야며 화장품이 들렸고 얼굴엔 콜드크림이 범벅되어 반지르르 기름이 흐른다. 머리는 핀 칼을 감은 채로다.

경재   미쓰 코리아가 돌아오시네!

경애   까불어?

경재   도대체 큰 누나는 언제 영화에 출연하는 거요?

경애   가까운 장래! (하며 마루에 앉는다)

경재   혜성처럼 나타난 뉴 페이스 최경애 양인가?

경애   한국의 킴 노박이다!

경재   하나님 맙소사! 최 호박이 안 되었으면……

경애   아니 이 녀석이! (하며 때리려 하자 소리를 지르며 퇴장)

최 노인   경재란 놈은 어디 가던 제 밥벌이는 할 거야. (하며 만족한 웃음을 띄운다)

어머니   좀 경한 편이죠 (경애에게) 웬 목욕이 그렇게 오래 걸리니?

최 노인   그래도 밤낮 익모초 씹는 쌍판보다는 낫지! 이 집에 그 누구처럼……

어머니와 경운은 뜻 품은 시선을 서로 던진다. 경애는 손톱에 손질을 하고 있다.

최 노인   경수 녀석은 어젯밤에도 안 들어왔지? (하며 험악한 시선을 던진다)

어머니   (변명하듯) 어디 친구네 집에서나 잤겠죠……

최 노인   (성을 내며) 제 집과 남의 집 분간도 못 하는 놈이 어디 있어? (하며 담배를 다시 피어 문다)

어머니   내버려 두시구려! 그 애에게 그런 재미도 없어서야 되겠수?

최 노인   재미? 지금 우리 형편이 재미를 보기 위해서 살아갈 팔자야?

어머니   그렇지만 마음대로 안 되니까……

최 노인   당신은 좀 잠자코 있어! (하고 소리를 벌컥 지른다. 경운은 빨래줄에다 빨래를 널며 눈치만 보고 경애는 재빨리 건너방으로 들어간다) 사람이란 염치가 있어야 하는 법이야! 제 놈이 군대에 갔다 왔으면 왔지 놀고먹으라는 법은 없어! 한두 살 먹은 어린애도 아니고 내일 모래 30고개를 바라보는 녀석이 취직도 안 된다 핑계 치고 비슬비슬 놀고만 있으면 돼? 첫째로 경운이 미안해서도 그럴 수는 없지!

경운   아이 아버지두…… 오빠인들 속조차 없겠어요? 아무리 일자리를 구할려고 해도 안 써주는 걸…… 사회가 나쁘지 오빠야 무슨 잘못이에요?

어머니   사실이에요……

최 노인   뭐가 사실이야? 나이 어린 누이가 그 굴속 같은 인쇄 공장에서 온종일 쭈그리고 앉아서 활자 줍는 노동으로 벌어들인 쥐꼬리만한 월급에만 의지하는 것이 사실이란 말이야? 나도 가게가 전과 같이 세가 난다면 이런 소리도 않지. 허지만 골목 안 똥개까지 신식만을 찾는 세상이라 사모관대나 원삼 족두리 따위는 이제 소꿉장난감으로 아니 장사가 되야지! 지난 봄철만 하드라도 꼭 네 번 밖에 안 나갔지 뭐야! 이럴 때 그 신식 나이롱 면사포나 두어 벌 장만한다면 또 모르지만……

경애   (화장하던 얼굴을 내밀며) 아버지 조금만 기다리세요. 제가 최신식 미제 면사포를 사 올 테니까요.

최 노인   네 말은 이제 메주로 콩을 쑨대도 안 믿겠다! 네가 활동사진 배우가 되기를 기다리다간 엉덩이에 없는 꼬리가 나게 됐어!

경애   두고 보세요. 오늘은 꼭 무슨 기별이 있을 테니까.

어머니   경애야! 너도 이제 그만하면 바람 좀 잤을 텐데 시집갈 궁리나 해라.

경애   시시하게 시집이 다 뭐요? 전 시집 안 가요!

최 노인   그럼 처녀로 늙을 셈이냐? 속 차려! (하며 뒤뜰로 나간다)

경애   영화계로 나선 이상 끝까지 이름을 내고야 말겠어요! 오늘 신인 배우 모집 시험이 있어요!

경운   (흥미를 느끼며) 언니 자신 있수!

경애   십분지 팔, 구는 확실해! (하며 신나게 분첩을 두들긴다)

경운   어떻게 미리 알우?

경애   (뜻 품은 웃음을 뿜으며) 심사위원과 미리 언약이 되어 있어.

경운   어머나! 영화계에도 사바사바가 있어요?

경애   실력이 넷, 고등어가 여섯이면 되지 뭐!

경운   실력이라니 언니가 언제 연기 공부를 해 봤수?

경애   영화에 연기가 무슨 필요가 있니? 우선 여배우가 될라면 마스크가 개성적이면서 아름답고 육체미가 있으면 됐지 뭐!

경운   그렇지만 얼굴만 예뻐도 안 된다던데요?

경애   누가 그래?

경운   영화 잡지에서 읽었어요.

경애   그야 전혀 연기력이 없는 것도 곤란하지만 역시 용모가 제일이지! (하며 거울을 향해 눈썹을 치켜 올렸다가 눈을 크게 떴다 한다)

경운   언니는 용모에 자신이 있으세요?

경애   그걸 내가 어떻게 아니? 심사위원이 결정할 문제지……

경운   심사위원과 언약이 되어 있다고 했잖아요?

경애   (약간 짜증을 내며) 얘가 왜 이렇게 두더지처럼 파고만 들어! 너 이리 들어와서 허리 좀 졸라 매주려므나!

경운   또 언젠가처럼 숨이 맥힌다고 기절하실려고?

경애   잔소리 말고 들어와!

경운, 방으로 들어간다. 경애는 몇 벌의 양복을 꺼내서 골라낸다. 그리곤 슈미즈만이 된다.

어머니   애야, 누가 볼까 두렵다 문이나 닫아라!

경운, 빙그레 웃으며 문을 닫는다.

최 노인   (부엌쪽에서 나오며) 아 저 벼라먹을 녀석들이 남의 집에다가 꾸정물을 버리다니 저, 저런……

어머니   누가요?

최 노인   (좌편 건물을 가리키며) 저 2층 다방에서 버린 물이 뒤안 나무 옆에 흥건이 고였어! 2층에서 내리는 수채통이 터졌나 보군! 망할 자식들. 돈! 벌 줄만 알았지 남의 집 망치는 줄은 모르는 모양이지…… 도대체 요즘 녀석들은 염치가 없다니까!

어머니   설마 알고야 그렇겠어요?

최 노인   아따 속이 넓기는 동해 바다 이상이군! (소리를 지르며) 그래 내 집이 다 썩어가도 설마야?

어머니   허지만 이웃들이 집터를 높이 돋구어서 집들을 지으니까

우리 집이 낮아서 물줄기가 일로 모여 드는 거지 누가 일
부러……

최 노인　아니 이 이가…… 그래 우리가 잘못이란 말이요?

어머니　(고소를 뱉으며) 누가 잘하고 못하고 있어요…… 우리 집터
를 옆집보다 더 높이든지 하지 않은 다음에야……

최 노인　돈, 돈이 있어? 돈이 어디 있어? 장사가 안 되어 가게 문을
닫고 세금도 못내는 판국인데 그래 내 돈 들여서 집터를
돋아 올리자구?

어머니　누가 그렇게 하자구나 했길래 이리 성화시우?

최 노인　그럼 뭐야?

어머니　낸들 알겠수, 여편네 얘기라면 문풍지 소리로나 아는 당
신인데……

최 노인　(넋두리 외우듯) 나 원…… 일이 이렇게 하나부터 열까지 삐
뚤어 지다니 정말 집을 옮기던지 해야지…… 자식 놈이
라고 벌어 대기를 하는가, 장사가 제대로 되는가…… 나
원…… 게다가 가게 문을 닫은 지가 두 달이나 되었는데
무슨 놈의 세금은 세금이야! 설상가상으로 저 빌어 먹을
낮도깨비 때문에 화초밭이 망쳐지는 것은 고사하고 집
기둥까지 썩게 되었으니…… 에잇 참!

어머니　(잠시 생각에 잠기다가 최 노인의 눈치를 봐가며) 여보 영감……

최 노인　뭐요?

어머니　내 생각 같아서는…… (사이)

최 노인   뭣이 어쨌어?

어머니   다른 집으로 갈아 잡는 게 상책일 것 같으오만……

최 노인   (말없이 눈만 부릅뜬다)

어머니   애들하고는 여러 번 의논도 했어요.

최 노인   아까 경재 얘기 말이오?

어머니   예.

최 노인   내가 싫다면 안 되는 일이야……

어머니   그러니까 여태 말을 못 꺼냈죠.

최 노인   이건 내 집이라는 걸 알아야 돼!

어머니   사람이 살기 위해서 집이 있지 사람 죽고 집만 있으면 뭘 해요 글쎄……

최 노인   우리에게 남은 것이라곤 이 집뿐이야.

어머니   누가 그걸 모르나요. 허지만 이 집을 영영 없애버리자는 것도 아니고 좀 작은 집으로 가자는 게죠.

최 노인   이 집은 돌아가신 아버님께서 사 주신 집이야!

어머니   그렇다고 자식들이 제구실을 못하고 기도 못 피는 꼴을 보고만 있겠어요?

최 노인   뭐라고?

어머니   경수만 하드래도 빈손으로 취직을 하자는 것이 틀린 채산이죠, 요즘 세상에 공 안 들이고 되는 일이 있답데까?

최 노인   그래 경수 취직 자금을 얻기 위해서 집을 팔자는 거야?

어머니   그것뿐이 아니죠. 경애도 시집보내야겠고 내년이면 경재

가 대학에 가야 하고…… 앞으로 돈으로 메꾸어야 할 일이
어디 한두 가지에요?

최 노인   (긴 한숨을 내쉰다)

어머니   나도 무엇이 좋아서 50년 동안 살아온 집을 팔자고 하겠
우…… 허지만 참대 같은 자식들을 위해선……

최 노인   (말없이 일어서 화초밭으로 가서 물끄러미 내려다보고만 있다)

어머니   우리야 이제 살면 얼마나 더 살겠어요, 젊은 애들이 불쌍
하지…… (하며 눈시울을 누른다)

경운이가 어느새 나와 마루에 서 있다. 최 노인은 좌우의 건물을 번갈아가
며 쳐다보더니 서서히 대문 쪽으로 나간다.

어머니   어디 가시우?

최 노인   내 좀 다녀오겠소……

어머니   그럼 지금 얘기는……

최 노인   (쏘아부치며) 생각을 해 봐야지…… (하며 퇴장)

어머니   어유 저 고집 때문에 이 고생이지.

경운   어머니 너무 염려 마세요, 어떻게 되겠죠. 설마 굶어 죽기
야 하겠어요.

어머니   (눈물지으며) 굶는 게 두려웁겠니? 사는 일이 두렵지.

이때 화려하게 양장을 한 경애가 방에서 나온다.

경운   (감탄을 하며) 언니! 그렇게 차려놓고 보니까 진짜 배우 같
       군요!

경애   언제는 가짜였니?

경운   김칫국 먼저 마시네요. 호……

경애   요 계집애가…… (하며 구두를 신는다)

어머니   일찍 좀 들어오너라.

경애   일이 끝나야죠. 참 어머니 오늘 일이 해결만 되면 염려 없
       으셔…… 이보다 더 좋은 집도, 자가용도 그리고 오빠 취
       직도 만사 오케이로 척척박사 일테니까요.

어머니   잔소리 말고 시집이나 가! 그까짓 영화배우를 평생 할 테냐?

경애   어머나 남의 인격을 무시해도 유분수이시지! 나는 지금
       나의 일생을 결정짓는 가장 중대한 인생의 위기에 서 있
       는 거에요.

경운   아이…… 언니두, 그런 말을 어머니께서 알아들으셔야죠!

경애   (명랑하게 웃으며) 나의 유일한 협력자요 후원인은 경운이
       너뿐이구나! 그럼 다녀올께요!

경운   꼭 합격해야 돼요!

경애   하나님께 기도나 올려줘 호…… (하며 가볍게 춤을 추듯이 퇴장)

어머니   어유 언제나 속이 들려는지 원.

경운   천성인걸요! 좋지 않아요?

어머니   좋긴 뭐가 좋아!

경운   명랑하고 솔직하고 자기의 생각대로 직선으로 행동할 수

있는 언니의 성격이 좋지 뭐예요. 난 언니의 성격을 십분
지 일만이라도 닮았으면 해요.

어머니　그러면 이 어미는 진즉 늙어 죽었을 게다.

경운　어머니두……

어머니　네가 있기에 얼마나 마음이 든든하고 미더운지 모른
다…… (한숨) 참 너에게 너무 고생을 시켜서……

경운　어머니 그런 말씀하시면 싫어요. 내가 취직을 하고 싶어
서 했지 딴 생각은 없으니까요.

어머니　왜? 너는 대학엘 가겠다고 했지 않았니?

경운　누구나 한 번씩 해 보는 소리죠, 언니도 못 간 대학엘 내가
어떻게 갈 수 있음 또 집안 형편이 어디 그렇게 넉넉했어요.

어머니　정말 네가 여학교에 들어가던 때만 해도 괜찮았지.

경운　지금이라도 오빠가 취직만 되고 언니가 좋건 궂건 배우
로 뽑히기만 한다면 남부럽지 않게 살 수 있을 거예요.

어머니　그걸 어떻게 믿을 수가 있니? 네 아버지께서 집을 팔겠다
고 하시기 전엔……

경운　(사이) 이 집을 판다면 얼마나 받을 수 있을까……

어머니　복덕방 얘기로는 2백5십만 환은 받을 거라고 하드라만……

경운　2백5십만 환이요?

어머니　그래.

경운　그러고 보니 우리도 아주 가난뱅이는 아니군요? (하며 앳
되게 웃는다)

어머니　집만 있으면 뭘하니? 칼은 써야 드는 법인걸……

경운　그럼 오십만 환으로 후생주택에 들고 남은 이백만 환으로 이리 저리 굴리면 되겠는데요.

어머니　글쎄 내 얘기가 그 얘긴데도 네 아버지가 그 모양이니 일은 다 틀렸잖니?

경운　제가 보기엔 아버지께서도 정 반대는 안 하실 것 같아요.

어머니　왜?

경운　글쎄 제 육감이랄까?

어머니　육감?

경운　아까도 어머니께서 말씀하실 때 저 화초밭 앞에서 계시는 모양이 어떻게 했으면 좋을고 하시며 망설이시는 눈치 같았어요.

어머니　(쓴 웃음을 지으며) 너는 지레짐작도 잘하는구나…… 그러나 네 아버지께서 그렇게만 하신다면 너를 고생 안 시키고도 살 수 있을텐데!

경운　저더러 인쇄소를 그만 두라고요?

어머니　그럼 뭣이 좋아서 그런 곳에다 너를 가두어 둔단 말이냐?

경운　원 어머니두……

어머니　아니다. 나는 늘 마음속으로 너에게 대해서 얼마나 미안했는지…… 남들은 별에 별 사치를 하고 다녀도 그 주먹만한 변또를 싸들고 비가 오나 바람이 부나 인쇄공장에 틀어박혀서 일하는 일을 생각하면 내가 꼭 무슨 죄를 지은 것 같기도 했단다. (차츰 울먹거리는 음성으로 변해지자 동요하는 심정을 억제하려고 경운은 불쑥 일어선다)

경운　(토라진 소리로) 남에게 동정을 받고 싶어서 취직한 못난이가 아니에요…… 어머니는 공연히 그러셔!

어머니　오냐 내가 잘못했다…… 다만 네가 벌어 대는 돈만 믿고 사는 게 미안해서 그랬을 뿐이지……

경운　자식이 부모를 위해서 생활하는데 무슨 미안이에요 글쎄? 어머니도 그런 말씀 마세요!

어머니　오냐. 이젠 안 하지!

이때 경수가 힘없이 등장. 발걸음이 약간 휘청거리는 게 아마 술에 취한 듯하다. 어머니와 경운은 각각 반가움과 동정으로 맞아들인다.

어머니　경수 오니? (경수 말없이 마루 끝에가 주저앉아서 후주르한 윗저고리를 벗는다)

경운　오빠. 아침은?

경수　먹었다.

어머니　어디서?

경수　친구 집에서 자고 아침 해장까지 얻어먹었죠.

그의 태도는 어딘지 차고 쌀쌀하며 자포자기적이다.

경운   (일부러 농조로) 서울 인심은 아니군요?

어머니   (상을 찌푸리며) 술 좀 삼가라. 제 몸을 생각해야지!

경수   생각 끝에 마신 걸요 헛허……

어머니   원 애두…… 참 거 영등포 어느 공장에서 오란다는 얘기는 어떻게 되었지?

경수   기다리라나요?

어머니   (실망하며) 그래……

경수   (혼자소리로) 밤낮 기다리라지! 육실헐! 죽을 때까지 제깟 놈 말만 기다리고 살으란 말인가?

어머니   그렇지만 기다리라면 진득이 기다려볼 수밖에 없지……

경운   요즘 취직이 그렇게 쉽게 되나요.

경수   그래 네 말대로야! 누구나 하는 소리가 그렇지! 친구고 선배고 겉으로는 아주 염려하는 표정으로 하는 소리가 매양 그렇지! 제길……

경운   (금세 울음이 터지려는 표정으로) 오빠 전 결코 그런 뜻으로 말한 게 아니에요. 전……

경수   (허튼 웃음을 지으며) 그래 너만은 내 귀여운 동생만은 아니지! 도대체 실업자도 많지만 자기 직업에 대해서 너무 떨고 매어달리는 사람이 더 많은가 봐요.

어머니   그게 무슨 얘기니?

경수   옛날엔 싫으면 직업을 바꾼다든가 이 자리에서 저 자리로 옮겨가는 이동이 많았지만 요즘은 그런 사람이 없단 말에요.

어머니 그래……

경수 한번 직장을 붙들면 죽기 아니면 살기로 매달리니 일자
리가 빌 턱이 있겠어요. 못난 자식들!

어머니 난 또 무슨 얘기라구 흐……

경수 그렇게들 직업에 대해서 지나치게 인색하고 공포증까지
품으며 살고 있으니 어디 우리 같은 놈이 처신이나 하게
되겠어요.

경운 정말 그래요. 그렇지 않고서는 살 도리가 없으니까요.

경수 싱거운 친구들! 싫으면서도 싫다는 얘기 하나 못하고 울
면서 겨자 먹기로 직업에 매달려 사니 생전 가야 우리 몫
이 나긴 글렀다, 이 말씀이죠!

어머니 그렇지만 전쟁터에서 돌아온 사람은 좀 달리 봐줘야지……

경수 (냉소를 뱉으며) 그걸 안다면 세상이 이 꼴이겠어요? 모두
가 자기에게 필요할 때만 형님이요, 아저씨지 볼 장 다 보
면 지나가는 똥개 취급이라니까요…… 핫하. 요컨데는 취
직에도 먹자판이지! 밑천 안 넣고는 어림도 없어! 그러니
까 또 취직만 되면 그 본전에다 복리까지 가산해서 주어
잡수시기가 일쑤 아니에요. 그러나 내겐 그 돈도 없어! 돈!

어머니 아무리 세상이 막되었기로 그래 인정도 의리도 없단 말
이냐?

경수 인정이요? 에미가 자식을 버리고 자식이 애비를 죽이는

판국에 인정이요? 흥? 재주는 곰이 넘고 돈은 왕서방이
받아먹는 격이죠! 내가 죽어야지! 죽는 것이 가장 편한 길
이야! (하며 마룻바닥에 드러눕는다. 어머니는 슬픈 표정으로 내
려다본다)

경운   오빠 방에 들어가서 쉬세요.

경수   경운아 너는 이 오빠가 밉지?

경운   (일부러 명랑하게) 오빠가 취하셨나봐!

경수   내가 취했다구? 천만에……

경운   주정하는 사람이 자신을 가리켜서 취했다고 하는 법은
없다나요?

경수   (크게 웃으며) 네가 벌써 그런 소리를 하게 되었다니…… 이
제 시집을 가야겠구나.

경운   오빠가 결혼하기 전엔 시집 안 갈테야!

경수   수체 남북통일이 되기 전이라고 하는 편이 더 눈물겨울
걸 핫하……

경운   (성을 내며) 몰라요. 오빠는 남의 속도 모르고…… 자기만 제
일 잘났다는 말씀이신가?

경수   (벌떡 일어나 앉으며) 뭣이? 너 지금 뭐라고 그랬지? (하며 대
든다)

경운   오빠는 너무 이기적이란 말에요!

경수   내가 이기적이라고?

어머니   애 경운아! 너는 오빠를……

경운   오빠를 존경했어요! 누구보다도 믿었어요. 허지만 지금은
         의심하고 있어요!

경수   나를 의심한다고?

경운   오빠! 오빠는 대학 중도에 군문에 들어갔고 이제 제대가
         되었으니까 사회생활에 대해서는 아직 경험이 없으시겠
         지만 저는 이래봬도 뭇 남성, 여성 사이에 끼어 3년 동안
         사회 맛을 봐온 사회인이에요.

경수   아니 그래 네가 이 오빠에게 설교를 할 작정이냐?

경운   설교가 아니라 의견이지요. 오빠가 제대한 이후 우리 집
         안은 더 형편이 없고 또 오빠 때문에 집안 식구가 얼마나
         들 괴로워한지 아세요?

어머니   경운아……

경운   어머니는 잠자코 계세요, 아까도 오빠 얘기는 돈이 없어
         서 취직을 못한다고 하시지만 그런 말씀 어머니 앞에서
         는 삼가야 되요, 우리 집에 오빠 취직을 위해 쓸 돈이 있
         으면서 안 냈겠어요?

경수   아니 내가 언제 돈을 달랬니?

경운   직접 말은 안 했지만 그 얘기 때문에 마음을 아파해야 하
         는 사람이 계시다는 걸 아셔야죠!

어머니   (울음 섞인 소리로) 경운아!

경운   (차츰 풀 죽은 소리로) 오빠 우린 이 집을 팔게 되는지도 몰
         라요.

경수 그게 나와 무슨 상관있어!

경운 (다시 심각한 표정으로) 오빠는 매사를 그렇게 비뚤어진 생각으로 처리하시는 게 저는 마음에 들지 않아요!

경수 뭐라고? 아니 이 계집애가 못할 소리가 없구나.

경운 저를 때리시겠어요? 때리세요. 그러나 그것으로 오빠는 만족하지도 못하실걸요.

경수 너는, 너는 나를 미워하고 있었구나!

경운 두려웠지요. 요즘 세상에서 가장 말썽을 부리는 문제의 하나가 제대 군인이니까요. 오빠가 돌아오셨을 때 저는 우리 오빠만은 그런 사람이 아니기를 은근히 바랐고 또 한편으로 두려워했어요. 길을 가거나 전차 안에서나 제대 군인을 보면 저의 마음은 어둡고 쓸쓸해졌어요. 오빠! 아시겠어요? 네?

경수 (혼자 소리로) 내가 그렇게 미웠던 것을……

경운 사회가 나쁘고 주위가 무관한 것만을 탓하고 자신의 몸 가짐을 아무렇게나 펼치고 다니는 것은 약한 짓이라고 봐요! 오빠! 저를 건방진 년이라고 여기시겠죠? 그렇지만 우리는 무슨 짓을 해서라도 살아야만 하는 거예요!

경수 나더러 도둑질을 하란 말이야?

경운 할 일이 없으시면 집에 계세요, 남은 제대 군인처럼 술 마시고 행패하고 집안사람을 울리지 마세요, 어머니는 오빠 때문에 밤잠도 안 주무신 줄이나 아세요? 어젯밤에도 새벽 2시까지 안 주무시고……

어머니　그만 두지 못하겠니? 경운아! (그네의 뺨에는 눈물이 흐르고
있다. 경수는 멍하니 땅을 내려다보고만 있다)

경운　오빠가 취직을 안 하신다고 당장에 굶지는 않으니까요.
제가 아직은 벌 수 있어요!

어머니　(애원하듯이) 그래 오늘부터는 밖에 나가지 말고 집에 있거
라. 어쩌면 이 집이 팔리게 되면 조용한 시외로나 옮기자.
넓은 터전에다 채소도 가꾸고 닭이며 돼지를 치며 살자
꾸나! 경수야! 세상이 아무리 막되었기로 제 속을 남에게
까지 빤히 펴 보이며 살 필요는 없잖니? 응?

경수　(조용히) 어머니.

어머니　응? 왜?

경수　경운아 (사이) 지금 얘기 잘 알겠다. 그런 얘기는 알고도
남음이 있어! 하지만 (차츰 흥분해지며) 뵈기 싫은 걸 어떡
하지? 가만히 앉아 있을 수 없는 걸 어떻게 해!

경운　그런다고 어느 누가 눈썹 하나 까닥거려요? 오빠, 참는 것
뿐이에요.

경수　참아? 기다려? 나중에 보자? 힘을 써보자? (거의 광증을 일
으키며) 그게 나를 병신 취급하는 수작들이야! 나를 농락
하는 건방진 짓이야! 부모도 형제도 나를 적당히 놀리고
있는 거야!

어머니　경수야! 왜 이러니? 경수야!

　　　　　　　　　　　　　　　　　　　

경수   어머니 나 술은 먹었어요! 그렇지만 먹고 싶어서가 아니
        에요, 어머니나 경운이 말대로 참기 위해서, 그놈들 말대
        로 기다리기 위해서요! 그러나 참을 수도 기다릴 수도 없
        는데 어떻게 해요! 어머니! 나는 불쌍한 놈에요! (하며 어머
        니 무릎 아래 엎드려 운다. 격동하는 심적 동요를 참으며 어머니는
        경수의 머리를 쓰다듬는다. 경운은 돌아 앉아 울고 있다. 옆집 공사
        장에서는 망치 소리가 요란히 들려온다. 이때 최 노인 등장. 복덕방
        노인이 따라온다. 세 사람 제각기 자리를 잡는다)

최 노인   자 들어오세요.

복덕방   예. (집을 둘러보며)

최 노인   우리 선친께서 내가 장가들던 해에 지어 주신 집이죠. (기
        둥을 가리키며) 요즘 이런 재목이 있습데까, 재목만은 귀물
        인걸요. (아래채를 가리키며) 저기 방과 헛간이 있구…… 저
        기가 가게고……

복덕방   예…… (기웃거리며) 뒤안으로 돌아가 볼까요?

최 노인   (약간 당황하며) 뒤엔 머 별 거 없어요. 그저 나무 벼늘이 있
        구……

복덕방이 앞장을 서서 돌아간다. 최 노인 뒤를 따른다.

경운   어머니 내 말이 맞았죠?

어머니   그러기에 말이다…… 그런데 뒤안을 안 봐야 할텐데…… 그

걸 보면 집값이 여간 깎이지 않을거야……

이때 최 노인, 복덕방 다시 등장.

복덕방　　많이 손을 봐야겠는걸요.

최 노인　　(약간 당황하며) 손 본댔자 그곳에다 고랑을 파고 수체 구멍

　　　　　을 내면 되는거구…… (화초밭을 가리키며) 여기 이렇게 화초

　　　　　가 있구요…… 집은 괜찮아요, 그리고 무엇보담도 가게가

　　　　　있어서요. 뿐만 아니라 번지수가 오직 좋습니까?

복덕방　　번지수야 좋지요만 어디 번지수에서 사나요. 집안에서 살

　　　　　지……

최 노인　　그래 아까 말대로 그렇게 되겠습니까?

복덕방　　(마루에 앉아서 담배를 피우며) 글쎄…… 석장은 어렵겠는데

　　　　　요……

　　　　　집이 헐고 저렇게 큰 집들 사이에 들어 앉아서…… 이건

　　　　　마치 사람 속에 앉은뱅이가 들어선 격이라서 헛허……

최 노인　　그래 얼마면 된단 말이요?

복덕방　　잘해야 2백50만 환……

어머니　　(경수에게) 거 봐라 내말이 맞았지!

최 노인　　뭐가 맞았어?

어머니　　아니에요. 아무것도……

경수　　　아버지!

　　　　　　　　　　　　　　　　　　　　　　　

최 노인   (퉁명스럽게) 왜?

경수   집을 내놓으시게요?

최 노인   너는 잠잖고 있어! 네가 간섭힐게 아니니까?

경수   제 생각 같아선 그럴 필요가 없다고 보는데요.

최 노인   뭣이?

경수   당장 굶어죽는 것도 아니고 형편을 봐서 두었다 하시죠.
          더구나 집 매매란 사정이 급해 보이면 가격을 형편없이
          놓는 법이니까요.

복덕방   아니 그럼 2백50만 환이 형편없는 값이란 말이오?

경수   4백만 환도 시원치 않을걸요.

복덕방   뭐 뭐요? 저 젊은 양반이 정신 있는 사람인가?

경수   여보 영감님! 여긴 종로 한복판입니다. 게다가 가게와 살
          림집이 붙었는데 그래 겨우 2백50만 환이라구요? 그런
          당치도 않은 거짓말은 공동묘지에서나 하시오.

복덕방   뭐 뭐요? 공동묘지에서라고? 예끼 버릇없는 놈 같으니라구!

경수   아니 이 영감이……

복덕방   그래 이놈아 너는 애비도 에미도 없는 놈이기에 나이 먹
          은 늙은이더러 공동묘지에 가라구? 이 천하에.

최 노인   여보 김첨지. 젊은 애들이 말버릇이 나빠서 그런 걸 가지
          고 탓할 게 뭐요?

복덕방   그래 내가 집 거간이나 놓고 다니니까 뭐 사고무친한 외
          톨인 줄 아느냐? 이놈아! 나도 장성같은 아들에다 딸이

육남매여!

경수　　아니 제가 뭐라고 했길래……

어머니　　넌 잠잖고 있어! 용서하시우. 요즘 젊은 놈들이란 아무 생
　　　　　각 없이 말을 하니까요…… 게다가 술을 마셨다우.

복덕방　　음 이놈이 한낮부터 술 처먹고 어른에게 행패구나! 이놈
　　　　　아! 내가 그렇게 만만하니?

최 노인　　김첨지! 글쎄 진정하시라니까…… 내가 대신 이렇게 사죄
　　　　　하겠소. 원!

복덕방　　그리고 2백50만 환이 터무니없는 값이라고? 이놈아 누군
　　　　　돈이 바람 맞은 대추 알이라던? 응? 그것도 잘 생각해서
　　　　　야! 음! 이런 분한 일이 있나!

최 노인　　글쎄 참으시고 이리 앉으세요.

복덕방　　난 그만 가보겠소이다. 이런 일도 기분 문제니까요! 다른
　　　　　사람 골라서 공동묘지로 보내구려! 에잇. (하며 퇴장)

최 노인　　아 김첨지! 김선생! (하며 뒤를 쫓아 나간다)

경수　　제길 무슨 놈의 영감이 저래?

어머니　　네가 잘못이지 뭐니……

경수　　집을 팔지 말라고 했는데……

이때 최 노인 쌔근거리면서 등장하자 이 말을 듣고는 성을 더 낸다.

최 노인　　이놈아! 누가 이 집을 판다고 했어? 응?

경수   아니 그럼 이 집을 파시는 게 아니면 뭣 하러 복덕방은······

최 노인   저런 쓸개 빠진 녀석 봤나! 아니 내가 뭣 때문에 이 집을
         팔아? 응? 옳아 네놈 취직 자본을 대기 위해서? 응?

어머니   아니 그럼 2백50만 환이란 무슨 얘깁니까?

최 노인   너 따위 놈을 위해서 하나 남은 집마저 팔이야만 속이 시
         원하겠니? 전세로 6개월만 내놓겠다는 거야!

경수   예? 전세라구요? (어머니와 경운은 서로 얼굴을 바라본다)

최 노인   왜 아주 안 파는 게 양에 안 차지? 이놈아! 이 애비가 집도
         절도 없는 거지가 되어서 죽는 꼴이 그렇게도 보고프냐?

경수   (당황하며) 아버지 아니에요! 저는······

최 노인   아니면 껍질이냐?

어머니   여보 그럼 집을 전세로 줘서 뭣하시게요?

최 노인   글쎄 아까 어떤 친구 얘기가 요즘 그 실내에서 하는 그 뭐
         드라 '샤풀이뿔'이라든가······

경운   '샤뿔뽀오드' 말씀이에요?

최 노인   그래 '샤뿔뽀오드' 말이다! 그건 차리는 데 돈도 안 들고
         수입이 괜찮다고 하면서 4가에 적당한 집이 있다기에 그
         걸 해볼까 하고 이 집을 보였지, 그래 얘기가 거의 익어
         가는 판인데 글쎄 다 되어 간 음식에 코빠치기로 저 녀석
         이······

어머니   아니 그럼 전세로 2백50만 환이란 말인가요?

최 노인   그렇지! 저 가게만 해도 백만 환은 받을 수 있어!

어머니   그런 걸 가지고 나는 괜히……

최 노인   뭐가 괜히야……

경운   아버지께서 이 집을 팔으실 줄만 알았어요.

최 노인   흥! 너희들은 모두 한 속이 되어서 어쩌든지 내 일을 안
          되게 하고 이 집을 날려 버릴 궁리들만 하고 있구나! 이
          천하에 못된 것들! (하며 불쑥 일어선다)

어머니   그럴 리가 있겠어요! 다만……

최 노인   듣기 싫어! (화초밭으로 나오며) 이 집안에서는 되는거라곤
          하나도 없어! 흔한 햇볕도 안 드는 집에 뭣이 된단 말이야
          뭣이 돼! (하며 화초밭을 함부로 작신작신 짓밟고 뽑아 헤친다)

어머니   (맨발로 뛰어내리며) 여보! 이게 무슨 짓이오! 그렇게 정성을
          들여서 가꾼 것들을…… 원…… 당신도……

최 노인   내가 정성을 안 들인 게 뭐가 있어…… 나는 모든 일에 정
          성을 들였지만 안 되지 않아! 하나도 씨도 말야! (경수 말없
          이 아래채 방으로 뛰어가더니 잠시 후 하얀 붕대에 싼 물건을 품에
          넣으며 대문쪽으로 급히 퇴장)

어머니   경수야! (경운은 입술을 깨물고 섰다)

                                                        ―막

제2막

무대

전막과 같음. 전막부터 약 10시간 후, 초저녁 때. 거리에는 아직도 석양의 마지막 숨결이 남아 있는 시간인데도 이 집 안은 벌써 전등불이 그리워질 만큼 어둡다.

옆집 다방에서는 째즈 음악이 한층 흥겨웁게 들려온다.

막이 오르면 화단 앞에서 최 노인과 경재가 화초며 고추모를 이리저리 옮기기도 하고 다시 심어 주기도 한다. 최 노인의 얼굴에는 모든 잡념일랑 버리고 화초에만 전념을 기우리려는 열성이 서려 있어 서글프게 보일 정도이다.

좌편 마루에는 어머니와 경운이가 마주 앉아서 풀빨래를 손보고 있다. 마루 한구석에 저녁상이 놓여있다.

어머니는 이따금 밥상 위에 날라드는 파리를 날리면서 화단에서 일하는 두 사람 쪽을 돌아다본다.

경재가 짓밟힌 화초를 쳐들고 그 뿌리가 상했나 안 했나를 살핀다.

경재   (한 포기의 화초를 아버지에게 주며) 이것도 뿌리는 안 상했으니 심으세요.

최 노인   (풀포기를 받으며) 이게 살아날 수 있을까? (하며 이리저리 살핀다)

경재   괜찮다니까요…… 우선 심고 보는 거죠!

어머니   (최 노인을 향하여) 이제 그만들 하고 저녁이나 먹읍시다!

경재가 시장하겠수……

경재   아버지……

최 노인   (일을 하면서) 배고프면 너 먼저 먹어라. 일 마저 끝내고 할
           테니……

경재   (불평스러운 어조로) 괜시리 화단을 엉망으로 만드셔 놓고
           이 고생이에요? 내 참……

최 노인   하기 싫으면 그만두래도!

경재   그럼 제 얘기가 틀렸단 말이에요? 이 화단이 어떤 화단이
           라고 이렇게…… 수채 다 뽑아버리시지……

최 노인   (경색을 하며) 아니 이 녀석이…… 내가 가꾸어 논 화단을 망
           가치건 살리건 내 마음이야!

경재   그렇게 만도 볼 수 없어요!

최 노인   뭐라고?

경재   물론 우리 식구 중에서 이 화단을 만드는 데 누구 보담도
           정성을 드린 건 아버지였지요…… 그렇지만……

최 노인   그러니까 내 마음대로 한다는데 무슨 참견이냐? 이눔아!

경재   (차근차근히) 아버지 혼자만을 위해서 있는 건 아니잖아
           요? 애당초부터 아버지 혼자서만 보시고 즐기기 위해서
           라면 이 좁은 뜰에다 이렇게 고생하시면서 가꾸시지는
           안 했을게 아니에요?

최 노인   아니 네놈이 늙은 애비에게 훈계를 할 셈이냐? (하며 손에
           들었던 호미를 내던진다. 그 소리에 어머니와 경운이가 깜짝 놀라

며 돌아본다)

경재   (어지러 빙글거리는 표정으로) 훈계가 아니라 의견이죠……
(호미를 주으며) 아버지께서 화가 나셨기에 그러셨겠지만
형의 처지도 생각해 주셔야죠…… (경수 이야기가 나오자 아
버지는 획 돌아앉으며 일을 계속한다) 큰 형은 불쌍해요. 군대
가기 전에 얼마나 명랑한 성격이었어요. (약간 시무룩해지
며) 아버진 형이 놀고먹는 꼴이 뵈기 싫다지만 놀고 싶어
서 놀게 되었나요?

최 노인   (비꼬는 어조로) 전쟁 때문에 망한 사람이 저 하나뿐이라
던? 서울 장안에서 제 놈뿐이야? 흥…… 그게 다 핑계라는
거야! 할려고 덤비면 뭐인들 못해? 연탄집 준석이도 세탁
소의 팔룡이도 다 전쟁에 갔다 왔는데도 돈벌이만 잘 하
더라!

경재   그 사람들이야 초등학교도 안 나왔으니까 무엇이건 벗어
붙이고 할 수 있지만 형은……

최 노인   뭐라고? 이 녀석아! 그래 공부 안 한 사람은 일하고 대학
공부 한 사람은 놀고 먹으란 법이라도 생겼다던? 응? 저
런 맹랑한 소리좀 들어봐? 그래 애비가 너희들 공부시킬
땐 편안히 누어서 학비를 댄 줄 아니?

경운   (가까이 오면서, 험악해진 분위기를 조정하려는 듯) 원 아버지
도…… 이번엔 경재하고 싸움이세요? 훗호…… 이러다간
또 화단을 짓밟으실테니 수채 싸움을 마저 끝내신 다음

에 하세요…… 호호……

최 노인   (손을 털고 일어서며) 듣기 싫다!

경운   아버지 제가 뒤처리는 할테니 어서 손을 씻으시고 진지
         잡수세요. (최 노인은 말없이 마루로 간다. 경운은 눈짓으로 경재
         를 꾸짖는다)

경재   (속삭이듯) 아버지 고집도 누나의 감언이설엔 맥을 못쓰군!

경운   아버지 신경을 건드리지 말라니까……

경재   언제는 건들어서 성이 났나? 아버지 신경질은 원래 자가
         발전인걸!

경운   (따라 웃으면서) 그럼 자가발전 못 하시게 기름을 넣지 말란
         말이야……

경재   (부로 과장된 동작으로) 예…… 예…… 그저 쩔쩔 빌겠습니다.

이 사이에 최 노인은 손을 씻고 마루에 걸터 앉는다. 어머니는 마음속에서
꿈틀거리는 우울증을 참기라도 하듯이 조용히 앉아있다.

어머니   경재야! 너도 손을 씻어야지

경재   예…… (하며 수돗가에 가서 손을 씻으며) 참 큰 누나가 합격 되
         었을까?

경운   (웃으면서) 십중팔구는 확실하다나?

경재   언제는 확실하지 않아서 미역국이었나?

경운   (툇마루에 앉아서 땀을 씻으며) 게다가 심사위원까지 약속을

했다니까 또 아니?

경재 　(수건에다 손을 씻으며) 그런 약속은 천 번이라도 할 수 있지. 도대체 여자가 영화를 해보겠다는 생각부터가 불순하거든!

경운 　예술가가 되겠다는 게 불순해?

경재 　예술? 흥! 영화가 예술이야? 틀렸어!

경운 　언니가 들었으면 5분간은 기절하겠다 얘!

경재 　오늘도 미도파 앞에서 로케하는 걸 봤는데 말이야!

어머니 　뭐? 로케라니!

경운 　홋호…… 영화를 만드는 데 길거리에서 사진 찍는 거 말이에요.

어머니 　오…… 난 또……

경재 　글쎄 백화점에서 나와 택시에 오르는 걸 수십 번 되풀이하잖아?

경운 　되풀이한다고 예술이 아닌가?

경재 　그 되풀이하는 태도가 틀려 먹었거든! 무슨 장난이라도 하는지 비실비실 웃으면서……

경운 　남자배우야?

경재 　여자지! 그것도 요즘 인기가 최고라는 스타가 글쎄 그걸 못하잖겠어? 그러니 한국 영화가 외국 영화를 따르겠어?

경운 　그렇게 말하는 게 무슨 영화 평론가 같구나! 홋호……

경재 　장차 일을 누가 알아? 내가 정말 평론가가 될지……

경운	그럼 누나는 여배우요 동생은 평론가니 가관이겠구나! 훗

	호…… (하며 부엌으로 들어간다)

경재	누가 아니래! 헛허……

어머니	그만 저만 지껄이고 밥이나 먹어라…… (경재는 마루에 올라

	아버지와 마주앉는다)

경운	(쟁반에 국그릇을 들고 나오며) 어머니도 올라가세요……

어머니	난 좀 있다가 먹겠다……

경재	어머닌 저게 틀렸다니까…… 식사란 가족이 함께 먹어야

	찬 없는 밥이라도 달게 먹을 수 있어요……

최 노인	넌 모르는 게 없어 탈이더라…… 사내자식이 무슨 주둥아

	리를 그렇게 놀리냐? 쯧쯧……

경재	(머리통소를 긁으며) 그래도 할 얘기는 해야죠……

네 사람이 상을 둘러앉아 밥을 먹기 시작한다. 그러나 어머니는 숟갈을 들
다 말고 우두커니 앉아 있다.

경운	(딱한 듯) 어머니……

최 노인	왜 또 이래? 응?

어머니	(중얼거리듯) 언제나 온 집안 식구가 한자리에 앉아서 밥먹

	는 날이 있을런지! (하며 숟갈을 놓고는 치마 자락으로 눈물을

	씻는다)

경재	이렇게 바쁜 세상에 어떻게 온 식구가 꼭 같은 자리에서

밥을 먹어요? 제각기 적당한 때에 먹는 거지! 어서 드세
요……
어머니　　하루 이틀도 아니고…… 이렇게 어디서 밥을 먹는지……
죽을 먹는지…… 세상에 복도 없는 자식이……

하며 흐느끼기 시작한다. 최 노인은 잠시 어머니를 노려보더니 숟갈을 놓
고는 돌아앉는다. 그리고 담배를 피운다.

경운　　(험악한 공기를 예감하며) 어머니…… 괜시리 눈물 바람이셔!
참!
경재　　형이 어디 가면 밥 굶을까 봐 그러세요? 염려 마세요!
어머니　　아침에 그렇게 뛰쳐 나갔으니 또 어디서 술만 처마시고
며칠이고 뒹굴테지…… 어유…… 하나님도 너무하셔…… 우
리 경수에게 복을 안 내리시면 누가 복을 받는다고…… 어
유…… (하며 운다)
경운　　어제 오늘 시작한 일이에요? 게다가 기다려 보라는 직장
도 몇 군데 있다니까 그러는 동안에 무슨 통지가 오겠죠.
경재　　(여전히 밥을 먹으며) 지성이면 감천이라는 말도 있잖아요?
어머니　　지성도 한도가 있지…… 벌써 몇 해 몇 달이냐? 이러다간
아주 폐인이 되든지 불한당이 될 거야……
경운　　어머닌 왜 그렇게 불행해지는 경우만 생각하세요?
경재　　쥐구멍에도 햇볕 드는 날이 있다잖아요?

　　　　　　　　　　　　

어머니   그렇지만 아무래도 마음이 안 놓인다…… 요즈막에 와서
         는 꿈자리가 사나운데다가…… 아침에 네 오빠가 나가던
         때 눈을 봤지? 게다가 방에서 가지고 나간 건 또 뭐였는
         지……

경재   (젓갈을 떨구며) 하얀 붕대로?

경운   경재야 넌 아니?

경재   (혼자 소리로) 그거야! 틀림없어……

어머니   그거라니?

경재   어머니! 누나! 왜 말리지 않았어요? 네?

경운   아니 그게 뭔데?

경재   권총일거에요!

어머니   뭣이?

최 노인   (안색이 굳어지며) 권총?

경재   형이 가지고 있는 걸 봤어요……

경운   그럼 왜 너는 여태 알리지 않았었니?

경재   형이…… 불쌍했어요! 아니 형이 권총을 가지고 싶은 심정
         엔 저도 공감이 갔으니까요!

최 노인   경재야! 자세히 얘기 좀 해라!

경재는 안절부절못하며 좀처럼 말을 하려고 하지 않는다.

경운   경재야, 언제 봤지? 그 권총……

경재	두 달 전인가 봐요…… 잠결에 바스락거리는 소리가 나기에 눈을 떠보니까 형이 일어나 앉아서 무얼 만지고 있지 않겠어요? 그래 뭘하고 있느냐고 물으니까 형은 몹시 당황하면서 무엇을 트렁크 속에 감추는 것 같았어요……

최 노인	그래 네가 봤었니?

경재	그날은 그대로 잠을 잤어요. 며칠 후 공부를 하다가 문득 그 트렁크가 눈에 띄더군요. 저는 남의 물건을 뒤지는 건 나쁜 일인 줄은 알면서도 열어 봤어요…… 그랬더니 트렁크 맨 밑바닥에 권총이 붕대에 감긴 채로 숨겨져 있었어요.

최 노인	뭣이?

어머니	(와들와들 떨며) 뭣 때문에 그런 걸 감추었을까? 응?

경운	탄환도?

경재	그건 못 봤어. 다만 손에 쥐어 보니까 묵직한 게 진짜 권총인 것만은 사실이야!

어머니	어유 저걸 어쩌나?

경재	그날 밤 형은 술에 취해 들어왔었어요. 저는 형에게 그런 걸 왜 가지고 있느냐고 캐물었죠. 형은 처음엔 화를 벌컥 내면서 저를 때리려고까지 하더니 나중엔 깔깔 대고 웃지 않겠어요?

최 노인	웃어!

경재	예…… 형 얘기로는 그 권총을 볼 때마다 살아나갈 힘이 생긴다는 거에요. 전쟁터에서 총을 겨눌 때는 적을 쏘아

죽이지 않으면 내가 죽고 만다는 그런 절박한 상태에서
불평도 불만도 없는 심경으로 돌아간다는 거에요.

경운　　그러니깐 그 권총을 가지고 있음으로써 반성하고 자신을
채찍질한다는 뜻이구나?

경재　　맞았어! 형은 하루에 몇 번이고 죽고 싶은 생각이 나지만
그 권총을 보면 악착같이 살고 싶은 용기가 난다고요……

최 노인은 길게 한숨을 내쉰다. 어머니는 아직도 떨며 울먹거리고 있다.

경재　　저는 그 이야기를 듣고 형과 같은 환경에 놓이면 누구나
다 그렇게 될 수 있다고 느껴졌지요. 형은 저더러 그 얘긴
비밀로 해달라기에……

경운　　그렇지만 왜 하필이면 그걸 가지고 나갔을까!

경재　　저도 그게 불안해요, (사이) 그걸 팔려고 가지고 나갔을지
도 모를 일이지만…… (깊은 생각에 잠기다가) 아니야 형은
그 총으로 자살을……

어머니　　뭣이?

최 노인　　망할 자식! 자살이라니……

경재　　그렇지 않고서야 뭐 때문에 가져갔겠어요?

경운　　아버지! 경재 말이 옳을지도 몰라요. 그걸 팔 생각이 있었
다면 진즉 돈과 바꾸었을게 아니에요?

어머니　　영감이 그 애에게 너무 하셨어요! 그렇게 심히 꾸지람 듣

기란 그 애로선 생전 처음 당한 일이었을텐데……

최 노인 아니 이제 와선 내 탓이야?

어머니 복덕방 이야기만 듣고서 지레짐작을 한 것은 경수 잘못
이기도 했지만 그 애는 그 애대로 부모에게 대해 미안해
서 하는 소리를 가지고……

경운 어머니! 어떻든 이러고 있을 게 아니라 오빠를 찾아봐야
겠어요……

최 노인 어떻게 찾는단 말이냐?

경재 형이 잘 가는 목노집에 들려보면 대강 눈치를 알 수 있죠!
제가 가 보겠어요! (경재가 뜰로 내려서자 경운이도 따라 일어
선다)

경운 그럼 나는 오빠 친구네 집을 몇 군데 돌아보겠어…… (하며
방으로 들어간다. 무대는 전보다 어두워졌고 배경으로 도시의 불
빛이 또릿하게 나타난다. 경재가 대문 가까이 갔을 때 대문 흔들리
는 소리가 난다)

경수 (긴장하며) 누구세요? 형님이요? (모두 긴장하여 보나 아무런
대답이 없다. 경재가 대문을 열어 내다본다. 그러나 밖의 사람은 들
어서지 않는다. 잠시 살피더니) 큰 누나 아니야? 왜 들어오지
않고 서 있어요? 어서 들어와요!

어머니 누구냐?

경재 큰 누나에요……

이때 비로소 경애가 서서히 들어선다. 아침에 나갈 때와는 달리 풀이 죽은 모습으로 땅만 내려다보면서 뒷마루에 가서 앉는다. 심상하지 않은 태도에 경재는 말없이 바라본다.

경운   (옷을 갈아입고 나오며) 언니 왔어요? (경애를 발견하자) 언니 어떻게 됐수?

경애는 허공을 뚫어지게 바라보더니 차츰 표정이 이지러지며 마침내 두 손으로 얼굴을 가리고 흑흑 느껴 울기 시작한다, 경운과 경재는 서로 얼굴을 쳐다만 보며 말을 걸기를 망설인다.

경운   (가까이 가서 어깨에 손을 얹으며) 언니…… 왜 이러세요?

경애   (히스테리컬하게) 제발 나 혼자 있게 내버려 두라니까! (뜻밖의 태도에 경운은 멍하니 서 있다)

경재   (돌아보며) 아니 웬 요란이야? 지금 집안에서 무슨 일이 있었는 줄이나 알고 그래요?

경애   너희들까지도 나를 놀리기냐? 왜들 나만 보고 서 있어?

어머니   경애야……

경애   (중얼거리듯) 도적놈들! 이 세상에 믿을 거라곤 없어! 모두가…… 협잡꾼들이야!

경재   (재빠르게 눈치를 채며) 흥! 이제사 알았어요?

경애   뭣이?

경재 　그러기에 훔치는 도둑보다 도둑맞는 사람을 탓하는 세상
　　　이죠! (경운에게) 그럼 나 먼저 다녀올게요. (하며 대문 밖으로
　　　뛰어나간다)

경운 　(동정의 눈초리로) 언니 그럼 역시 안 됐수?

경애 　떳떳이 시험이라도 보고 안 되었다면 덜 분하겠어…… 그
　　　런데……

경운 　(무슨 뜻인지 모르겠다는 듯) 예?

경애 　처음부터 이상스런 예감이 들긴 했었지만 그렇게 감쪽같
　　　이 속일 줄은…… 아…… (하며 다시 흐느낀다)

경운 　언니 자세히 좀 말해 봐요!

경애 　글쎄 그 영화사라는 게 가짜였구나……

경운 　예? 가짜라뇨?

경애 　신인 여배우를 모집한다고 광고만 하구 수속금만 몽땅
　　　긁어 먹구선 자취를 감추었으니 어떡하면 좋으니? 응?

경운 　그럼 심사위원은요?

경애 　그 녀석도 한통속이었어…… 30명이나 되는 사람이 그걸
　　　모르고 매일같이 문턱이 닳도록 따라다닌 결과가 이것뿐
　　　이라니 분하지 않아?

경운 　수속금이 얼마나 되는데요?

경애 　만 환이란다…….

어머니 　그러기에 내가 뭐라든…… 진즉 마음잡아 시집이라도 갔
　　　으면……

 　　　　　　　　　　　　　　　　　　　　희곡을 읽는 시간

경운		어머니도…… 일이 잘 되기를 바라고 하는 일이었지 누가 이렇게 될 줄 알았나요? 언니! 너무 걱정 말아요. 그까짓 돈 만 환 없어졌다고 어떨랴구요? 자 어서 방으로 들어가세요.

경애		(새삼 슬퍼지며) 누가 돈이 아깝다고 했니? 그까짓 돈이 문제가 아니라니까! (하며 허둥지둥 방으로 들어간다. 세 사람은 경애의 뒷모습을 바라보고만 있다. 잠시 후 방바닥에 쓰러지는 소리와 함께 울음소리가 터져 나온다. 경운은 긴 한숨을 뱉으며 서서히 대문 쪽으로 나간다)

최 노인		말세야…… 말세……

어머니		(영감의 말을 가로막으며) 그만 좀 덮어 두세요…… 그애 속인들 오죽하겠수? 원……

최 노인		세상이 아무리 변했다기로 하늘이 땅 되고 낮이 밤 되라는 법은 아닐텐데…… 자식을 믿는 부모가 등신이지! 이게 무슨 꼴이람! 어서 죽는게 상팔자지! 에잇…… (하며 자리에서 일어서 뜰로 내려 온다. 어머니는 시름없이 상을 들고 마루 구석에다 놓는다. 이때 대문 밖에 인기척이 나며 우체부가 들어선다)

우체부		이 댁에 최경수란 사람 있습니까?

최 노인		예…… 있긴 있는데…… 왜요?

우체부		속달우편입니다…… (하며 편지를 내민다)

최 노인		속달이요? (편지를 받아 눈 가까이 대보며) 이거 눈이 어두워서 보여야지…… 어디서 왔소?

우체부　(대문 밖으로 나가려다 돌아서며) 영등포에서 왔어요…… 안녕
히 계세요. (우체부가 대문 밖으로 나가자 최 노인은 편지를 들고
마루로 와 앉는다)

최 노인　영등포……

어머니　혹시 취직이 되었다는 소식 아닐가요?

최 노인　응?

어머니　아침에 경수 말이 영등포 어느 공장에서도 기다리라고 했
다던데……

최 노인　글쎄…… 내 안경이 어디 있던가……

이때 경재가 밖에서 돌아온다.

어머니　경재냐?

경재　목노집엔 안 들렸다는데……

어머니　애, 너 이 편지 좀 읽어 봐라……

경재　편지라뇨?

어머니　네 형 앞으로 온 편지라는데……

경재　그걸 왜 봐요? 남의 편지를 함부로 뜯는 게 아니에요……

최 노인　읽으라면 읽어봐! 저 녀석은 말끝마다 아는 척이지! (하며
편지를 내민다)

경재　(편지를 받아 뒷면을 보며) 광일제약주식회사? 영등포에 있
는 회사군요……

어머니	어서 읽어 봐라. (사이)

경재	(편지를 읽다 말고) 아버지 됐어요!

최 노인	뭐가?

경재	형님 취직 말이에요

어머니	정말이냐?

경재	(편지를 읽으며) 『귀하를 본사 업무과에서 채용하고자 하오니 오는 30일까지 출사하여 주시기 바라나이다……』 어때요?

최 노인	(얼굴에 빙긋이 미소가 떠오르며) 그럼 틀림없군!

어머니	제약회사라니, 약 만드는 회사지?

경재	예! 이젠 어머니 약은 염려 없겠네요? 핫하……

어머니	원 이렇게 고마울 때가 또 어디 있겠나…… 그러기에 무슨 일이건 꾹 참으면 되는 거래도……

최 노인	참아서 되었나? 제 운이 터져서 된게지……

어머니	정말 큰애 취직만 되어도 우리 집의 큰 고질은 나은 셈이죠. (기쁨을 억제하지 못하며) 소식을 들으면 얼마나 기뻐하겠수? 취직이 안 되어 밤낮 서리맞은 호박잎처럼 비실거리더니 이젠 살았어요……

최 노인	허지만 이렇게 일자리 구하기가 고되서야…… 쯧쯧…… 좌우간 우리도 어떻게 서둘러서 다시 가게를 열도록 해야겠어……

어머니	그럼 이 집은 어떻게 하시겠어요?

최 노인	어떻게 하다니?

어머니　전세를 내놓으시겠다면서요?

최 노인　그건 달리 생각해 봐야겠는걸……

어머니　달리 생각하다뇨?

최 노인　(뜰을 이리저리 거닐며) 당신 말대로 작은 집으로 갈아 잡아야 되겠소.

경재　예? 아버지! 그럼 후생 주택으로 들어가는 거죠? 네? (하며 최 노인의 허리를 잡아 흔들며 빙빙 돈다)

최 노인　이 녀석아 이 손을 놔!

경재　알고 보니 아버지도 봉건적이라기보다 민주적인데요?

최 노인　뭐라고?

경재　그렇게 자신의 주견을 고집하다가도 전체의 의사를 위해서는 양보하시는 아량이 있으시니 말이죠.

최 노인　또 연설이다! 헛허……

경재　핫하……

어머니　그럼 내일부터라도 집을 알아 놔야겠네요.

최 노인　그렇게 해요. 그리고 남은 돈으로는 구멍가게라도 차립시다.

경재　그리고 형님 양복이라도 한 벌 맞추어야죠.

어머니　네 말이 옳아, 의복이 날개라는 말도 있지 않아요, 아무리 속에 든 게 많아도 차림새가 헙수룩하면 얕잡아 보는 세상이니까……

경재　(행복감에 잠기며) 그러고 보니 세상은 살고 볼 일이에요.

이렇게 한 가지씩 일이 처리 되어가니 재미있잖아요?

최 노인 네 형이 취직했으니 이젠 다리 뻗고 자겠다.

어머니 이제 경애 시집보내고 경재 대학에 들어가면 바랄 게 뭐 있수? 경운이는 걱정 없으니……

경재 참 큰 누나는 어디 갔어요?

어머니 (방 쪽을 보며) 아무 소리 없는 게 벌써 자나부지.

최 노인 철없는 것! 집안에서 용이 나는지 불이 나는지도 모르고 잠만 자? 어서 깨워라! 경재야!

어머니 내버려두세요, 그 애 마음도 생각해 줘야죠. 그렇게 몸 닳아 다니다가 그런 꼴을 당했으니 오죽하겠어요. 울고불고 하느니 보다는 낫지! 내일부터는 개운한 얼굴로 일어나게 내버려 둬요! 그렇게 한번 경을 치고 나야 마음도 여물어 지는 법이니까요……

이때 대문 밖에서 웅성거리는 소리난다. 세 사람은 동시에 그쪽을 돌아본다.

어머니 또 무슨 일이 났나?

최 노인 경재야 나가 보아라……

경재 예…… (하며 대문 쪽으로 가려 할 때 다음 말소리가 들린다)

형사 (소리만) 빨리 들어가지 못해…… 아니 이 자식이…… 왜 안 들어가! 응? (하며 잠시 부비적거리는 소리가 나더니 대문이 열리며 경수가 들어선다. 그의 손엔 수갑이 채워졌다. 경수는 가족들

을 보자 재빠르게 얼굴을 돌리며 선다. 형사는 밖에서 몰려드는 사
람을 몰아낸다) 그만 돌아가지 못해, 왜 이렇게 졸졸 따라다
녀! 어서!

형사의 호령에 왁자지껄하며 사람들이 몰려가는 소리가 난다. 형사는 대문
을 닫고 돌아선다. 최 노인, 어머니, 경재는 감전된 사람처럼 형사와 경수를
바라보고 있다, 무거운 침묵이 흐른다.

형사   (형식적인 인사를 던지며) 영감님이 이 집의……
최 노인   (부로 태연하게) 예, 이 사람이 주인인데요…… 어디서 오셨
           는지……
형사   (신분증을 내보이며) 서 수사계에 있습니다. 잠깐 조사할 일
           이 있어서요…… (경수를 가리키며) 아드님이신가요?
최 노인   예…… 제 큰 애입니다…… 무슨 잘못이라도 저질렀나요?
형사   (그 말에는 대답도 안 하고) 방이 어딥니까? 좀 들어가 볼까요?
경재   (아랫방을 가리키며) 여기에요.
형사   응…… (들어가려다 말고 경수에게) 도망치면 재미없어! 알았
           지? (가족들에게) 가족에게도 책임이 있습니다! (하고는 방으
           로 들어간다)
어머니   (와들와들 떨면서) 경수야…… 이게 어떻게 된 일이냐? 응?……
           (경수는 돌처럼 서 있을 뿐이다)
최 노인   (경수 곁으로 다가서며) 누구하고 싸웠니? 응? 이게 무슨 창

피냐?

어머니   (경수에게로 바싹 붙으며) 속 시원히 말 좀 해라! 그렇지 않아
        도 경재와 경운이가 너를 찾아다녔는데…… 어디서 무엇
        을 했기에 이런…… (하며 수갑을 내려다본다. 그러나 경수는 여
        전히 말이 없다)

경재   형님 권총은 뭐하러 가지고 나갔어요?

권총 말이 나오자 경수의 얼굴에 한 줄기 긴장이 스쳐간다.

경재   죽는다고 만사가 해결되나요? 바보같이 죽기는 왜 죽어
        요? 자살 미수라고 신문에 나면 무슨 창피에요?

최 노인   (그 이상 참을 수 없다는 듯이 노기를 폭발시키며) 왜 말 못 해? 아
        가리는 언제 쓰라는 아가리야! 이 천하에 못돼먹은 자식!

하며 경수의 뺨을 친다. 그래도 경수는 입술을 깨물 뿐 반응이 없다.

어머니   여보! 때리기는 왜 때려요! (애걸하듯) 경수야! 제발 말 좀
        해라. 이 에미 가슴이 터지고 말겠다! 응? 무슨 잘못을 저
        질렀기에 이 꼴로 끌려 다니냐? 응? 경수야!

이때 형사가 방에서 나온다.

최 노인   (형사에게 다가서며) 저…… 선생님 저 녀석이 무슨 죄를 지
          었나요?

형사   아직 모르시군요? 글쎄 어쩌자고 아들을 그런 못된 짓을
          하게 내버려 둔단 말이오?

최 노인   무슨 짓을……

형사   그보다 아들이 권총을 숨겨 두었다는 것을 몰랐던가요?

최 노인   (경재를 바라보더니) 권총이라니? 전혀 모, 모르는 일입니
          다……

형사   몰랐어? 집안에서 그렇게 감독이 불충분하니까 밖에서
          무슨 짓을 하는지도 모르지…… 영감님 아들은 (잠시 사이
          를 두고 식구들을 훑어 보더니) 백주에 강도질을 했어요!

최 노인   예?

어머니   가 강도요?

경재   형님!

경수는 두어 발 비틀거리더니 벽에 얼굴을 기대며 돌아선다.

형사   종로에 있는 귀금속상에 들어가서 권총으로 협박 끝에
          시가 3백만 환에 해당되는 귀금속을 절취하여 도망쳤어!

어머니   경수야! (하며 마루 끝에 쓰러진다) 이게 무슨 소리냐! 응?

형사   그러나 범행 40분 후에 붙잡혔지요. 그러니까 강도 미수
          범이지요!

경수	강도가 아닙니다. 두 달만 빌리자고 했어요!

형사	듣기 싫어! 그걸 말이라고 해?

경수	정말입니다! 난 돈이 필요했기에……

형사	돈을 빌리려면 좋게 빌릴 것이지 무기로 위협하면서 빌려?

경수	정말 훔칠 의사는 없었어요. 순간적으로……

형사	좌우간 서로 가서 다시 취조를 받아! 자 가자!

어머니	(길을 막아서며) 잠깐만…… 잠깐만 얘기를 하게 해주시우!

최 노인	(덥석 주저앉으며) 얘기는 무슨 얘기야! 도둑놈하고 얘기를 해? 나가라…… 썩 나가지 못해!

경수	아버지! 마지막으로 말씀 올릴 게 있어요, 제가 아버님 어머님에게 곱게 보이려다가 그만 이 꼴이 되었군요. 저 때문에 이 집을 팔 수도 없지만 그렇게 되는 걸 우두커니 방관할 수도 없는 저였어요. 저는 오늘 아침에 집을 나갈 때는 깊은 산속으로 들어가서 아무도 모르게 죽을 작정이었어요……

경재	형님은 천치 바보야! 비겁해!

경수	네 말로 나는 철저하게 비겁했었지! 그러나 나 하나 때문에 집안이 헝클어지고 그늘질 것을 모르는 척 할 순 없었단다…… 나만 없어지면 그것으로 끝나는 일이었으니까…… (사이) 그러나 번화한 거리에 나섰을 땐 내 마음은 차츰 변해졌어! 그러다가 보석상 앞을 지나치려던 순간의 나는 벌써 엉뚱한 짓을 공상했었다. 경재야! 이건 정말 어처구니없는 일이지만 그 순간만은 매력 있는 일이었다. '이왕 죽을 바엔……' 이런 생각이 나를 마구 몰아댔다……

최 노인 내가…… 내가 미쳤지, 저런 놈을 자식이라고 믿고 기다리던 내가…… (하며 소리 죽여 운다)

경수 어머니…… 정말 어머니는 불쌍해요. 나는 어머니 때문에 진즉 죽고 싶어도 못 죽었었지만 오늘 죽으려고 한 것도 실은 어머니 때문이었어요…… 어머니……

어머니 경수야! (하며 경수의 가슴팍을 파헤치듯 몸부림친다)

경수 어머니 우시지 마세요, 저는 이미 눈물도 말라 버렸어요. 제가 없더라도 경재가 제 몫까지 효성을 바칠 거에요……

어머니 아…… 하나님도 변덕스럽지! 하루만 앞서 소식을 주셨어도 아들 하나 살릴텐데…… 죽은 다음에 의사를 보내면 무슨 소용이람! 아이구……

경수 무슨 얘기에요?

경재 (마루 끝에 놓인 편지를 보이며) 취직 통지서가 왔었어요…… 영등포에서……

경수 (고랑이 체인 손으로 편지를 받아보며) 고마운 친구야…… 그래도 그 친구만은 신의를 지켜 주었군…… (발작적으로 웃으며), 나에게 주는 송별 꽃다발치고는 최고군! 핫하……

하며 대문 쪽으로 걸어간다. 땅에 떨어진 편지를 경재가 줍는다. 이때 대문이 열리며 경운이가 마치 유령처럼 들어온다. 뺨에는 눈물 자욱이 남았다.

　　　　　　　　　　

경운과 마주친 경수는 화석처럼 서서 경운을 응시한다.

경수   (속삭이듯 그러나 떨리는 목소리로) 경운아! 용서해라……

경운   왜 남의 이름을 불러요? 나는 아무 관계 없는 사람이에

        요! (하며 외면을 한다)

경수   (입가에 심한 경련을 일으키며) 알겠다…… 그렇지! 관계가 있

        을 리가 없지…… (뒤를 돌아보며) 어머니…… 경재야…… 아

        버님을…… (하며 휙 돌아서서 나간다. 형사가 대문 밖으로 나가자

        밖이 어수선해지면서 군중들의 웅성거리는 소리가 난다)

형사   (소리만) 비켜! 저리 가라니까! 뭘 보겠다는 거야! 저리가!

        (이 말과 함께 군중들의 웅성대는 소리도 멀어지며 골목 안은 전처

        럼 조용해진다. 차도에서 들리는 기적 소리와 이웃 다방에서 울려

        오는 애상적인 경음악의 불조화음이 유난히도 자극적이다)

어머니   (대문을 쓸어안을 듯이) 경수야! 경수야!

경운은 말없이 마루로 올라 방으로 들어간다. 최 노인은 마루 끝에 앉아 있
고 경재는 땅만 내려다보고 있다. 침묵이 흐른다. 경운의 방에 불이 켜지며
발이 걸린 미닫이문 너머로 경운의 모습이 아련히 보인다.

경운   (무엇을 발견했는지 놀라 비명을 지르며) 앗!…… 경재야! 경재

        야!

경재   누나! 왜 그래?

경운   언니가…… (누워있는 경애를 흔들며) 언니! 언니! 정신차려!

최 노인   무슨 일이냐? (경재는 급히 방으로 뛰어간다. 그러나 경운의 통
          곡 소리가 터지자 어머니가 불길한 예감에 사로잡히며 방 가까이
          온다. 경재가 한 장의 종이를 들고 나온다)

경재   큰 누나가 자살을 했어요……

최 노인   경애가?

어머니   아니 자살을 하다니……

경운   죽긴 왜 죽어! 못난이! (하며 방에서 뛰쳐 나온다. 그의 손에는
          빈 약갑이 들렸다) 수면제를 먹었어요……

어머니   뭐라고?

최 노인은 유서를 읽고 있다. 그의 손은 가늘게 떨린다.

〈경애의 목소리〉

『아버님! 그리고 어머니…… 저는 속았어요. 마음도 몸도 남에게 속았으니
이상 살 수 없어요…… 나일론 면사포를 사드리겠다는 것도 허사가 되었어
요……』

최 노인   (유서를 읽다말고) 아니 이게 무슨 꼴이람! 이렇게 한꺼번에
          집안이…… 아니 이게……

최 노인은 벌떡 일어서며 안절부절못한다. 어느새 어머니는 방에 들어가서
경애의 시체를 안고 운다.

경운   아버지 진정하세요…… 네……

최 노인   이런 팔짜도 있담! 허…… 풀포기만 시들게 하는 줄 알았
         더니 사람까지…… 아니 이게 정말이야? 경애야! (하며 발광
         하는 사람처럼 방으로 뛰어들려고 하자 경운이와 경재가 아버지를
         안아 말린다)

경재   아버지 들어가지 마세요!

최 노인   놔라! 이놈들아! 놔! 그년의 죽어 넘어진 꼴을 봐야겠다!

경운   아버지! 이러시지 마세요. 언니의 마지막 길을 조용히 떠
         나게 해주세요……

최 노인   사람 목숨이 그렇게 값없는 것인 줄 알았더냐? 너희들 사
         남매를 길러낼 때 나는 죽음이란 생각조차 못 했는데 너
         희 놈들은…… 아…… 이게 내가 얻은 전부야? (마룻바닥에
         주저앉으며) 경수야! 경수야!

하며 비로소 방성통곡한다.

경재와 경운은 멍하니 허공을 쳐다보고 있고 방 안의 어머니는 더 슬피 운다.

—막

성난 기계

차범석,

1959년 발표

나오는 사람들

양회기(35세),
xx종합 병원 폐외과 과장
김인욱(30세), 연초 공장 포장공
최상현(39세), 인옥의 남편
정금숙(28세), 간호원

때

현대. 늦가을

곳

폐외과 과장실

<성난 기계>는 산업화와 물질 문명 속에서 소외된 인간의 모습을 표현한 사실주의 작품이다. 현대 사회의 냉정한 이성과 실리주의가 인간의 감정과 도덕을 어떻게 무너뜨리는지를 비판적으로 보여 주며, 차가운 이성 중심의 세계 속에서도 인간다움과 연민이 회복될 수 있다는 희망을 제시하고 있다.

무대

xx종합 병원 폐외과 과장실. 정면 벽 한쪽에 밖으로 통하는 도어가 있다. 도어의 5분의 1은 두꺼운 반투명 유리가 끼어 있고 검은 페인트로 '과장실'이라는 세 글자가 씌어 있다. 좌반부엔 진찰용 베드와 흰 광목으로 된 칸막이 커튼. 좌편 벽엔 두 개의 유리창이 남쪽으로 향하여 있어, 하마터면 음침하게 될 뻔한 이 방에 흔한 햇볕을 빨아들이고 있다. 그 옆쪽으로 큼직한 책상과 회전의자와 환자용 의자. 벽 구석에 책장과 캐비닛, 우편 벽에 진찰실과 수술실로 통하는 육중한 도어. 이 도어와 정면 도어 중간에 전임 간호원의 사무용 책상과 의자. 그 앞에 응접세트. 출입문 한구석에 흰 타일로 된 세면대와 옷걸이가 붙어 있다. 따라서 이 방은 가벼운 진찰과 외래객의 응접과 연구를 겸한 과장의 사실(私室)이다.

방 전체는 청결하다는 장점을 제하면 단조하고 냉랭하여 일말의 음산한 공기가 떠돌고 있다.

막이 오르면 양회기가 흰 가운의 소매를 걷어붙이며 우편 도어를 열고 등장. 그 뒤에 간호원 정금숙과 환자 김인옥이 따라 나온다. 양회기의 흰 피부

와 후릿한 키는 흔한 외국 신사에게서 받는 세련됨과 과학자가 지니는 냉담성을 동시에 발산하고 있다. 인옥의 헝클어진 옷맵시와 핏기 없는 안색은 첫눈에도 그녀가 중환자임을 짐작할 수 있게 한다. 양회기가 세면대로 가서 손을 씻는 동안 금숙은 수건을 펴 든 채로 우편에 서 있고, 인옥은 힘없이 무대 중앙에 있는 의자에 앉는다. 그녀의 표정은 비애보다는 차라리 어떤 신앙적인 절실한 욕망이 감돌고 있다.

회기는 금숙이 내미는 수건으로 손을 씻으며 좌편 책상 쪽으로 간다.

회기   미스 정!

금숙   예?

회기   차트는 어디 있지?

금숙   진찰실 책상 위에 두고 왔는데…… 가져올까요?

회기   응……

금숙은 회기가 던지는 수건을 제자리에 걸고 옆방으로 퇴장. 회기는 담배를 피워 문다.

인옥   (조심성 있게) 저…… 선생님…… 그렇게 좀 해 주세요……

회기   (냉담하게) 내가 할 수 있는 대답은 매한가지라니까요!

인옥   그렇지만……

회기   (사라져 가는 담배 연기를 바라보며 사무적으로) 수술은 장난이
         아닙니다. 하물며 살인을 할 수는 없지요.

인옥   살인이라니요?

회기   댁에서는 수술만 하면 만사가 곧 해결될 줄로 믿고 계시
        는 모양인데, 수술도 경우에 따라서 하는 법이지, 어디 그
        렇게……

인옥   제 병이 중하다는 건 누구보다도 제가 더 잘 알고 있어
        요…… 허지만……

회기   그렇다면 내 얘기대로 요양이나 하세요……

인옥   선생님! 그러시지 마시고 수술을 해 주세요. 제 병이 아무
        리 무겁대도 선생님께서는 고칠 수 있어요.

회기   (쓴 웃음을 뱉으며) 아니 이건 의사보다 환자가 더 잘 아시
        는군요.

인옥   지금까지 의사란 의사는 다 찾아다녔지만 서울 안에서
        제 병을 고칠 수 있는 분은 선생님뿐이래요!

회기   누가 그래요?

인옥   폐를 수술할 수 있는 의사 선생님은 우리나라에서도……

회기   (불쾌한 눈초리로) 아니 이건 억지를 쓰시렵니까? 난 댁의
        병에 대해서는 자신이 없다고 말했잖소. (외면을 하며) 난
        녹음기가 아니니까 이상 더 꼭 같은 말을 되풀이하지 않
        도록 해 주시오.

이때 금숙이가 차트를 들고 와서 회기의 책상 위에 놓고는 제자리에 가 앉
는다.

인옥   그렇지만 죽은 사람 소원도 풀어 준다는데 산 사람의……
      선생님! 전 살고 싶어요!

회기   그러니까 수술은 안 하는 게 좋단 말이에요. 그리고 나는
      이 수술만은 자신이 없어요.

인옥   미국에서 연구하신 선생님 같은 분이 자신 없으시다면
      이 세상에서 누가……

회기   (딱하다는 듯) 참 댁의 고집도 어지간하시군요. 그럼 다시
      한번 말할 테니 들어 보시겠소, 응? (하며 차트를 들어 보이
      며) 댁의 폐는 지금 한 편만 남고 왼편은 완전히 썩었어요.
      게다가 마치 조개껍데기처럼 흉막에 늘어 붙었단 말이오,
      (사이) 미스 정!

금숙   (얼굴을 들며) 예?

회기   이 환자의 X레이 사진은 어디다 두었지?

금숙   저 방에 있어요!

회기   (귀찮다는 듯이) 가져와! 설명이 더 필요한 모양이야……

금숙   예…… (하며 우편 방으로 퇴장)

회기   (인옥에게) 아시겠어요? 그걸 의학에서는 전면유착이라고
      하는데…… 그러니까 우선 이 썩은 껍데기를 떼어 내야 된
      단 말이에요, 그런데 이 수술만도 두 시간은 걸려요, 뿐만
      아니라 바른쪽의 폐의 호흡량이 겨우 팔백 체체니까……
      (자신의 말이 상대방에게 대해선 너무 어려울 거라고 생각이 들자)
      아무튼 그 폐 수술까지 가기 전에 피를 많이 흘려 버리면

그만이라니까요? 그러니 그 결과가 뻔히 내다보이는데, 어떻게 수술을 할 수 있단 말이오?

인옥   (울먹거리며) 그러니까 선생님께 이렇게 몇 번씩이나 부탁 올리는 게 아니에요. 지금까지 아무리 중한 환자일지라도 선생님의 수술을 받고는 다 살아났다는데, 어째서…… 어째서 저만은 수술을 못하시겠다는 거예요, 네?

회기   (성을 내며) 수술을 하고 못하고는 의사가 판단하는 거요!
(하며 책상 모서리를 신경질적으로 친다)

이때 X레이 사진을 가지고 들어오던 금숙이 멈칫 서더니 인옥에게로 간다.

금숙   (타이르듯) 여보세요, 선생님 지시를 따르셔야지 이러시면 안 돼요.

회기   (명령조로) 그 사진을 보여 드려!

금숙이가 사진을 들어 보이며 뭐라고 설명한다. 인옥은 서서히 고개를 든다.

회기   (제자리에서) 수술이란 것도 그 결과가 좋아질 가능성이 있을 때 하는 법이지 무턱대고 하라는 법은 없습니다. 말하자면 의사도 한 사람의 인간인 이상 자기가 하는 일에 대해서 책임을 져야 하니까요. 해서 해되는 일은 할 수 없어요……

인옥   해되는 일이라뇨?

회기   환자란 으레 수술을 부탁할 때는 의사를 신주 모시듯 하
        지만, 그 결과가 여의치 못하면 마치 원수 대하듯 변하거
        든요. 잘되면 자기 탓 못 되면 조상 탓이지!

인옥   (울먹거리며) 그럼 저더러 어떡하란 말이에요?

회기   (냉담하게) 그대로 약이나 쓰시고 요양원에 드시는 게 좋
        을 거요.

인옥   그렇지만 그것만으로 살아날 수는 없잖아요?

회기   수술을 하게 되면 그것마저도 살아 있을 수는 없죠!

인옥은 한꺼번에 전신의 맥이 풀린 듯 넋 나간 사람처럼 허공을 바라본다.

인옥   (혼잣소리로) 그럼 결국 나더러 어서 죽으라는 거군요……

회기   아니죠. 살 수 있을 때까진 살아 나가시라는 거죠.

인옥   (허탈한 시선을 회기에게 돌리며) 선생님! 전 이대로 사는 건
        죽는 거나 다름없어요. 이런 몸으론 더 공장엘 나갈 수도
        없고…… 공장에서도 저의 폐가 썩어 가고 있다는 것을 눈
        치 챈 뒤부터는 말도 잘 안 걸어 줘요……

회기   (화제를 돌리려고 일부러 명랑하게) 참, 연초 공장에 계신다죠?

인옥   예…… (하며 눈물을 씻는다)

회기   무슨 작업을 하시죠?

인옥   포장일을 해요.

회기   (감탄하듯) 담배 개비를 갑에 담는 일이죠? 중학교 시절에 전매국 연초 공장을 견학한 적이 있었지. 그때 그 여직공들의 민첩하고 정확한 솜씨엔 정말 놀랐죠! 그건 사람의 손이 아니라 하나의 기계라는 편이……

인옥   선생님의 폐 수술하시는 솜씨보다는 못할 거예요.

회기   (화제가 의외의 방향으로 빗나감을 깨닫자) 천만에! 수술이래야 나는 일주일에 한 번이나 두 번 하지만 그 직공들은 일 년 열두 달을 매일같이 계속 근무니, 얼마나 고달프겠습니까?

인옥   그것도 처음 당할 때 일이지, 나처럼 오 년 동안 꼭 같은 일만 하고 있으면 고달픈지도 몰라요.

회기   참, 가족이 많으신가요?

인옥   남편과 삼 남매의 다섯 식구예요

회기   (타이르듯) 그럼 벌이는 주인께 맡기시고 공장을 그만두셔야지 그런 몸으로 어떻게……

인옥   제가 공장을 그만두면 당장에 굶어야 되는걸요.

회기   아니, 주인이 계시다면서……

인옥   (일종의 경멸과 체념에 찬 어조로) 제가 일자리를 그만두면 우리 주인도 그만둬야 할 형편인데요, 뭘.

회기   그건 또 왜?

인옥   (내던져 버리는 태도로) 샘이 솟아야 물을 길잖겠어요?

회기   예?

인옥   우리 주인은 담배 장수예요……

회기　　　아, 그러세요……

인옥　　　학교며 회사를 찾아다니면서 외상을 깔아 놓고는 월급날
　　　　　에 수금을 하는 거예요.

회기　　　(탄복한 듯) 옳지! 물건은 댁이 공장에서 사다가 주인에게
　　　　　넘기면 주인이…… 이런 식의 일이시군.

인옥　　　(혼잣소리처럼) 지지리도 못났지!

회기　　　예? 누가요?

인옥　　　(딴전을 부리며) 돈만 주고 물건을 살 수 있다면 누가 고생
　　　　　이겠어요? (하며 길게 한숨을 쉰다)

회기　　　그렇지만 종업원에겐 다소 편리를 봐주겠죠?

인옥　　　편리요? (저주에 찬 표정으로) 속 아는 사람이 더 못 살게 덤
　　　　　비는 세상인걸요…… 흥! (차츰 독기를 뿜으며) 편리를 봐주
　　　　　면 자기네 편리를 위해서지 내 편리를 봐주겠어요. (광적
　　　　　으로 외치며) 도적놈들! 산 이리 떼들이야! (하고 다시 운다)

회기　　　아니, 왜 이러시오, 응?

금숙　　　(불안한 표정으로 가까이 오며) 여보세요! 진정하세요! 여긴
　　　　　병원입니다!

인옥　　　병원이요? 환자를 내쫓는 병원도 있나요? 흥! 알았어요!
　　　　　당신네들은 내가 연초 공장 직공이나 지내는 거렁뱅이니
　　　　　까 치료비를 안 낼까 봐서 미리 겁을 내는 거죠?

금숙　　　말을 삼가세요! 이 이가……

인옥　　　아니면 왜 수술을 안 해 주겠다는 거요? 네? (회기에게 덤비

　　　　　　　　　　　　　　　　　　　　희곡을 읽는 시간

며) 선생님! 그렇잖아요?

회기   (말없이 시선을 피한다)

인옥   (넋두리를 하듯) 나는 외상이라곤 몰라요! 내 물건은 남에게
        외상으로 주지만 나는 언제나 현금으로…… 아니 돈뿐이
        아니라 이 몸까지도 주고 물건을 사는 사람이에요! 그런
        데……

회기   (채 알아듣지 못하며) 뭐라구요?

인옥   흥! 염려마세요. 이래봬도 수술비로 십만 환쯤은 모아 뒀
        으니까요!

회기   (성을 내며) 돈 문제가 아니라니까.

인옥   (태연하나 반항적으로) 의사들은 대개 그렇게 말하죠. 하지
        만 내가 만난 의사는 모두가 치료비는 어떻게 하겠느냐
        는 것부터 물었어요!

회기   이건 나를 모욕하는 거요?

인옥   선생님……

회기   (조소하는 태도로) 나는 환자의 생명을 구해 줌으로써 기쁘
        게 해주겠다거나 사회를 위해서 선심을 쓰겠다는 생각은
        없소. 나도 이 병원에서 월급을 받고 일하는 고용인이니
        까. 댁과 마찬가지로……

인옥   (다시 애원하며) 그러니 수술을 해 주시면 되잖아요?

회기   (냉정하게) 원래 나는 자신 없는 일엔 손을 안 대는 성질이오.

인옥   환자가 죽어가도 말씀이세요?

회기   그렇다고 내가 죽일 수는 없소. 나는 나를 위해서 사는 거

         지 그 누구를 위해서 사는 사람은 아니니까.

인옥   (안타깝게) 선생님……

회기   댁이 공장에서 담배를 사서 피울 사람을 생각하지 않는

         것과 마찬가지 이치지요. 그렇잖아요?

인옥   (원망스럽게 쳐다보며) 선생님은 냉정하시군요…… 기계처

         럼……

이때 금숙의 표정이 크게 동요된다.

회기   (창밖으로 시선을 돌리며) 직업이란 사람을 기계로 만들게

         마련이죠. 댁의 손처럼……

인옥   그리고 내 손처럼…… (이제는 눈물도 말라 버린 표정으로) 그

         렇다고 마음까지 기계가 될 수는 없잖아요…… (서서히 일

         어서며) 어두운 공장에서 담배 개비를 스무 개씩 집어넣

         는 것은 내 손이지만. 제 마음은 언제나 어린것들을 생각

         하고 나를 생각했어요…… 어떻게 하면 살 수 있을까 하

         고……

회기   (약간 감동되며) 내 얘기가 좀 지나쳤는지 모르지만 나는 결

         코 댁이 죽어도 좋다는 것은 아닙니다. 그 대신 좋은 약을

         소개해 드릴 테니 써 보세요.

인옥   (혼잣소리처럼) 알맹이는 어찌 되었든 포장만 그럴싸하게

꾸미라는 말이군요…… 늘 듣던 얘기지.

회기   (약간 난처해하며) 그런 뜻이 아니라……

인옥   괜찮아요…… 수술을 못 맡아 주시겠다는데 억지로 맡길
        수는 없으니까…… (힘없이 도어 쪽으로 걸어 나가며) 살아 보
        겠다는 내가 잘못인 게죠. 남들은 다 사는데 나만 죽어야
        할 까닭은 없을 것 같아서 한번 여쭤 본 거예요. 하지만
        선생님이 정 그렇게 말씀하시는데 별 수 있어요? (그 누구
        를 저주하는 듯) 내 살을 뜯어 먹든 갉아먹든 마음대로 하라
        지! 흥!

회기   (측은해지며) 가시렵니까?

인옥   너무 괴롭혀서 죄송합니다. 선생님 말씀대로 사는 날까지
        살겠어요. (하고 금숙에게도 목례를 던지며 초연히 밖으로 나간
        다. 회기는 걷잡을 수 없는 허무감과 자책심에 사로잡혀 인옥이 사
        라진 쪽을 멍하니 바라보다 말고 돌아서 제자리에 주저앉는다. 그
        리고 담배를 갈아 피운다. 매우 난처한 표정인 금숙은 책상 위의 서
        류를 뒤적이면서 시선은 회기에 쏟고 있다)

회기   (무심코 담배를 든 손을 내려다보며 혼잣소리로) 내 손이 기계라
        고? 음……

금숙   (채 알아듣지 못한 듯) 예?

회기   (제정신으로 돌아가며) 참, 미스 정은 나더러 기계라고 하던
        말……

금숙   (과장된 표현으로) 정말 그 환자는 보통이 아니던데요! 그

말을 들었을 때 난 깜짝 놀랐어요.

회기   왜?

금숙   (자기만이 알고 있는 비밀이라는 듯이 웃으며) 저…… 선생님……

흠흐……

회기   응? 뭐야?

금숙   선생님 별명이 뭣인지 아세요?

회기   아니, 내게도 별명이 있나?

금숙   그럼요!

회기   그래 뭔데?

금숙   머리는 사람이고 손은 기계인 이십세기 스핑크스!

회기   이십세기 스핑크스!

금숙   옛날 스핑크스는 머리는 사람이고 몸은 짐승이었잖아요?

회기   (쓴웃음을 뱉으며) 스핑크스라……

금숙   그러니 아까 그 환자가 하는 말은 선생님의 별명을 알고

나 있는 눈치 아니에요?

회기   내가 스핑크스처럼 괴상하게 생겼나?

금숙   원, 선생님두…… 스핑크스의 장점만을 들어서 지은 이름

인 걸요…… (하며 매혹적인 미소를 던진다)

회기   미스 정은 직업을 잘못 택했어……

금숙   왜요?

회기   그 재치와 애교와 그리고……

금숙   훗후…… 선생님은 미국에 다녀오시더니 여자를 다루는

데도 명의가 되셨어요……

회기   (농조로) 다행이군 그래……

금숙   정말이에요.

회기   오늘 저녁은 불가불 내가 사야겠는걸! 핫하……

금숙   (잠시 생각에 잠기며) 선생님은 참 이상해요.

회기   뭐가?

금숙   아까 그 환자에게 대해서 너무 냉담하신 것 같았어요…… 가엾잖아요?

회기   가엾은 건 나 자신일지도 모르지……

금숙   하지만 지금까지 어느 환자에게도 수술을 거절해 보신 일도 없었거니와 실수도 없었잖아요…… 그런데 왜 그렇게 완고하게 거절하셨어요?

회기   (어둡고 침울한 표정으로 변하며) 내가 냉정했을까?

금숙   그 환자는 선생님을 원망하고 있을 거예요……

회기   (깊은 생각에 잠기며) 세상은 참 묘한 거야…… 사람들은 '의는 인술'이니 뭐니 하여 의사를 무슨 절대적 존재처럼 신성시하지만, 나 자신은 조금치도 그런 실감이 안 나거든…… 여자건, 남자건, 미인이건, 늙은이건 닥치는 대로 배를 가르고 갈비뼈를 떼어 내어 썩은 폐 조각을 잘라내는 하나의 노동을 하고 있는 데 불과하니 말야……

금숙   그렇게 해서 귀중한 생명을 건져 내지 않아요?

회기   그러나 나는 지금까지 그와 같은 목적을 의식하면서 수술을 한 적은 없었어! 5년 전에 미국에 건너가서 폐외과를 전공할 때도, 지금까지 우리나라에서는 못 해 본 수술을 해 본다는 호기심과 이걸 배워 가지고 가면 내 존재가 뚜렷해진다는 공명심은 있었지만, 인간을 구하느니 하는 도의심 따위는 느껴 보지도 못했거든! (하며 담배 연기를 푹푹 뱉는다)

금숙 (약간 당황하며) 전 자세한 얘기 모르겠지만 아무튼 선생님의 그 메스처럼 날카로운 두뇌와 손을 무한히 존경해요! 그리고……

회기 그리고?

금숙 선생님이 그 나이가 되시도록 결혼을 안 하시는 이유도 의학에 전 생애를 바치겠다는 의욕에서이시라고.

회기 (갑자기 웃음을 터뜨리며) 미스 정은 정말 지레 짐작도 잘하는군! 그야말로 오버센스야!

금숙 (무안해지며) 예?

회기 결혼과 의학과 무슨 상관 있어. 내가 서른다섯이 되도록 독신으로 지낸다는 것은 내 취미지. 누구에게 생색을 내기 위해서가 아니야!

금숙 그렇지만 선생님과 같이 모든 조건이 구비된 분이 어째서……

회기 (단호하게 단정을 내리듯) 마음이 쏠리지 않는 일은 도대체가 하기 싫단 말이지. 누가 뭐라 하건 나는 내 생각대로 사는 거니까!

금숙   그렇지만 외롭지 않으세요?

회기   결혼한다고 외로움이 해소되나?

금숙   (수줍음을 감추며) 독신보다는 덜 외롭겠죠……

회기   (멀거니 금숙을 쳐다보며) 그럼, 미스 정은 왜 결혼을 안 하지?

금숙   (당황하며) 예? 저야…… 뭐……

회기   스물여덟이면 더 급하지 않아 어때?

금숙   (동요되는 마음을 저지하려고 무척 애쓰며) 그건…… 제게도 생각이 있어서요……

회기   생각?

금숙   (나지막하나 또렷하게) 저는 이런 생활이 결혼보다는 행복할 것 같아서요……

회기   벌레 먹은 살덩이와 썩은 피와 약 냄새가 행복의 조건이란 말야?

금숙   그리고 매일같이 선생님 곁에서 많은 것을 배울 수도 있으니까…… (그녀의 눈은 어떤 열과 윤기에 젖어 이상스럽게 빛난다)

회기   (일부러 농조로) 그럼 이제 배울 것 다 배웠으면 그만두겠군 그래? 헛허……

금숙   (갑자기 소녀처럼) 선생님이 그만두라고 하신다면 언제든지…… (사이) 선생님이 미국에 계시던 동안 저는 선생님이 돌아오시면 그만두려니 했어요.

회기   그건 또 왜?

금숙   (무슨 말을 하려다 말고) 모르겠어요! (하며 일어서서 옆방으로

          급히 가려 한다)

회기   (냉철하게) 미스 정!

금숙은 말없이 제자리에 선다.

회기   이리로 와요. 할 얘기가 있어…… 어서……

금숙은 고개를 숙인 체 회기 곁으로 간다. 그녀는 마치 소녀처럼 소리를 죽

여 울고 있다.

회기   (잠시 망설이다가) 미스 정은 좀 더 자기 본위로 살아가도록

          해. 내게 대해서 고맙게 대해 주는 건 나도 기쁘지만 그건

          도리어 내게는 짐이야. 나는 좀 더 홀가분하게 살고 싶어

          서 그래.

금숙   (서서히 고개를 들며) 선생님은…… 너무도 냉정하세요……

          환자건 아니건 여자에겐…… (하며 흐느껴 운다) 정말 기계

          같이 차고 억세고 빈틈이 없으세요!

회기   그렇다고 또 난들 어떻게 할 도리가 없어!

금숙   (원망의 시선으로) 선생님!

이때 정면 도어 쪽에 노크 소리가 난다.

회기   (밖을 향해) 예, 들어오세요…… (울고 있는 금숙에게) 눈물을
         씻어.

금숙   (눈물을 씻으면 제자리로 간다)

이 때 상현이 조심스럽게 들어온다. 손가방을 들었다. 차림새로 봐선 회사
원 같기도 하다.

상현   (금숙에게) 의사 선생님 안 계십니까?

회기   누구시죠?

상현   (비로소 회기를 발견하며) 아! 의사 선생님이십니까?…… (하며
         비굴하리만큼 정중히 인사를 한다)

회기   (일어서서 무대 중앙으로 나오며) 왜 오셨죠?

상현   예…… 저…… 실은 어려운 청이 있어서요. 예……

회기   아무튼 앉으시지……

상현   예…… (두 사람 의자에 앉는다)

회기   (호주머니에서 꺼낸 담뱃갑을 들여다보고는 구겨 버리며) 미스
         정…… 담배 가져와요.

상현   저, 다, 담배는 여기 있습니다. (하며 재빠르게 손가방에서 담
         배 한 갑을 꺼낸다) 태우세요. 좋지 않습니다만!

회기   미안합니다. (하며 담배를 뽑아 피운다) 그래 어디가 편찮으
         시죠?

상현   (멋쩍게 웃으며) 실은 제가 아픈 게 아니라, 제 처가……

회기   (사무적으로) 아, 그러세요? 들어오시라지……

상현   아니, 저, 여긴 벌써 다녀갔을 겁니다만……

회기   예?

상현   (금숙을 돌아보며) 서른살 가량 들어 보이는 여인네가 다녀
        갔을 텐데요…… 김인옥이라고……

회기   미스 정, 접수부 좀 찾아봐요.

금숙   (접수부를 보며) 있어요. 김인옥. (회기에게) 아까 그 환자예
        요. 폐 수술을 부탁한……

상현   맞습니다. 폐를 수술해 달라고 왔었을 겁니다.

회기   (납득이 된 듯) 아…… 그래요.

상현   (바싹 다가앉으며) 선생님! 어떻게 되었습니까?

회기   (사무적으로) 어렵겠던데요…… 그렇게 악화되도록 방치하
        시다니 가족들의 무책임도 어지간하시군요.

상현   (불안한 표정으로) 그럼, 수술을 응낙하셨나요?

회기   미안하지만 거절했습니다.

상현   (안도감에 풀리며) 거절하셨다구요? 감사합니다. 그런 걸 가
        지고 난 괜시리 속을 썩혀서…… 감사합니다.

회기   (뜻밖의 말에 영문을 모르겠단 듯) 아니, 뭐라구요?

상현   실은 제 처가 나와는 한 마디 의논도 없이 수술을 받겠다
        고 서두르고 있어서요……

회기   그래요……

상현   글쎄, 그게 될 말입니까? 다른 병이면 또 모르지만 폐를

                                    희곡을 읽는 시간

함부로 떼어 내고 갉아 내어서야 되겠어요? 게다가 요즈음 세상은 돈 있고 병 치료도 하는 법이지…… 그런 돈이 어디 있겠습니까……

회기 그렇지만 치료비 걱정할 필요가 없다던데요?

상현 (완강히 부인하며) 그럴 리가 있습니까! 우리 내외가 죽어라 벌어도 어린것들하고 겨우 풀칠하는 판국인데…… 그런 돈 있으면……

회기 (잠시 생각 끝에) 그럼, 선생께서는 부인의 병을 고치지 않아도 좋단 말씀인가요?

상현 (약간 당황하며) 부끄러운 얘기지만…… 내 벌이라는 게 처가 공장에서 나올 때 속옷이나 치마폭에 감춰 가지고 나오는 담배를 팔아야만…… (회기와 시선이 마주치자 멋쩍게 웃으며) 허지만, 그게 어디 쉽습니까? 감시가 이만저만이라야죠.

회기 그것만으로 생활비가 나올까요?

상현 그러니 자연히 감독관에게 곱게 보여야만……

회기 듣자니 부인께서는 오 년 이상 근무하고 계시던 모양이던데……

상현 (한숨을 뱉으며) 사실인즉 그렇기 때문에 남자 종업원 사이에서도……

회기 (이해가 안 된다는 듯) 예?

상현 (자기의 말을 스스로 지워 버리기라도 하듯이) 그렇지만 먹고 살려니까 할 수 있습니까! (사이) 아내는 가끔 집에 안 들어오는 날이 있지요. 그럴 때는 으레 야근이라는 거예요. 나도 처음엔 그런 줄만 알았는데…… 알고 보니까 그게……

회기   (말없이 상현의 떨리는 손을 내려다본다)

상현   (분개하여) 그렇지 않고는 물건을 가지고 나올 수가 없다는 거예요……

회기   (불쑥 일어서며) 아까 부인께서 하던 말이 이제야 납득이 되는 군…… (하며 창밖을 내다본다)

상현   뭐라고 하던가요?

회기   아니…… 별말 없었소, (상현을 보며) 그렇지만 부인께선 현재의 생활이 퍽 피곤한 눈치던데요……

상현   (증오가 차츰 커지며) 그야 그럴 테죠. 자기가 없으면 모두가 금방 굶어 죽을 것같이, 생색은 혼자서 내니까……

회기   (추궁하듯) 부인을 미워하시오?

상현   (마음에서 끓어오르는 증오심을 억제하며) 미워한들 무슨 소용이 있겠습니까? 나와 어린것들이 벌써 오래 전부터 그 덕으로 살아왔는데…… (하며 고통스런 빛으로 입술을 깨문다)

회기   그러나 선생께서 수술을 반대하는 이유를 나는 이해할 수 없는데요……

상현   수술을 해서 몸이 회복된다면 내 아내는 더 불행해질 거예요! 그리고 나도……

회기	아니, 불행해지다니…… 건강해야 더 벌어서 아이들도 편
	하게……

상현	흥! 내 처가 가족을 위해서 수술을 원하는 줄 아십니까?

회기	그럼……

상현	(내뱉듯이) 내 아내는 건강을 회복하면 지금보다 더 자주
	놀아날 생각에서예요!

회기	(어이없다는 듯) 원…… 그럴 리가……

상현	(완강히) 아닙니다. 선생님, 그 여자는 그런 성격입니다, 옛
	날부터……

회기	그렇지만 어찌 되었든 부인 때문에 온 식구가 살아가고
	있는 게 아니오?

상현	(혼잣소리로) 그럴 바엔 차라리 죽는 게 낫지!

회기	누가 말이오?

상현	(눈물을 글썽거리며) 아내는 항상 나를 무능하다고 빈정대
	지만…… 그렇지만 나는 그런 아내에게 대해서 한 마디 대
	꾸도 못하는 바보였죠…… 왜 그랬는지 아십니까? 선생
	님……

회기	선생은 너무 의심이 많으시군.

상현	내가요? 천만에! 난 지금까지 한 번도 의심하진 않았죠.
	도리어 알고도 모르는 척했을 뿐입니다.

회기	(미심쩍게) 내가 알기엔 부인께서는 가족을 위해서 수술을
	받아야겠다고 한사코 고집하는 것을……

상현　아닙니다. 그건……

회기　(조용하나 위엄 있게) 그렇지만, 내버려 두면 부인께서 어떻게 된다는 건 아시고 계시죠.

상현　(냉혹하게) 별 수 없죠! 죽고 사는 건 인력으로 막을 수 없으니까.

회기　(뭉클 불쾌감이 솟으며) 아니, 그럼 부인이 죽어도 괜찮단 말이오?

상현　어차피 죽을 목숨이라면…… 그대로 두는 게죠. 그 돈이 있으면 나와 어린것들이 살아날 수 있으니까요!

회기　(노골적으로 분노를 터뜨리며) 그건 너무 심하지 않소?

상현　(반항적으로) 심한 건 내 아내죠. 그 병이 어떤 병이라고 수술을 합니까! 그것도 공으로 한다면 또 모르지만, 돈 쓰고 저 죽고 하면, 남은 우리들은 어떻게 살아가라고 선생님! 그러니 나는……

회기　(외치며) 그건 살인이나 다름 없소…… (이 말이 떨어지자 금숙이는 의아한 표정으로 회기를 쳐다본다)

상현　뭐라구요?

회기　(강하게) 아내가 죽어 가도 내버려 두는 법이 어디 있단 말이오?

상현　(처음에 지녔던 겸손과 비굴은 찾아볼 수 없는 태도로) 참견 마세요! 내 처를 내가 죽이건 살리건 무슨 걱정이오! 나 살고 남도 있지! (불쑥 일어서서 손가방을 쥐며) 아무튼 실례했습

　　　　　　　　　　　　　　　希곡을 읽는 시간

니다! (하며 문을 탁 닫고 나가 버린다. 회기는 감전된 사람처럼 멍하니 서 있고 금숙이는 회기를 주시하고만 있다. 무거운 침묵이 흐른다)

회기　(여전히 허공을 바라보며) 미스 정!

금숙　예?

회기　아까 그 환자의 주소 알지!

금숙　예, 접수부를 보면……

회기　좋아! 그럼 속달 우편으로 보내요.

금숙　예? (하며 가까이 온다)

회기　수술을 받고 싶으면 편지 받는 즉시 찾아오라고!

금숙　(놀라운 표정으로) 아니, 그렇지만……

회기　(속삭이듯) 자신은 있어! 그 대신 수혈용 혈액을 충분히 준비할 것을 잊지 마! 알겠어?

금숙　(빙그레 웃으며) 선생님, 웬일이세요?

회기　응? (가볍게 웃으며) 이번 환자는 꼭 살려 보고 싶은 의욕이 생기는군!

금숙　왜요?

회기　(분노를 띄우며) 그 친구에게 살해당할 바엔 내가 맡아서 살리지! 참을 수 없는 모욕을 당한 것 같아!

금숙　(흘끗 쳐다보며) 기계가 노하셨네요……

회기　잔소리 말고, 편지나 어서 써!

금숙　예! (하며 제자리에 앉아 편지를 쓰기 시작한다. 회기는 상현이가

두고 간 담뱃갑을 발견하자, 담배 한 개비를 빼더니 물끄러미 바라
본다)

회기   (혼잣소리로) 담배는 포장도 중하지만 알맹이가 좋아야지!

금숙   (편지를 쓰다 말고) 그 담배만은 진짜겠지요…… 공장에서
         직접 나왔을 테니까……

회기   그렇지! (하며 라이터 불을 켠다)

                                                    —막